U0523791

撒哈拉的故事

三毛 著

南海出版公司

青马(天津)文化有限公司
出 品

目录

1 结婚记

11 沙漠中的饭店

17 悬壶济世　　　沙漠观浴记　47

25 娃娃新娘　　　爱的寻求　57

33 荒山之夜　　　芳邻　69

　　　　　　　　素人渔夫　80

　　　　　　　　死果　94

寂地	*109*
天梯	*131*
平沙漠漠夜带刀	*148*
白手成家	*162*
收魂记	*198*
沙巴军曹	*210*
搭车客	*226*
哑奴	*246*
哭泣的骆驼	*265*
附录 回乡小笺	*308*

结婚记

1

去年冬天的一个清晨,荷西和我坐在马德里的公园里。那天的气候非常寒冷,我将自己由眼睛以下都盖在大衣下面,只伸出一只手来丢面包屑喂麻雀。荷西穿了一件旧的厚夹克,正在看一本航海的书。

"三毛,你明年有什么大计划?"他问我。

"没什么特别的,过完复活节以后想去非洲。"

"摩洛哥吗?你不是去过了?"他又问我。

"去过的是阿尔及利亚,明年想去的是撒哈拉沙漠。"

荷西有一个很大的优点,任何三毛所做的事情,在别人看来也许是疯狂的行为,在他看来却是理所当然的。所以跟他在一起也是很愉快的事。

"你呢?"我问他。

"我夏天要去航海,好不容易念书、服兵役,都告一个段落了。"他将手举起来放在颈子后面。

"船呢?"我知道他要一条小船已经好久了。

"黑鲩父亲有条帆船借我们,明年去希腊爱琴海,潜水去。"

我相信荷西,他过去说出来的事总是做到的。

"你去撒哈拉预备住多久?去做什么?"

"总得住个半年一年吧!我要认识沙漠。"这个心愿是我自小念地理以后就有的了。

"我们六个人去航海,将你也算进去了,八月赶得回来吗?"

我将大衣从鼻子上拉下来,很兴奋地看着他。"我不懂船上的事,你派我什么工作?"口气非常高兴。

"你做厨子兼摄影师,另外我的钱给你管,干不干?"

"当然是想参加的,只怕八月还在沙漠里回不来,怎么才好?我两件事都想做。"真想又捉鱼又吃熊掌。

荷西有点不高兴,大声叫:"认识那么久了,你总是东奔西跑,好不容易我服完兵役了,你又要单独走,什么时候才可以跟你在一起?"

荷西一向很少抱怨我的,我奇怪地看了他一眼,一面将面包屑用力撒到远处去,被他一大声说话,麻雀都吓飞了。

"你真的坚持要去沙漠?"他又问我一次。

我重重地点了一下头,我很清楚自己要做的事。

"好。"他负气地说了这个字,就又去看书了。荷西平时话很多,烦人得很,但真有事情他就决不讲话。

想不到今年二月初,荷西不声不响申请到一个工作(就正对着撒哈拉沙漠去找事),他卷卷行李,却比我先到非洲去了。

我写信告诉他:"你实在不必为了我去沙漠里受苦,况且我就是去了,大半时间也会在各处旅行,无法常常见到你——"

荷西回信给我:"我想得很清楚,要留住你在我身边,只有跟你结婚,要不然我的心永远不能减去这份痛楚的感觉。我们夏天结婚好吗?"信虽然很平实,但是我却看了快十遍,然后将信塞在长裤口袋里,到街上去散步了一个晚上,回来就决定了。

今年四月中旬,我收拾了自己的东西,退掉马德里的房子,也到西属撒哈拉沙漠里来了。当时荷西住在他工作的公司的宿舍里,我住在小镇阿雍,两地相隔来回也快一百里路,但是荷西天天来看我。

"好,现在可以结婚了。"他很高兴,容光焕发。

"现在不行,给我三个月的时间,我各处去看看,等我回来了我们再结婚。"我当时正在找机会由撒哈拉威(意思就是沙漠里的居民)带我一路经过大漠到西非去。

"这个我答应你,但总得去法院问问手续,你又加上要入籍的问题。"我们讲好婚后我两个国籍。

于是我们一同去当地法院问问怎么结婚。秘书是一位头发全白了的西班牙先生,他说:"要结婚吗?唉,我们还没办过,你们晓得此地撒哈拉威结婚是他们自己风俗。我来翻翻法律书看——"他一面看书又一面说,"公证结婚,啊,在这里——这个啊,要出生证明,单身证明,居留证明,法院公告证明……这位小姐的文件要由贵国出,再由贵国驻葡公使馆翻译证明,证明完了再转西班牙驻葡领事馆公证,再经西班牙外交部,再转来此地审核,审核完毕我们就公告十五天,然后再送马德里你们过去户籍所在地法院公告……"

我生平最不喜欢填表格办手续,听秘书先生那么一念,先就烦起来了,轻轻地对荷西说:"你看,手续太多了,那么烦,我们还要结婚吗?"

"要。你现在不要说话嘛!"他很紧张。接着他问秘书先生:"请问大概多久我们可以结婚?"

"咦,要问你们自己啊!文件齐了就可公告,两个地方公告就得一个月,另外文件寄来寄去嘛——我看三个月可以了。"秘书慢吞吞地将书合起来。

荷西一听很急,他擦了一下汗,结结巴巴地对秘书先生说:"请您帮忙,不能快些吗?我想越快结婚越好,我们不能等——"

这时秘书先生将书往架子上一放,一面飞快地瞄了我的腰部一眼。我很敏感,马上知道他误会荷西的话了,赶快说:"秘书先生,我快慢都不要紧,有问题的是他。"一讲完发觉这话更不伦不类,赶快住口。

荷西用力扭我的手指,一面对秘书先生说:"谢谢,谢谢,我们这就去办,再见,再见。"讲完了,拉着我飞云似的奔下法院三楼,我一面跑一面咯咯笑个不停,到了法院外面我们才停住不跑了。

"什么我有问题,你讲什么嘛!难道我怀孕了。"荷西气得大叫。我笑得不能回答他。

2

三个月很快地过去了。荷西在这段时间内努力赚钱,同时动手做家具，另外将他的东西每天搬一些来我的住处。我则背了背包和相机，跑了许多游牧民族的帐篷，看了许多不同而多彩的奇异风俗，写下了笔记，整理了幻灯片，也交了许多撒哈拉威朋友，甚至开始学阿拉伯文。日子过得有收获而愉快。

当然，我们最积极的是在申请一张张结婚需要的文件，这件事最烦人，现在回想起来都要发高烧。

天热了，我因为住的地方没有门牌，所以在邮局租了一个信箱，每天都要走一小时左右去镇上看信。来了三个月，这个小镇上的人大半都认识了，尤其是邮局和法院，因为我天天去跑，都成朋友了。

那天我又坐在法院里面，天热得像火烧似的令人受不了。秘书先生对我说："好，最后马德里公告也结束了，你们可以结婚了。"

"真的？"我简直不能相信这场文件大战已结束了。

"我替你们安排好了日子。"秘书笑眯眯地说。

"什么时候？"我赶紧问他。

"明天下午六点钟。"

"明天？你说明天？"我口气好似不太相信，也不开心。

秘书老先生有点生气，好似我是个不知感激的人一样。他说："荷西当初不是说要快，要快？"

"是的，谢谢你，明天我们来。"我梦游似的走下楼，坐在楼下邮局的石阶上，望着沙漠发呆。

这时我看到荷西公司的司机正开吉普车经过，我赶快跑上去叫住他："穆罕莫德沙里，你去公司吗？替我带口信给荷西，请告诉他，他明天跟我结婚，叫他下了班来镇上。"

穆罕莫德沙里抓抓头，奇怪地问我："难道荷西先生今天不知道明天自己要结婚？"

我大声回答他："他不知道，我也不知道。"司机听了看着我，露出好怕的样子，将车子歪歪扭扭地开走了。我才发觉又讲错话了，他一定以为我等结婚等疯了。

荷西没有等下班，他一下就飞车来了。"真的是明天？"他不相信，一面进门一面问。

"是真的，走，我们去打电报回家。"我拉了他又出门去。

"对不起，临时通知你们，我们事先也不知道明天结婚，请原谅——"荷西的电报长得像写信。

我呢，用父亲的电报挂号，再写："明天结婚三毛。"才几个字。我知道父母收到电报不知要多么安慰和高兴，多年来令他们受苦受难的就是我这个浪子。我是很对不起他们的。

"喂，明天你穿什么？"荷西问我。

"还不知道，随便穿穿。"我仍在想。

"我忘了请假，明天还得上班。"荷西口气有点懊恼。

"去嘛，反正下午六点才结婚，你早下班一小时正好赶回来。"我想当天结婚的人也可以去上班嘛。

"现在我们做什么？电报已经发了。"他那天显得呆呆的。

"回去做家具，桌子还没钉好。我的窗帘也还差一半。"我真想不出荷西为什么好似有点失常。

"结婚前一晚还要做工吗？"看情形他想提早庆祝，偷懒嘛。

"那你想做什么？"我问他。

"想带你去看电影，明天你就不是我女朋友了。"

于是我们跑去唯一的一家五流沙漠电影院看了一场好片子

《希腊左巴》,算做跟单身的日子告别。

3

第二天荷西来敲门时我正在睡午觉,因为来回提了一大桶淡水,累得很。已经五点半了。他进门就大叫:"快起来,我有东西送给你。"口气兴奋得很,手中抱着一个大盒子。

我光脚跳起来,赶快去抢盒子,一面叫着:"一定是花。"

"沙漠里哪里变得出花来嘛!真是。"他有点失望我猜不中。

我赶紧打开盒子,撕掉乱七八糟包着的废纸。哗!露出两个骷髅的眼睛来,我将这个意外的礼物用力拉出来,再一看,原来是一副骆驼的头骨,惨白的骨头很完整地合在一起,一大排牙齿正龇牙咧嘴地对着我,眼睛是两个大黑洞。

我太兴奋了,这个东西真是送到我心里去了。我将它放在书架上,口里啧啧赞叹:"唉,真豪华,真豪华。"荷西不愧是我的知音。"哪里搞来的?"我问他。

"去找的啊!沙漠里快走死了,找到这一副完整的,我知道你会喜欢。"他很得意。这真是最好的结婚礼物。

"快点去换衣服,要来不及了。"荷西看看表开始催我。

我有许多好看的衣服,但是平日很少穿。我伸头去看了一下荷西,他穿了一件深蓝的衬衫,大胡子也修剪了一下。好,我也穿蓝色的。我找了一件淡蓝细麻布的长衣服。虽然不是新的,但是它自有一种朴实优雅的风味。鞋子仍是一双凉鞋,头发放下来,戴了一顶草编的阔边帽子,没有花,去厨房拿了一把香菜别在帽子上,没有用皮包,两手空空的。荷西打量了我一下:"很好,田园风味,这么简单反而好看。"

于是我们锁了门,就走进沙漠里去。

由我住的地方到小镇上快要四十分钟,没有车,只好走路去。漫漫的黄沙,无边而庞大的天空下,只有我们两个渺小的身影在走着,四周寂寥得很。沙漠,在这个时候真是美丽极了。

"你也许是第一个走路结婚的新娘。"荷西说。

"我倒是想骑匹骆驼呼啸着奔到镇上去,你想那气势有多雄壮,可惜得很。"我感叹着不能骑骆驼。

还没走到法院,就听见有人说:"来了,来了。"一个不认识的人跳上来照相。我吓了一跳,问荷西:"你叫人来拍照?""没有啊,大概是法院的。"他突然紧张起来。

走到楼上一看,法院的人都穿了西装,打了领带,比较之下荷西好似是个来看热闹的人。

"完了,荷西,他们弄得那么正式,神经嘛!"我生平最怕装模作样的仪式,这下逃不掉了。

"忍一下,马上就可以结完婚的。"荷西安慰我。

秘书先生穿了黑色的西装,打了一个丝领结。"来,来,走这边。"他居然不给我擦一下脸上流下来的汗,就拉着我进礼堂。再一看,小小的礼堂里全是熟人,大家都笑眯眯的,望着荷西和我。天啊!怎么都会知道的。

法官很年轻,跟我们差不多大,穿了一件黑色缎子的法衣。

"坐这儿,请坐下。"我们像木偶一样被人摆布着。荷西的汗都流到胡子上了。

我们坐定了,秘书先生开始讲话:"在西班牙法律之下,你们婚后有三点要遵守。现在我来念一下,第一:结婚后双方必须住在一起——"

我一听,这一条简直是废话嘛!滑天下之大稽,那时我一个人开始闷笑起来,以后他说什么,我完全没有听见。后来,我听见法官叫我的名字——"三毛女士"。我赶快回答他:"什么?"那些观礼的人都笑起来。"请站起来。"我慢慢地站起来。"荷西先生,请你也站起来。"真噜苏,为什么不说:"请你们都站起来。"也好省些时间受苦。

这时我突然发觉,这个年轻的法官拿纸的手在发抖,我轻轻碰了一下荷西叫他看。这里沙漠法院第一次有人公证结婚,法官比我们还紧张。

"三毛,你愿意做荷西的妻子吗?"法官问我。我知道应该回答——"是。"不晓得怎么的却回答了——"好!"法官笑起来了。又问荷西,他大声说:"是。"我们两人都回答了问题,法官却好似不知下一步该说什么好,于是我们三人都静静地站着,最后法官突然说:"好了,你们结婚了,恭喜,恭喜。"

我一听这拘束的仪式结束了,人马上活泼起来,将帽子一把拉下来当扇子扇。许多人上来与我们握手,秘书老先生特别高兴,好似是我们的家长似的。突然有人说:"咦,你们的戒指呢?"我想:对啦!戒指呢?转身找荷西,他已在走廊上了,我叫他:"喂,戒指带来没有?"荷西很高兴,大声回答我:"在这里。"然后他将他的一个拿出来,往自己手上一套,就去追法官了,口里叫着："法官，我的户口名簿！我要户口名簿！"他完全忘了也要给我戴戒指。

结好婚了，沙漠里没有一家像样的饭店，我们也没有请客的预算，人都散了，只有我们两个不知做什么才好。

"我们去国家旅馆住一天好不好？"荷西问我。

"我情愿回家自己做饭吃，住一天那种旅馆我们可以买一星期的菜。"我不主张浪费。

于是我们又经过沙地回家去。

锁着的门外放着一个大蛋糕，我们开门进去，将蛋糕的盒子拿掉，落下一张纸条来——新婚快乐——合送的是荷西的很多同事。我非常感动，沙漠里有新鲜奶油蛋糕吃真是太幸福了。更可贵的是蛋糕上居然有一对穿着礼服的新人，着白纱的新娘眼睛还会一开一闭。我童心大发，一把将两个娃娃拔起来，一面大叫："娃娃是我的。"荷西说："本来就是你的嘛！我难道还抢这个。"于是他切了一块蛋糕给我吃，一面替我补戴戒指，这时我们的婚礼才算真的完毕了。这就是我结婚的经过。

沙漠中的饭店

我的先生很可惜是一个外国人。这样来称呼自己的先生不免有排外的味道,但是因为语文和风俗在各国之间确有大不相同之处,我们的婚姻生活也实在有许多无法共通的地方。

当初决定下嫁给荷西时,我明白地告诉他,我们不但国籍不相同,个性也不相同,将来婚后可能会吵架甚至于打架。他回答我:"我知道你性情不好,心地却是很好的,吵架打架都可能发生,不过我们还是要结婚。"于是我们认识了七年之后终于结婚了。

我不是妇女解放运动的支持者,但是我极不愿在婚后失去独立的人格和内心的自由自在化,所以我一再强调,婚后我还是"我行我素",要不然不结婚。荷西当时对我说:"我就是要你'你行你素',失去了你的个性和作风,我何必娶你呢!"好,大丈夫的论调,我十分安慰。做荷西的太太,语文将就他。可怜的外国人,"人"和"入"这两个字教了他那么多遍,他还是分不清,我只有讲他的话,这件事总算放他一马了。(但是将来孩子来了,打死也要学中文,这点他相当赞成。)

闲话不说,做家庭主妇,第一便是下厨房。我一向对做家事十分痛恨，但对煮菜却是十分有兴趣，几只洋葱，几片肉，一炒变出一个菜来，我很欣赏这种艺术。

母亲在台湾，知道我婚后因为荷西工作的关系，要到大荒漠地区的非洲去，十二分地心痛，但是因为钱是荷西赚，我只有跟了饭票走，毫无选择的余地。婚后开厨不久，我们吃的全部是西菜。后来家中航空包裹飞来接济，我收到大批粉丝、紫菜、冬菇、生力面、猪肉干等珍贵食品，我乐得爱不释手，加上欧洲女友寄来罐头酱油，我的家庭"中国饭店"马上开张，可惜食客只有一个不付钱的。（后来上门来要吃的朋友可是排长龙啊！）

其实母亲寄来的东西，要开"中国饭店"实在是不够，好在荷西没有去过台湾，他看看我这个"大厨"神气活现，对我也生起信心来了。

第一道菜是"粉丝煮鸡汤"。荷西下班回来总是大叫："快开饭啊，要饿死啦！"白白被他爱了那么多年，回来只知道叫开饭，对太太却是正眼也不瞧一下，我这"黄脸婆"倒是做得放心。话说第一道菜是粉丝煮鸡汤，他喝了一口问我："咦，什么东西？中国细面吗？""你岳母万里迢迢替你寄细面来？不是的。""是什么嘛？再给一点，很好吃。"我用筷子挑起一根粉丝："这个啊，叫做'雨'。""雨？"他一呆。我说过，我是婚姻自由自在化，说话自然心血来潮随我高兴。"这个啊，是春天下的第一场雨，下在高山上，被一根一根冻住了，山胞扎好了背到山下来一束一束卖了换米酒喝，不容易买到哦！"荷西还是呆呆地、研究性地看看我，又去看看盆内的"雨"，然后说："你当我是白痴？"我不置可否。"你还要不要？"回答我："吹牛大王，我还要。"以后他常吃"春雨"，到现在不知道是什么东西做的。有时想想荷西很笨，所以心里有点悲伤。

　　第二次吃粉丝是做"蚂蚁上树"，将粉丝在平底锅内一炸，再撒上绞碎的肉和汁。荷西下班回来一向是饿的，咬了一大口粉丝："什么东西？好像是白色的毛线，又好像是塑胶的？""都不是，是你钓鱼的那种尼龙线，中国人加工变成白白软软的了。"我回答他。他又吃了一口，莞尔一笑，口里说着："怪名堂真多，如果我们真开饭店，这个菜可卖个好价钱，乖乖！"那天他吃了好多"尼龙加工白线"。第三次吃粉丝，是夹在东北人的"合子饼"内与菠菜和肉绞得很碎当饼馅。他说："这个小饼里面你撒了鲨鱼的翅膀对不对？我听说这种东西很贵，难怪你只放了一点点。"我笑得躺在地上。"以后这只很贵的鱼翅膀，请妈妈不要买了，我要去信谢谢妈妈。"我大乐，回答他："快去写，我来译信，哈哈！"

　　有一天他快下班了，我趁他忘了看猪肉干，赶快将藏好的猪肉干用剪刀剪成小小的方块，放在瓶子里，然后藏在毯子里面。恰好那天他鼻子不通，睡觉时要用毛毯，我一时里忘了我的宝贝，自在一旁看那第一千遍《水浒传》。他躺在床上，手里拿个瓶子，左看右看，我一抬头，哗，不得了，"所罗门王宝藏"被他发现了，赶快去抢，口里叫着："这不是你吃的，是药，是中药。""我鼻子不通，正好吃中药。"他早塞了一大把放在口中，我气极了，又不能叫他吐出来，只好不响了。"怪甜的，是什么？"我没好气地回答他："喉片，给咳嗽的人顺喉头的。""肉做的喉片？我是白痴啊？"第二天醒来，发觉他偷了大半瓶去送同事们吃，从那天起，只要是他同事，看见我都假装咳嗽，想再骗猪肉干吃。

反正夫妇生活总是在吃饭，其他时间便是去忙着赚吃饭的钱，实在没多大意思。有天我做了饭卷，就是日本人的"寿司"，用紫菜包饭，里面放些唯他肉松。荷西这一下拒吃了。"什么？你居然给我吃印蓝纸、复写纸？"我慢慢问他："你真不吃？""不吃，不吃。"好，我大乐，吃了一大堆饭卷。"张开口来我看！"他命令我。"你看，没有蓝色，我是用反面复写纸卷的，不会染到口里去。"反正平日说的是唬人的话，所以常常胡说八道。"你是吹牛大王，虚虚实实，我真恨你，从实招来，是什么吗？""你对中国完全不认识，我对我的先生相当失望。"我回答他，又吃一个饭卷。他生气了，用筷子一夹夹了一个，面部大有壮士一去不复返的悲壮表情，咬了半天，吞下去。"是了，是海苔。"我跳起来，大叫："对了，对了，真聪明！"又要跳，头上吃了他一记老大爆栗。

中国东西快吃完了，我的"中国饭店"也舍不得出菜了，西菜又开始上桌。荷西下班来，看见我居然在做牛排，很意外，又高兴，大叫："要半生的。马铃薯也炸了吗？"连给他吃了三天牛排，他却好似没有胃口，切一块就不吃了。"是不是工作太累了？要不要去睡一下再起来吃？""黄脸婆"有时也尚温柔。"不是生病，是吃得不好。"我一听唬一下跳起来。"吃得不好？吃得不好？你知道牛排多少钱一斤？""不是的，太太，想吃'雨'，还是岳母寄来的菜好。""好啦，中国饭店一星期开张两次，如何？你要多久下一次'雨'？"

有一天荷西回来对我说："了不得，今天大老板叫我去。""加你薪水？"我眼睛一亮。"不是——"我一把抓住他，指甲掐到他肉里去。"不是？完了，你给开除了？天啊，我们——""别抓我嘛，神经兮兮的，你听我讲，大老板说，我们公司谁都被请过到我家吃饭，就是他们夫妇不请，他在等你请他吃中国菜——""大老板要我做菜？不干不干，不请他，请同事工友我都乐意，请上司吃饭未免太没骨气，我这个人啊，还谈些气节，你知道，我——"我正要大大宣扬中国人的所谓骨气，又讲不明白，再一接触到荷西的面部表情，这个骨气只好哽在喉咙里啦！

第二日他问我："喂，我们有没有笋？""家里筷子那么多，不都是笋吗？"他白了我一眼。"大老板说要吃笋片炒冬菇。"乖乖，真是见过世面的老板，不要小看外国人。"好，明天晚上请他们夫妇来吃饭，没问题，笋会长出来的。"荷西含情脉脉地望了我一眼，婚后他第一次如情人一样地望着我，使我受宠若惊，不巧那天辫子飞散，状如女鬼。

第二天晚上，我先做好三道菜，用文火热着，布置了有蜡炬台的桌子，桌上铺了白色的桌布，又加了一块红的铺成斜角，十分美丽。这一顿饭吃得宾主尽欢，不但菜是色香味俱全，我这个太太也打扮得十分干净，居然还穿了长裙子。饭后老板夫妇上车时特别对我说："如果公共关系室将来有缺，希望你也来参加工作，做公司的一分子。"我眼睛一亮。这全是"笋片炒冬菇"的功劳。

送走老板，夜已深了，我赶快脱下长裙，换上破牛仔裤，头发用橡皮筋一绑，大力洗碗洗盘，重做灰姑娘状使我身心自由。荷西十分满意，在我背后问："喂，这个'笋片炒冬菇'真好吃，你哪里弄来的笋？"我一面洗碗，一面问他："什么笋？""今天晚上做的笋片啊！"我哈哈大笑："哦，你是说小黄瓜炒冬菇吗?""什么,你,你,你骗了我不算,还敢去骗老板——""我没有骗他,这是他一生吃到最好的一次'嫩笋片炒冬菇',是他自己说的。"

荷西将我一把抱起来,肥皂水洒了他一头一胡子,口里大叫:"万岁,万岁,你是那只猴子,那只七十二变的,叫什么,什么……"我拍了一下他的头:"齐天大圣孙悟空,这次不要忘了。"

悬壶济世

我是一个生病不喜欢看医生的人。这并不表示我很少生病，反过来说，实在是一天到晚闹小毛病，所以懒得去看病啦。活了半辈子，我的宝贝就是一大纸盒的药，无论到哪里我都带着，用久了也自有一点治小病的心得。

自从我去年旅行大沙漠时，用两片阿斯匹灵药片止住了一个老年撒哈拉威女人的头痛之后，那几天在帐篷里住着时总有人拖了小孩或老人来讨药。当时我所敢分给他们的药不外是红药水、消炎膏和止痛药之类，但是对那些完全远离文明的游牧民族来说，这些药的确产生了很大的效果。回到小镇阿雍来之前，我将手边所有的食物和药都留下来，给了住帐篷的穷苦撒哈拉威人。

住在小镇上不久，我的非洲邻居因为头痛来要止痛药，我想这个镇上有一家政府办的医院，所以不预备给她药，请她去看医生。想不到此地妇女全是我的同好，生病决不看医生，她们的理由跟我倒不相同，因为医生是男的，所以这些终日藏在面纱下的妇女情愿病死也不能给男医生看的。我出于无奈，勉强分给了邻居妇人两片止痛药。从那时候开始，不知是谁的宣传，四周妇女总是来找我看小毛病。更令她们高兴的是，给药之外还会偶尔送她们一些西方的衣服，这样一来找我的人更多了。我的想法是，既然她们死也不看医生，那么不致命的小毛病我给帮忙一下，减轻她们的痛苦，也同时消除了我沙漠生活的寂寥，不是一举两得吗？同时我发觉，被我分过药的妇女和小孩，百分之八十是药到病除。于是渐渐地我胆子也大了，有时居然还会出诊。荷西看见我治病人如同玩洋娃娃，常常替我捏把冷汗，他认为我是在乱搞，不知乱搞的背后也存着很大的爱心。

邻居姑卡十岁，她快要出嫁了，在出嫁前半个月，她的大腿内长了一个红色的疖子，初看时只有一个铜板那么大，没有脓，摸上去很硬，表皮因为肿的缘故都鼓得发亮了，淋巴腺也肿出两个核子来。第二天再去看她，她腿上的疖子已经肿得如核桃一般大了，这个女孩子痛得躺在地上的破席上呻吟。"不行，得看医生啦！"我对她母亲说。"这个地方不能给医生看，她又快要出嫁了。"她母亲很坚决地回答我。我只有连续给她用消炎药膏，同时给她服消炎的特效药。这样拖了三四天，一点也没有好，我又问她父亲："给医生看看好吗？"回答也是："不行，不行。"我一想，家中还有一点黄豆，没办法了，请非洲人试试中国药方吧。于是我回家去磨豆子。荷西看见我在厨房，便探头进来问："是做吃的吗？"我回答他："做中药，给姑卡去涂。"他呆呆地看了一下，又问："怎么用豆子呢？""中国药书上看来的老法子。"他听我说后很不赞成的样子说："这些女人不看医生，居然相信你，你自己不要走火入魔了。"我将黄豆捣成的浆糊倒在小碗内，一面说"我是非洲巫医"，一面往姑卡家走去。那一日我将黄豆糊擦在姑卡红肿的地方,上面盖上纱布,第二日去看疖子变软了,我再换黄豆涂上,第三日有黄色的脓在皮肤下露出来,第四日下午流出大量的脓水,然后出了一点血。我替她涂上药水,没几日完全好了。荷西下班时我很得意地告诉他:"医好了。""是黄豆医的吗?""是。""你们中国人真是神秘。"他不解地摇摇头。

又有一天,我的邻居哈蒂耶陀来找我,她对我说:"我的表妹从大沙漠里来,住在我家,快要死了,你来看看?"我一听快要死了,犹豫了一下。"生什么病?"我问哈蒂。"不知道,她很弱,头晕,眼睛慢慢看不见,很瘦,正在死去。"我听她用的形容句十分生动,正觉有趣,这时荷西在房内听见我们的对话,很急地大叫:"三毛,你少管闲事。"我只好轻轻告诉哈蒂耶陀:"过一下我来,等我先生上班去了我才能出来。"将门才关上,荷西就骂我:"这个女人万一真的死了,还以为是你医死的,不去看医生,病死也是活该!""他们没有知识,很可怜——"我虽然强辩,但荷西说的话实在有点道理,只是我好奇心重,并且胆子又大,所以不肯听他的话。荷西前脚跨出去上班,我后脚也跟着溜出来。到了哈蒂家,看见一个骨瘦如柴的年轻女孩躺在地上,眼睛深得像两个黑洞洞。摸摸她,没有发烧,舌头、指甲、眼睛内也都很健康的颜色,再问她什么地方不舒服,她说不清,要哈蒂用阿拉伯文翻译:"她眼睛慢慢看不清,耳朵里一直在响,没有气力站起来。"我灵机一动问哈蒂:"你表妹住在大沙漠帐篷里?"她点点头。"吃得不太好?"我又问。哈蒂说:"根本等于没有东西吃嘛!""等一下。"我说着跑回家去,倒了十五粒最高单位的多种维他命给她。"哈蒂,杀只羊你舍得吗?"她赶紧点点头。"先给你表妹吃这维他命,一天两三次,另外你煮羊汤给她喝。"这样没过十天,那个被哈蒂形容成正在死去的表妹,居然自己走来我处,坐了半天才回去,精神也好了。荷西回来看见她,笑起来了:"怎么,快死的人又治好了?什么病?"我笑嘻嘻地回答他:"没有病,极度营养不良嘛!""你怎么判断出来的?"荷西问我。"想出来的。"我发觉他居然有点赞许我的意思。

我们住的地方是小镇阿雍的外围,很少有欧洲人住,荷西和我乐于认识本地人,所以我们所交的朋友大半是撒哈拉威。我平日无事,在家里开了一个免费的女子学校,教此地的妇女数数目字和认钱币,程度好一点的便学算术(如一加一等于二之类)。我一共有七个到十五个女学生,她们的来去流动性很大,也可说这个学校是很自由的。有一天上课,学生不专心,跑到我书架上去抽书,恰好抽出《一个婴儿的诞生》那本书来,书是西班牙文写的,里面有图表,有画片,有彩色的照片,从妇女如何受孕到婴儿的出生,都有非常明了的解说。我的学生们看见这本书立刻产生好奇心,于是我们放开算术,讲解这本书花了两星期。她们一面看图片一面小声尖叫,好似完全不明白一个生命是如何形成的,虽然我的学生中有好几个都是三四个孩子的母亲了。"真是天下怪事,没有生产过的老师,教已经生产过的妈妈们孩子是如何来的。"荷西说着笑个不住。"以前她们只会生,现在知道是怎么回事了,这是知难行易的道理。"起码这些妇女能多得些常识,虽然这些常识并不能使她们的生活更幸福和健康些。

有一天我的一个学生法蒂玛问我:"三毛,我生产的时候请你来好吗?"我听了张口结舌地望着她,我几乎天天见到法蒂玛,居然不知道她怀孕了。"你，几个月了？"我问她。她不会数数目，自然也不知道几个月了。我终于说服了她，请她将缠身缠头的大块布料拿下来，只露出里面的长裙子。"你以前生产是谁帮忙的？"我知道她有一个三岁的小男孩。"我母亲。"她回答我。"这次再请你母亲来好了，我不能帮忙你。"她头低下去："我母亲不能来了，她死了。"我听她那么说只好不响了。"去医院生好吗？不怕的。"我又问她。"不行，医生是男的。"她马上一口拒绝了我。我看看她的肚子，大概八个月了，我很犹豫地对她说："法蒂玛，我不是医生，我也没有生产过，不能替你接生。"她马上要哭了似的对我说："求求你，你那本书上写得那么清楚，你帮我忙，求求你——"我被她一求心就软了，想想还是不行，只好硬下心来对她说："不行，你不要乱求我，你的命会送在我手上。""不会啦，我很健康的，我自己会生，你帮帮忙就行了。""再说吧！"我并没有答应她。

　　一个多月过去了，我早就忘记了这件事。那天黄昏，一个不认识的小女孩来打门，我一开门，她只会说："法蒂玛，法蒂玛。"其他西班牙文不会，我一面锁门出来，一面对小女孩说："去叫她丈夫回来，听懂吗？"她点点头飞也似的跑了。去到法蒂玛家一看，她痛得在地上流汗，旁边她三岁的小男孩在哭，法蒂玛躺的席子上流下一摊水来。我将孩子一把抱起来，跑到另外一家邻居处一送，另外再拖了一个中年妇女跟我去法蒂玛家。此地的非洲人很不合作，他们之间也没有太多爱心，那个中年女人一看见法蒂玛那个样子，很生气地用阿拉伯文骂我（后来我才知道，此地看人生产是不吉利的），然后就掉头而去。我只有对法蒂玛说：

"别怕，我回去拿东西，马上就来。"我飞跑回家，一下子冲到书架上去拿书，打开生产那一章飞快地看了一遍，心里又在想："剪刀、棉花、酒精，还要什么？还要什么？"这时我才看见荷西已经回来了，正不解地呆望着我。"哎呀，有点紧张，看情形做不下来。"我小声地对荷西说，一面轻轻地在发抖。"做什么？做什么？"荷西不由得也感染了我的紧张。"去接生啊！羊水都流出来了。"我一手抱着那本书，另外一只手抱了一大卷棉花，四处找剪刀。"你疯了，不许去。"荷西过来抢我的书。"你没有生产过，你去送她的命。"他大声吼我。我这时清醒了些，强词夺理地说："我有书，我看过生产的纪录片——""不许去。"荷西跑上来用力捉住我，我两手都拿了东西，只好将手肘用力打在他的肋骨上，一面挣扎一面叫着："你这个没有同情心的冷血动物，放开我啊！""不放，你不许去。"他固执地抓住我。

我们正在扭来扭去地打架时，突然看见法蒂玛的丈夫满脸惶惑地站在窗口向里面望，荷西放开了我，对他说："三毛不能去接生，她会害了法蒂玛。我现在去找车，你太太得去医院生产。"

法蒂玛终于在政府医院里顺利生下了一个小男孩，因是本地人，西国政府免费的。她出院回来后非常骄傲，她是附近第一个去医院生产的女人，医生是男的也不再提起了。

一天清晨，我去屋顶上晒衣服，突然发觉房东筑在我们天台上的羊栏里多了一对小羊，我兴奋极了，大声叫荷西："快上来看啊！生了两个可爱的小羊。"他跑上来看了看说："这种小羊烤来吃最合适。"我吓了一跳，很气地问他"你说什么鬼话"，一面将小羊赶快推到母羊身边去。这时我方发觉母羊生产过后，身体内拖出来一大块像心脏似的东西,大概是衣胞吧?看上去恶心极了。过了三天,这一大串脏东西还挂在体外没有落下来。"杀掉吃吧!"房东说。

"你杀了母羊,小羊吃什么活下来?"我连忙找理由来救羊。"这样拖着衣胞也是要死的。"房东说。

"我来给治治看,你先不要杀。"我这句话冲口而出,自己并不知道如何去治母羊。在家里想了一下,有了,我去拿了一瓶葡萄酒,上天台捉住了母羊,硬给灌下去,希望别醉死就有一半把握治好。这是偶尔听一个农夫讲的方法,我一下给记起来了。

第二日房东对我说:"治好了,肚里脏东西全下来了,已经好啦!请问你用什么治的?真是多谢多谢!"我笑笑,轻轻地对他说:"灌了一大瓶红酒。"他马上又说:"多谢多谢!"再一想回教徒不能喝酒,他的羊当然也不能喝,于是一脸无可奈何的样子走掉了。

我这个巫医在谁身上都有效果,只有荷西,非常怕我,平日决不给我机会治他,我却千方百计要他对我有信心。有一日他胃痛,我给他一包药粉——"喜龙-U",叫他用水吞下去。"是什么?"他问。我说:"你试试看再说,对我很灵的。"他勉强被我灌下一包,事后不放心,又去看看包药的小塑胶口袋,上面中文他不懂,但是恰好有个英文字写着——维他命U——他哭丧着脸对我说:"难道维他命还有U种的吗?怎么可以治胃痛呢?"我实在也不知道,抓起药纸来一看,果然有,我笑了好久。他的胃痛却真好了。

其实做兽医是十分有趣的,但是因为荷西为了上次法蒂玛生产的事，被我吓得心惊肉跳之后，我客串兽医之事便不再告诉他。渐渐地他以为我已经不喜欢玩医生的游戏了。

上星期我们有三天假，天气又不冷不热，于是我们计划租辆吉普车开到大沙漠中去露营。当我们正在门口将水箱、帐篷、食物搬上车时，来了一个很黑的女邻居，她头纱并没有拉上，很大方地向我们走过来。在我还没有说话之前，她非常明朗地对荷西说："你太太真了不起，我的牙齿被她补过以后，很久都不痛了。"我一听赶紧将话题转开，一面大声说"咦，面包呢？怎么找不到啊"，一面独自咯咯笑起来。果然，荷西啼笑皆非地望着我："请问阁下几时改行做牙医了？"我看没有什么好假装了，仰仰头想了一下，告诉他："上个月开始的。""补了几个人的牙？"他也笑起来了。"两个女人，一个小孩，都不肯去医院，没办法，所以……事实上补好他们都不痛了，足可以咬东西。"我说的都是实在的。"用什么材料补的？""这个不能告诉你。"我赶紧回答他。"你不说我不去露营。"居然如此无赖地要挟我。好吧！我先跑开一步，离荷西远一点，再小声说："不脱落，不透水，胶性强，气味芳香，色彩美丽，请你说这是什么好东西？""什么？"他马上又问，完全不肯用脑筋嘛！"指——甲——油。"我大叫起来。"哇，指甲油补人牙齿！"他被吓得全部头发刷一下完全竖起来，像漫画里的人物一样好看极了，我看他吓得如此，一面笑一面跑到安全地带，等他想起来要追时，这个巫医已经逃之夭夭了。

娃娃新娘

初次看见姑卡正是去年这个时候,她和她一家人住在我小屋附近的一幢大房子内,是警官罕地的大女儿。

那时的姑卡梳着粗粗的辫子,穿着非洲大花的连身长裙,赤足,不用面纱,也不将身体用布缠起来,常常在我的屋外呼叫着赶她的羊,声音清脆而活泼,俨然是一个快乐的小女孩。

后来她来跟我念书,我问她几岁,她说:"这个你得去问罕地,我们撒哈拉威女人是不知道自己几岁的。"她和她的兄妹都不称呼罕地父亲,他们直接叫他的名字。罕地告诉我姑卡十岁,同时反问我:"你大概也十几岁吧?姑卡跟你很合得来呢。"我无法回答他这个荒谬的问题,只好似笑非笑地望着他。

半年多过去了,我跟罕地全家已成了很好的朋友,几乎每天都在一起煮茶喝。有一天喝茶时,只有罕地和他的太太葛柏在房内。罕地突然说:"我女儿快要结婚了,请你有便时告诉她。"我咽下一口茶,很困难地问他:"你指姑卡吗?"他说:"是,过完拉麻丹再十日就结婚。"拉麻丹是回教的斋月,那时已快开始了。

我们沉默地又喝了一道茶,最后我忍不住问罕地:"你不觉得姑卡还太小吗？她才十岁。"罕地很不以为然地说："小什么，我太太嫁给我时才八岁。"我想那是他们撒哈拉威的风俗，我不能用太主观的眼光去批评这件事情，所以也不再说话了。"请你对姑卡说，她还不知道。"姑卡的母亲又对我拜托了一次。"你们自己为什么不讲？"我奇怪地反问他们。"这种事怎么好直讲？"罕地理直气壮地回答我。我觉得他们有时真是迂腐得很。

第二天上完了算术课，我叫姑卡留下来生炭火煮茶喝。"姑卡，这次轮到你了。"

我一面将茶递给她一面说。"什么？"她不解地反问我。"傻子，你要结婚了。"我直截了当地说出来。她显然吃了一惊，脸突然涨红了，小声地问："什么时候？"我说："拉麻丹过后再十天，你知道大概是谁吗？"她摇摇头，放下茶杯不语而去，这是我第一次看见她面有忧容。

又过了一段日子，我在镇上买东西，碰到姑卡的哥哥和另外一个青年，他介绍时说："阿布弟是警察，罕地的部下，我的好朋友，也是姑卡未来的丈夫。"我听见是姑卡的未婚夫，便刻意地看了他好几眼。阿布弟长得不黑，十分高大英俊，说话有礼，目光温和，给人非常好的第一印象。我回去时便去找姑卡，对她说："放心吧！你未婚夫是阿布弟，很年轻漂亮，不是粗鲁的人，罕地没有替你乱挑。"姑卡听了我的话，很羞涩地低下头去不响，不过从神情上看去，她已经接受结婚这个事实了。

在撒哈拉威的风俗，聘礼是父母嫁女儿时很大的一笔收入。过去沙漠中没有钱币，女方所索取的聘礼是用羊群、骆驼、布匹、奴隶、面粉、糖、茶叶……来算的。现在文明些了，他们开出来的单子仍是这些东西，不过是用钞票来代替了。

　　姑卡的聘礼送来那一天，荷西被请去喝茶，我是女人，只有留在家中。不到一小时，荷西回来对我说："那个阿布弟给了罕地二十万西币，想不到姑卡值那么多钱。"（二十万西币合台币十三万多。）"这简直是贩卖人口嘛！"我不以为然地说，心中又不知怎的有点羡慕姑卡，我结婚时一只羊也没有为父母赚进来过。

　　不到一个月，姑卡的装扮也改变了。罕地替她买了好几块布料，颜色不外是黑、蓝的单色。因为料子染得很不好，所以颜色都褪到皮肤上，姑卡用深蓝布包着自己时全身便成了蓝色，另有一种气氛。虽然她仍然赤足，但是脚上已套上了金银的镯子，头发开始盘上去，身体被涂上刺鼻的香料，混着常年不洗澡的怪味，令人觉得她的确是一个撒哈拉威女人了。

　　拉麻丹的最后一日，罕地给他两个小儿子受割礼，我自然跑去看看是怎么回事。那时姑卡已经很少出来了，我去她房内看看，仍然只有一地的脏破席子，唯一的新东西就是姑卡的几件衣服。我问她："你结婚后带什么走？没有锅也没有新炉子嘛！"她说："我不走，罕地留我住下来。"我很意外地问她："你先生呢？"她说："也住进来。"我实在是羡慕她。"可以住多久才出去？"我问她。"习俗是可以住到六年满才走。"难怪罕地要那么多钱的聘礼，原来女婿婚后是住岳家的。

　　姑卡结婚的前一日照例是要离家，到结婚那日才由新郎将她接回来。我将一只假玉的手镯送给姑卡算礼物，那是她过去一直向我要的。那天下午要离家之前，姑卡的大姨来了，她是一个很老的撒哈拉威女人，姑卡坐在她面前开始被打扮起来。她的头发被放下来编成三十几条很细的小辫子，头顶上再装一个假发做的小堆，如同中国古时的宫女头一般。每一根小辫子上再编入彩色的珠子，头顶上也插满了发亮的假珠宝，脸上是不用化妆品的。头发梳好后，姑卡的母亲拿了新衣服来。

等姑卡穿上那件打了许多褶的大白裙子后，上身就用黑布缠起来，本来就很胖的身材这时显得更肿了。"那么胖！"我叹了一口气。她的大姨回答我："胖，好看，就是要胖。"穿好了衣服，姑卡静静地坐在地上，她的脸非常地美丽，一头的珠宝使得这个暗淡的房间也有了光辉。

"好了，我们走吧！"姑卡的大姨和表姐将她带出门去，她要在大姨家留一夜，明天才能回来。这时我突然想起一件事情来，咦，姑卡没有洗澡啊，难道结婚前也不洗澡的吗？

婚礼那天，罕地的家有了一点改变，肮脏的草席不见了，山羊被赶了出去，大门口放了一只杀好的骆驼，房间大厅内铺了许多条红色的阿拉伯地毯，最有趣的是屋角放了一面羊皮的大鼓，这面鼓看上去起码有一百年的历史了。

黄昏了，太阳正落下地平线，辽阔的沙漠被染成一片血色的红。这时鼓声响了起来，它的声音响得很沉郁，很单调，传得很远，如果不是事先知道是婚礼，这种神秘的节奏实在有些恐怖。我一面穿毛衣一面往罕地家走去，同时幻想着，我正跑进天方夜谭的美丽故事中去。

走进屋子里气氛就不好了，大厅内坐了一大群撒哈拉威男人，都在吸烟，空气坏极了。这个阿布弟也跟这许多人挤在一起，如果不是以前见过他，实在看不出他今夜有哪一点像新郎。

屋角坐着一个黑得像炭似的女人,她是唯一坐在男人群中的妇人,她不蒙头,披了一大块黑布,仰着头专心用力地在打鼓,打几十下就站起来,摇晃着身体,口中尖声呼啸,叫声原始极了,一如北美的印第安人,全屋子里数她最出色。"她是谁?"我问姑卡的哥哥。"是我祖母处借来的奴隶,她打鼓出名的。""真是了不起的奴隶。"我啧啧赞叹着。

这时房内又坐进来三个老年女人,她们随着鼓声开始唱起没有起伏的歌,调子如哭泣一般,同时男人全部随着歌调拍起手来。我因是女人,只有在窗外看着这一切,所有的年轻女人都挤在窗外,不过她们的脸完全蒙起来了,只有美丽的大眼睛露在外面。

看了快两小时,天已黑了,鼓声仍然不变,拍手唱歌的人也是一个调子。我问姑卡的母亲:"这样要拍到几点?"她说:"早呢,你回去睡觉吧!"我回去时千叮万嘱姑卡的小妹妹,清早去迎亲时要来叫醒我。

清晨三时的沙漠还是冷得令人发抖。姑卡的哥哥正与荷西在弄照相机谈话。我披了大衣出来时,姑卡的哥哥很不以为然地说:"她也要去啊?"我赶紧求他带我去,总算答应我了。女人在此地总是没有地位。

我们住的这条街上布满了吉普车,新的旧的都有,看情形罕地在族人里还有点声望,我与荷西上了一辆迎亲的车子,这一大排车不停地按着喇叭在沙地上打转,男人口中原始地呼叫着往姑卡的姨母家开去。

据说过去习俗是骑骆驼,放空枪,去帐篷中迎亲,现在吉普车代替了骆驼,喇叭代替了空枪,但是喧哗吵闹仍是一样的。

最气人的要算看迎亲了,阿布弟下了车,跟一群年轻朋友冲进姑卡坐着的房间,也不向任何人打招呼,上去就抓住姑卡的手臂硬往外拖,大家都在笑,只有姑卡低了头在挣扎,因为她很胖,阿布弟的朋友们也上去帮忙拖她,这时她开始哭叫起来,我并不知她是真哭假哭,但是,看见这批人如此粗暴地去抓她,使我非常激动。我咬住下唇看这场闹剧如何下场,虽然我已经看得愤怒起来。

这时姑卡已在门外了,她突然伸手去抓阿布弟的脸,一把抓下去,脸上出现好几道血痕,阿布弟也不弱,他用手反扭姑卡的手指。这时四周都静下来了,只有姑卡口中偶尔发出的短促哭声在夜空中回响。

他们一面打,姑卡一面被拖到吉普车旁去,我紧张极了,对姑卡高声叫:"傻瓜,上车啊,你打不过的。"姑卡的哥哥对我笑着说:"不要紧张,这是风俗,结婚不挣扎,事后要被人笑的。这样拼命打才是好女子。"

"既然要拼命打,不如不结婚。"我口中叹着气。

"等一下入洞房还得哭叫,你等着看好了,有趣得很。"

实在是有趣,但是我不喜欢这种结婚的方式。

总算回到姑卡的家里了,这时已是早晨五点钟。罕地已经避出去,但是姑卡的母亲和弟妹、亲友都没有睡,我们被请入大厅与阿布弟的亲友们坐在一起,开始有茶和骆驼肉吃。姑卡已被送入另外一间小房间内去独自坐着。

吃了一些东西,鼓声又响起来,男客们又开始拍着手呻吟。我一夜没睡实在是累了,但是又舍不得离去。"三毛,你先回去睡,我看了回来告诉你。"荷西对我说,我想了一下,最精彩的还没有来，我不回去。

唱歌拍手一直闹到天快亮了，我方看见阿布弟站起来，等他一站起来，鼓声马上也停了，大家都望着他，他的朋友们开始很无聊地向他调笑起来。

等阿布弟往姑卡房间走去时，我开始非常紧张，心里不知怎的不舒服，想到姑卡哥哥对我说的话——"入洞房还得哭叫——"我觉得在外面等着的人包括我在内，都是混账得可以了，奇怪的是借口风俗就没有人改变它。

阿布弟拉开布帘进去了很久，我一直垂着头坐在大厅里，不知过了几世纪，听见姑卡——"啊——"一声如哭泣似的叫声，然后就没有声息了。虽然风俗要她叫，但是那声音叫得那么地痛，那么地真，那么地无助而幽长，我静静地坐着，眼眶开始润湿起来。

"想想看，她到底只是一个十岁的小孩子，残忍！"我愤怒地对荷西说。他仰头望着天花板，一句话也回答不出来。那天我们是唯一在场的两个外地人。

等到阿布弟拿着一块染着血迹的白布走出房来时，他的朋友们就开始呼叫起来，声音里形容不出的暧昧。在他们的观念里，结婚初夜只是公然用暴力去夺取一个小女孩的贞操而已。

我对婚礼这样的结束觉得失望而可笑，我站起来没有向任何人告别就大步走出去。

婚礼的庆祝一共举行了六天，这六天内，每天下午五点开始便有客人去罕地家喝茶吃饭，同时唱歌击鼓到半夜。

因为他们的节目每天都是一个样子，所以我也不再去了，第五日罕地的另外一个小女儿来叫我，她说："姑卡在找你，你怎么不来。"我只好换了衣服去看姑卡。

这六日的庆祝,姑卡照例被隔离在小房间里,客人一概不许看她,只有新郎可以出出进进。我因为是外地人,所以去了姑卡家,不管三七二十一,拉开布帘进去。

房内的光线很暗,空气非常混浊,姑卡坐在墙角内一堆毯子上。她看见我非常高兴,爬上来亲我的脸颊,同时说:"三毛,你不要走。"

"我不走,我去拿东西来给你吃。"我跑出去抓了一大块肉进来给她啃。

"三毛,你想我这样很快会有小孩吗?"她轻轻地问我。

我不知怎么回答她,看见她过去胖胖的脸在五天之内瘦得眼眶都陷下去了,我心里一抽,呆呆地望着她。

"给我药好吗?那种吃了没有小孩的药?"她急急地低声请求我。我一直移不开自己的视线,定定地看着她十岁的脸。

"好,我给你,不要担心,这是我们两个之间的秘密。"我轻轻地拍着她的手背,"现在可以睡一下,婚礼已经过去了。"

荒山之夜

那天下午荷西下班后,他并没有照例推门进来,只留在车上按喇叭,音如"三毛,三毛"。于是我放下了正在写着玩的毛笔字跑去窗口回答他。

"为什么不进来?"我问他。

"我知道什么地方有化石的小乌龟和贝壳,你要去吗?"

我跳了起来,连忙回答:"要去,要去。"

"快出来!"荷西又在叫。

"等我换衣服,拿些吃的东西,还有毯子。"我一面向窗口叫,一面跑去预备。

"快点好不好,不要带东西啦!我们两三小时就回来。"

我是个急性人,再给他一催,干脆一秒钟就跑出门来了。身上穿了一件布的连身裙拖到脚背,脚上穿了一双拖鞋,出门时顺手抓了挂在门上的皮酒壶,里面有一公升的红酒。这样就是我全部的装备了。

"好了,走吧!"我在车垫上跳了一跳,满怀高兴。

"来回两百四十多里,三小时在车上,一小时找化石,回来十点钟正好吃晚饭。"荷西正在自言自语。

我听见来回两百多里路，不禁望了一下已经偏西了的太阳，想对荷西抗议。但是此人自从有了车以后，这个潜伏性的"恋车情结"大发特发，又是个O型人，不易改变，所以我虽然觉得黄昏了还跑那么远有点不妥，但是却没有说一句反对的话。

一路上沿着公路往小镇南方开了二十多公里，到了检查站路就没有了，要开始进入一望无际的沙漠。

那个哨兵走到窗口来看了看，说着："啊，又是你们，这个时候了还出去吗？"

"不远，就在附近三十公里绕圈子，她要仙人掌。"荷西说完了这话开了车子就跑。

"你为什么骗他？"我责问他。

"不骗不给出来，你想想看，这个时间了，他给我们去那么远？"

"万一出事了，你给他的方向和距离都不正确，他们怎么来找我们？"我问他。

"不会来找的，上次几个嬉皮怎么死的？"他又提令人不舒服的事，那几个嬉皮的惨死我们是看到的。

已经快六点钟了，太阳虽然挂下来了，四周还是明亮得刺眼，风已经刮得有点寒意了。

车子很快地在沙地上开着，我们沿着以前别人开过的车轮印子走。满铺碎石的沙地平坦地一直延伸到视线及不到的远方。海市蜃楼左前方有一个，右前方有两个，好似是一片片绕着小树丛的湖水。

四周除了风声之外什么也听不见,死寂的大地像一个巨人一般躺在那里,它是狰狞而又凶恶的,我们在它静静展开的躯体上驶着。

"我在想,总有一天我们会死在这片荒原里。"我叹口气望着窗外说。

"为什么?"车子又跳又冲地往前飞驰。

"我们一天到晚跑进来扰乱它,找它的化石,挖它的植物,捉它的羚羊,丢汽水瓶、纸盒子、脏东西,同时用车轮压它的身体。沙漠说它不喜欢,它要我们的命来抵偿,就是这样——呜、呜——"我一面说,一面用手做出掐人脖子的姿势。

荷西哈哈大笑,他最喜欢听我胡说八道。

这时我将车窗全部摇上来,因为气温已经不知不觉下降了很多。

"迷宫山来了。"荷西说。

我抬起头来往地平线上极力望去,远处有几个小黑点慢慢地在放大。那是附近三百里内唯一的群山,事实上它是一大群高高的沙堆,散布在大约二三十里方圆的荒地上。

这些沙堆因为是风吹积成的,所以全是弧形的,在外表上看去一模一样。它们好似一群半圆的月亮,被天空中一只大怪手抓下来,放置在撒哈拉沙漠里,更奇怪的是,这些一百公尺左右高的沙堆,每一个间隔的距离都是差不多的。人万一进了这个群山里,一不小心就要被迷住失去方向。我给它取名叫迷宫山。

迷宫山越来越近了,终于第一个大沙堆耸立在面前。

"要进去啊?"我轻轻地说。

"是,进去后再往右边开十五里左右就是听说有化石的地方。"

"快七点半多了，鬼要打墙了。"我咬咬嘴唇，心里不知怎的觉得不对劲。

"迷信，哪里来的鬼。"荷西就是不相信。

此人胆大粗心，又顽固如石头，于是我们终于开进迷宫山里去绕沙堆了。太阳在我们正背后，我们的方向是往东边走。

迷宫山这次没有迷住我们，开了半小时不到就跑出来了。再往前去沙地里完全没有车印子，我们对这一带也不熟悉；更加上坐在一辆完全不适合沙漠行驶的普通汽车里，心情上总很没有安全感。荷西下车来看了一看地。

"回去吧！"我已完全无心找化石了。

"不回去。"荷西完全不理会我，车子一跳又往这片完全陌生的地上继续开下去。

开了两三里路，我们前面现出了一片低地，颜色是深咖啡红的，那片地上还罩了一层淡灰紫色的雾气。几千万年以前此地可能是一条很宽的河。

荷西说："这里可以下去。"车子慢慢顺着一大片斜坡滑下去，他将车停住，又下车去看地，我也下车了，抓起一把土来看，它居然是湿泥，不是沙，我站了一下，想也想不通。

"三毛，你来开车，我在前面跑，我打手势叫停，你就不要再开了。"

说完荷西就开始跑起来。我慢慢发动车子，跟他保持一段距离。

"怎么样？"他问我。

"没问题。"我伸出头去回答他。

他越跑离我越远，然后又转过身来倒退着跑，同时双手挥动着叫我前进。

这时我看见荷西身后的泥土在冒泡泡，好像不太对，我赶紧刹车向他大叫："小心，小心，停——"

我打开车门一面叫一面向他跑去，但是荷西已经踏进这片大泥淖里去了，湿泥一下没到他的膝盖，他显然吃了一惊，回过头去看，又踉跄地跌了几步，泥很快地没到了他大腿，他挣扎了几步，好似要倒下去的样子，不知怎的，越挣扎越远了，我们之间有了很大一段距离。

我张口结舌地站在一边，人惊得全身都冻住了，我不相信这是真的，但是眼前的景象是千真万确的啊！这全是几秒钟内发生的事情。

荷西困难地在提脚，眼看要被泥淖吃掉了，这时我看见他右边两公尺左右好似有一块突出来的石头，我赶紧狂叫："往那边，那边有块石头。"

他也看见石块了，又挣扎着过去，泥已经埋到他的腰部了。我远远地看着他，却无法替他出力，急得全身神经都要断了，这好似在一场噩梦里一样。

看见他双手抱住了泥淖内突出来的大石块，我方醒了过来，马上跑回车内去找可以拉他过来的东西，但是车内除了那个酒壶之外，只有两个空瓶子和一些《联合报》，行李箱内有一个工具盒，其他什么也没有。

我又跑回泥淖边去看看荷西，他没有作声，呆呆地望着我。

我往四处疯狂地乱跑，希望在地上捡到一条绳子，几块木板，或者随便什么东西都好。但是四周除了沙和小石子之外,什么也没有。

荷西抱住石块,下半身陷在泥里,暂时是不会沉下去了。

"荷西,找不到拉你的东西,你忍一下。"我对他叫着,我们之间大约有十五公尺。

"不要急,不要急。"他安慰我,但是他声音都变了。

四周除了风声之外就是沙,濛濛地在空气中飞扬着。前面是一片广大的泥淖,后面是迷宫山,我转身去望太阳,它已经要落下去了。再转身去看荷西,他也正在看太阳。

夕阳黄昏本是美景,但是我当时的心情却无法欣赏它。寒风一阵阵吹过来,我看看自己单薄的衣服,再看看泡在稀泥里的荷西,再回望太阳,它像独眼怪人的大红眼睛,正要闭上了。

几小时之内,这个地方要冷到零度,荷西如果无法出来,就要活活被冻死了。

"三毛,进车里去,去叫人来。"他对我喊着。

"我不能离开你。"我突然情感激动起来。

前面的迷宫山我可以看方向开出去,但是从迷宫山开到检查站,再去叫人回来,天一定已经黑了。天黑不可能再找到迷宫山回到荷西的地方,只有等天亮,天亮时荷西一定已经冻死了。

太阳完全看不见了,气温很快地下降,这是沙漠夜间必然的现象。

"三毛,到车里去,你要冻死了。"荷西愤怒地对我叫着,但是我还是蹲在岸边。

我想荷西一定比我冻得更厉害,我发抖发得话也不想讲,荷西将半身挂在石块上，只要他不动，我就站起来叫他："荷西，荷西，要动，转转身体，要勇敢——"他听见我叫他，就动一下，但是要他在那个情形下运动也是太困难了。

天已经变成鸽灰色，我的视线已经慢慢被暮色弄模糊了。我的脑筋里疯狂地在挣扎，我离开他去叫人，冒着回不来救他的危险，还是陪着他一同冻死。

这时我看见地平线上有车灯，我一愣，跳了起来，明明是车灯嘛！在很远很远，但是往我这个方向开来。

我大叫："荷西，荷西，有车来。"一面去按车子的喇叭，我疯了似的按着喇叭，又打开车灯一熄一亮吸引他们的注意，然后又跳到车顶上去挥着双手乱叫乱跳。

终于他们看到了，车子往这边开来。

我跳下车顶向他们跑去，车子看得很清楚了，是沙漠跑长途的吉普车，上面装了很多茶叶木箱，车上三个撒哈拉威男人。

他们开到距离我快三十公尺处便停了车，在远处望着我，却不走过来。

我当然明白，他们在这荒野里对陌生人有戒心，不肯过来。于是我赶快跑过去，他们正在下车。我们的情形他们可以看得很清楚，天还没有完全黑。

"帮帮忙，我先生掉在泥淖里了，请帮忙拖他上来。"我跑得上气不接下气，到了他们面前满怀希望地求着。

他们不理我，却用土话彼此谈论着，我听得懂他们说："是女人，是女人。"

"快点，请帮帮忙，他快冻死了。"我仍大口大口地喘着气。

"我们没有绳子。"其中的一个回答我,我愣住了,因为他的口气拒人千里之外。

"你们有缠头巾,三条结在一起可以够长了。"我又试探地建议了一句。我明明看见车上绑木箱的是大粗麻绳。

"你怎么知道我们一定会救他,奇怪。"

"我……"我想再说服他们,但是看见他们的眼神很不定,不怀好意地上下打量着我,我便改口了。

"好,不救也没法勉强,算了。"我预备转身便走,荒山野地里碰到疯子了。

说时迟那时快,我正要走,这三个撒哈拉威人其中的一个突然一扬头,另外一个就跳到我背后,右手抱住了我的腰,左手摸到我胸口来。

我惊得要昏了过去,本能地狂叫起来,一面在这个疯子铁一样的手臂里像野兽一样地又吼又挣扎,但是一点用也没有。他扳住我的身体,将我转过去面对着他,将那张可怕的脸往我凑过来。

荷西在那边完全看得见山坡上发生的情形,他哭也似的叫着:"我杀了你们。"

他放开了石头预备要踏着泥淖拼出来,我看了一急,忘了自己,向他大叫:"荷西,不要,不要,求求你——"一面哭了出来。

那三个撒哈拉威人给我一哭全去注意荷西了,我面对着抱着我的疯子,用尽全身的气力,举起脚来往他下腹踢去,他不防我这致命的一踢,痛叫着蹲下去,当然放开了我。我转身便逃,另外一个跨了大步来追我,我蹲下去抓两把沙子往他眼睛里撒去,他两手蒙住了脸,我乘这几秒钟的空当,踢掉脚上的拖鞋,光脚往车子的方向没命地狂奔。

他们三个没有跑步来追,他们上了吉普车慢慢地往我这儿开来。

我想当时他们一定错估了一件事情,以为只有荷西会开车,而我这样乱跑是逃不掉的,所以用车慢慢来追我。

我跳进车内,开了引擎,看了一眼又留在石块边的荷西,心里像给人鞭打了一下似的抽痛。

"跑,跑,三毛,跑。"荷西紧张地对我大叫。

我没有时间对他说任何话,用力一踏油门。车子跳了起来,吉普车还没到,我已冲上山坡飞也似的往前开去。吉普车试着挡我,我用车好似"自杀飞机"一样去撞它。他们反而赶快闪开了。

油门已经踏到底了,但是吉普车的灯光就是避不掉,他们咬住我的车不放过我,我的心紧张得快跳出来,人好似要窒息了一样喘着气。

我一面开车,一面将四边车门都按下了锁,左手在坐垫背后摸索,荷西藏着的弹簧刀给我握到了。

迷宫山来了,我毫不考虑地冲进去,一个沙堆来了,我绕过去,吉普车也跟上来,我疯狂地在这些沙堆里穿来穿去,吉普车有时落后一点,有时又正面撞过来,总之无论我怎么拼命乱开,总逃不掉它。

这时我想到,除非我熄了自己的车灯,吉普车总可以跟着我转,万一这样下去汽油用完了,我只有死路一条。

想到这儿,我发狠将油门拼命踏,绕过半片山,等吉普车还没有跟上来,我马上熄了灯,车子并没有减速,我将驾驶盘牢牢抓住,往左边来个紧急转弯,也就是不往前面逃,打一个转回到吉普车追来后面的沙堆去。

弧形的沙堆在夜间有一大片阴影，我将车子尽量靠着沙堆停下来，开了右边的门，从那里爬出去，离车子有一点距离，手里握着弹簧刀，这时我多么希望这辆车子是黑色的，或者咖啡色、墨绿色都可以，但是它偏偏是辆白色的。

我看见吉普车失去了我的方向，它在我前面不停地打着转找我，它没有想到我会躲起来，所以它绕了几圈又往前面加速追去。

我沿着沙地跑了几步，吉普车真的开走了，我不放心怕它开回来，又爬到沙堆顶上去张望，吉普车的灯光终于完全在远处消失了。

我滑下山回到车里去，发觉全身都是冷汗，眼前一波一波的黑影子涌上来，人好似要呕吐似的。我又爬出车子，躺在地上给自己冻醒，我绝不能瘫下来，荷西还留在泥淖里。

又等了几分钟，我已完全镇静下来了。看看天空，大熊星座很明亮，像一把水勺似的挂在天上，小熊星座在它下面，好似一颗颗指路的钻石，迷宫山在夜间反而比日正当中时容易辨认方向。

我在想，我往西走可以出迷宫，出了迷宫再往北走一百二十里左右，应该可以碰到检查站，我去求救，再带了人回来，那样再快也不会在今夜，那么荷西——他——我用手捂住了脸不能再想下去。

我在附近站了一下，除了沙以外没有东西可以给我做指路的记号，但是记号在这儿一定要留下来，明天清早可以回来找。

我被冻得全身剧痛，只好又跑回到车里去。无意中我看见车子的后座，那块坐垫是可以整个拆下来的啊，我马上去开工具箱，拿出起子来拆螺丝钉,一面双手用力拉坐垫,居然被我拆下来了。

我将这块坐垫拖出来,丢在沙地上,这样明天回来好找一点。我上车将车灯打开来,预备往检查站的方向开去,心里一直控制着自己,不要感情用事,开回去看荷西不如找人来救他,我不是丢下了他。

车灯照着沙地上被我丢在一旁的大黑坐垫,我已经发动车子了。

这时我像被针刺了一下,跳了起来,车垫那么大一块,又是平的,它应该不会沉下去。我兴奋得全身发抖,赶快又下去捡车垫,仍然将它丢进后座。掉转车头往泥淖的方向开去。

因为怕迷路,我慢慢地沿着自己的车印子开,这样又绕了很多路,有时又完全找不到车印,等到再开回到泥淖边时,我不敢将车子太靠近,只有将车灯对着它照去。

泥淖静静地躺在黑暗中,就如先前一样,偶尔冒些泡泡,泥上寂静一片,我看不见荷西,也没有那块突出来的石头。

"荷西,荷西——"我推开车门沿着泥淖跑去,口里高叫着他的名字。但是荷西真的不见了。我一面抖着一面像疯子一样上下沿着泥淖的边缘跑着,狂喊着。

荷西死了,一定是死了,恐怖的回响在心里击打着我。我几乎肯定泥淖已经将他吞噬掉了。这种恐惧令人要疯狂起来。我逃回到车里去,伏在驾驶盘上抖得像风里的一片落叶。

不知过了多久,我听见有很微弱的声音在叫我——"三毛——三毛——"我慌张地抬起头来找,黑暗中我看不到什么,打开车灯,将车子开动了一点点,又听清楚了,是荷西在叫我。我将车开了快一分钟,荷西被车灯照到了,他还是在那块石头边,但是我停错了地方,害得空吓一场。

"荷西,撑一下,我马上拉你出来。"

他双手抱住石块,头枕在手臂里,在车灯下一动也不动。

我将车垫拉出来,半拖半抱地往泥淖跑下来,跑到湿泥缠我小腿的地方,才将这一大块后车坐垫用力丢出去,它浮在泥上没有沉下去。

"备胎!"我对自己说,又将备胎由车盖子下拖出来。跑到泥淖边,踏在车垫上,再将备胎丢进稀泥里,这样我跟荷西的距离又近了。

冷,像几百只小刀子一样地刺着我,应该还不到零度,我却被冻得快要倒下去了。我不能停,我有许多事要赶快做,我不能缩在车里。

我用千斤顶将车子右边摇起来,开始拆前轮胎。快,快,我一直催自己,在我手脚还能动以前,我要将荷西拉出来。

下了前胎,又去拆后胎,这些工作我平日从来没有那么快做好过,但是这一次只有几分钟全拆下来了。

我看看荷西,他始终动也不动地僵在那儿。

"荷西,荷西。"我丢一块手掌大的小石块去打他,要他醒,他已经不行了。

我抱着拆下的轮胎跑下坡,跳过浮着的车垫,备胎,将手中的前胎也丢在泥里,这样又来回跑了一次,三个车胎和一个坐垫都浮在稀泥上了。

我分开脚站在最后一个轮胎上,荷西和我还是有一些距离,他的眼神很悲哀地望着我。

"我的衣服！"我想起来，我穿的是长到地的布衣服，裙子是大圆裙。我再快速跑回车内，将衣服从头上脱下来，用刀割成四条宽布带子，打好结，再将一把老虎钳绑在布带前面，抱着这一大堆带子，我飞快跑到泥淖的轮胎上去。

"荷西，喂，我丢过来了，你抓好。"我叫荷西注意，布带在手中慢慢被我打转，一点一点放远，它还没有跌下去，就被荷西抓住了。

他的手一抓住我这边的带子，我突然松了口气，跌坐在轮胎上哭了起来，这时冷也知道了，饿也知道了，惊慌却已过去。

哭了几声，想起荷西，又赶快拉他，但是人一松懈，气力就不见了，怎么拉也没见荷西动。

"三毛，带子绑在车胎上，我自己拉。"荷西哑着声音说。

我坐在轮胎上，荷西一点一点拉着带子，看他近了，我解开带子，绑到下一个轮胎给他再拉近，因为看情形，荷西没有气力在轮胎之间跳上岸，他冻太久了。

等荷西上了岸，他马上倒下去了。我还会跑，我赶紧跑回车内去拿酒壶，这是救命的东西，灌下了他好几口酒，我急于要他进车去，只有先丢下他，再去泥里捡车胎和车垫回来。

"荷西，活动手脚，荷西，要动，要动——"我一面装车胎一面回头对荷西喊，他正在地下爬，脸像石膏做的一样白，可怖极了。

"让我来。"他爬到车边，我正在扭紧后胎的螺丝帽。

"你去车里，快！"我说完丢掉起子，自己也爬进车内去。

我给荷西又灌了酒，将车内暖气开大，用刀子将湿裤筒割开，将他的脚用我的割破的衣服带子用力擦，再将酒浇在他胸口替他擦。

似乎过了一个世纪，他的脸开始有了些血色，眼睛张开了一下又闭起来。

"荷西，荷西。"我轻轻拍打他的脸叫着他。

又过了半小时，他完全清醒了，张大着眼睛，像看见鬼一样地望着我，口中结结巴巴地说："你，你……"

"我，我什么？"我被他的表情吓了一大跳。

"你——你吃苦了。"他将我一把抱着，流下泪来。

"你说什么，我没有吃苦啊！"我莫名其妙，从他手臂里钻出来。

"你被那三个人抓到了？"他问。

"没有啊！我逃掉了，早逃掉了。"我大声说。

"那，你为什么光身子，你的衣服呢？"

我这才想到我自己只穿着内衣裤，全身都是泥水。荷西显然也被冻疯了，他居然到这么久之后才看见我没有穿衣服。

在回家的路上，荷西躺在一旁，他的两只腿必须马上去看医生，想来是冻伤了。夜已深了，迷宫山像鬼魅似的被我丢在后面，我正由小熊星座引着往北开。

"三毛，还要化石吗？"荷西呻吟似的问着我。

"要。"我简短地回答他。"你呢？"我问他。

"我更要了。"

"什么时候再来？"

"明天下午。"

沙漠观浴记

有一天黄昏，荷西突然心血来潮，要将一头乱发剪成平头，我听了连忙去厨房拿了剪鱼的大剪刀出来，同时想用抹布将他的颈子围起来。

"请你坐好。"我说。

"你做什么？"他吓了一跳。

"剪你的头发。"我将他的头发拉了一大把起来。

"剪你自己的难道还不够？"他又跳开了一步。

"镇上那个理发师不会比我高明，你还是省省吧，来！来！"我又去捉他。

荷西一把抓了钥匙就逃出门去，我丢下剪刀也追出去。

五分钟之后，我们都坐在肮脏闷热的理发店里，为了怎么剪荷西的头发，理发师、荷西和我三个人争论起来，各不相让，理发师很不乐，狠狠地瞪着我。

"三毛，你到外面去好不好？"荷西不耐地对我说。

"给我钱，我就走。"我去荷西口袋里翻了一张蓝票子，大步走出理发店。

沿着理发店后面的一条小路往镇外走,肮脏的街道上堆满了垃圾,苍蝇成群地飞来飞去,一大批瘦山羊在找东西吃。这一带我从来没有来过。

经过一间没有窗户的破房子,门口堆了一大堆枯干的荆棘植物。我好奇地站住脚再仔细看看,这个房子的门边居然挂了一块牌子,上面写着"泉"。

我心里很纳闷,这个垃圾堆上的屋子怎么会有泉水呢?于是我走到虚掩着的木门边,将头伸进去看看。

大太阳下往屋里暗处看去,根本没有看见什么,就听到有人吃惊地怪叫起来——"啊……啊……"又同时彼此嚷着阿拉伯话。

我转身跑了几步,真是满头雾水,里面的人到底在做什么?为什么那么怕我呢?

这时里面一个中年男人披了撒哈拉式的长袍追出来,看见我还没有跑,便冲上来想抓住我的样子。

"你做什么,为什么偷看人洗澡?"他气冲冲地用西班牙文责问我。

"洗澡?"我被弄得莫名其妙。

"不知羞耻的女人,快走,嘘——嘘——"那个人打着手势好似赶鸡一样赶我走。

"嘘什么嘛,等一下。"我也大声回嚷他。

"喂,里面的人到底在做什么?"我问他,同时又往屋内走去。

"洗澡,洗——澡,不要再去看了。"他口中又发出嘘声。

"这里可以洗澡?"我好奇心大发。

"是啦!"那个人不耐烦起来。

"怎么洗？你们怎么洗？"我大为兴奋，头一次听说撒哈拉威人也洗澡，岂不要打破沙锅问到底。

"你来洗就知道了。"他说。

"我可以洗啊？"我受宠若惊地问。

"女人早晨八点到中午十二点，四十块钱。"

"多谢，多谢，我明天来。"

我连忙跑去理发店告诉荷西这个新的好去处。

第二天早晨，我抱着大毛巾，踏在厚厚的羊粪上，往"泉"走去，一路上气味很不好，实在有点倒胃口。

推门进去，屋内坐着一个撒哈拉威中年女子，看上去精明而又凶悍，大概是老板娘了。

"要洗澡吗？先付钱。"

我将四十块钱给了她，然后四处张望。这个房间除了乱七八糟丢着的锈铁皮水桶外没有东西，光线很不好，一个裸体女人出来拿了一个水桶又进去了。

"怎么洗？"我像个乡巴佬一样东张西望。

"来，跟我来。"

老板娘拉了我的手进了里面一个房间，那个小房间大约只有三四个榻榻米大，有几条铁丝横拉着，铁丝上挂满了撒哈拉威女人的内衣，还有裙子和包身体的布等等，一股很浓的怪味冲进鼻子里，我闭住呼吸。

"这里，脱衣服。"老板娘命令似的说。

我一声不响，将衣服脱掉，只剩里面事先在家中穿好的比基尼游泳衣，同时也将脱下的衣服挂在铁丝上。

"脱啊！"那个老板娘又催了。

"脱好了。"我白了她一眼。

"穿这个怪东西怎么洗？"她问我，又很粗暴地用手拉我的小花布胸罩，又去拉拉我的裤子。

"怎么洗是我的事。"我推开了她的手，又白了她一眼。

"好，现在到外面去拿水桶。"

我乖乖地出去拿了两个空水桶进来。

"这边，开始洗。"她又推开一个门，这幢房子一节一节地走进去，好似枕头面包一样。

泉，终于出现了，沙漠里第一次看见地上冒出的水来，真是感动极了。它居然在一个房间里。

那是一口深井，许多女人在井旁打水，嘻嘻哈哈，情景十分活泼动人。我提着两只空水桶，像呆子一样望着她们。

这批女人看见我这个穿衣服的人进去，大家都停住了，她们彼此望来望去，面露微笑，这些女人不太会讲西班牙话。

一个女人走上来，替我打了一桶水，很善意地对我说："这样，这样。"

然后她将一大桶水从我头上倒下来，我赶紧用手擦了一下脸，另一桶水又淋下来，我连忙跑到墙角，口中说着："谢谢！谢谢！"再也不敢领教了。

"冷吗？"一个女人问我。

我点点头，狼狈极了。

"冷到里面去。"她们又将下一扇门拉开，这个面包房子不知一共有几节。

我被送到再里面一间去。一阵热浪迎面扑上来，四周雾气茫茫，看不见任何东西，等了几秒钟，勉强看见四周的墙，我伸直手臂摸索着，走了两步，好似踏着人的腿，我弯下身子去看，才发觉这极小的房间里的地上都坐了成排的女人，在对面墙的那边，一个大水槽内正滚着冒泡泡的热水，雾气也是那里来的，很像土耳其浴的模样。

这时房间的门被人拉开了几分钟，空气凉下来，我也可以看清楚些。

这批女人身旁都放了一两个水桶，里面有冷的井水。房间内温度那么高，地被蒸得发烫，我的脚被烫得不停地动来动去，不知那些坐在地上的女人怎么受得了。

"这边来坐。"一个墙角边的裸女挪出了地方给我。

"我站着好了，谢谢！"看看那一片如泥浆似的湿地，不是怕烫也实在坐不下去。

我看见每一个女人都用一片小石头沾着水，在刮自己身体，每刮一下，身上就出现一条黑黑的浆汁的污垢，她们不用肥皂，也不太用水，要刮得全身的脏都松了，才用水冲。

"四年了，我四年没有洗澡，住哈伊麻，很远，很远的沙漠——"一个女人笑嘻嘻地对我说，"哈伊麻"意思是帐篷。

她对我说话时我就不吸气。

她将水桶举到头上冲下去，隔着雾气，我看见她冲下来的黑浆水慢慢淹过我清洁的光脚，我胃里一阵翻腾，咬住下唇站着不动。

"你怎么不洗，石头借给你刮。"她好心地将石头给我。

"我不脏，我在家里洗过了。"

"不脏何必来呢！像我，三四年才来一次。"她洗过了还是看上去很脏。

这个房间很小，没有窗，加上那一大水槽的水不停地冒热气，我觉得心跳加快，汗出如雨，加上屋内人多，混合着人的体臭，我好似要呕吐了似的。挪到湿湿的墙边去靠一下，才发觉这个墙上积了一层厚厚如鼻涕一样的滑滑的东西，我的背上被粘了一大片。我咬住牙，连忙用毛巾没命地擦背。

在沙漠里的审美观念，胖的女人才是美，所以一般女人想尽方法给自己发胖。平日女人出门，除了长裙之外，还用大块的布将自己的身体、头脸缠得个密不透风。有时髦些的，再给自己加上一副太阳眼镜，那就完全看不清她们的真面目了。

我习惯了看木乃伊似包裹着的女人，现在突然看见她们全裸的身体是么么的胖大，实在令人触目心惊，真是浴场现形，比较之下，我好似一根长在大胖乳牛身边的细狗尾巴草，黯然失色。

一个女人已经刮得全身的黑浆都起来了，还没有冲掉，外面一间她的孩子哭了，她光身子跑出去，将那个几个月大的婴儿抱进来，就坐在地上喂起奶来。她下巴、颈子、脸上、头发上流下来的污水流到胸部，孩子就混着这些污水吸着乳汁。

我呆看着这可怖肮脏透顶的景象，胃里又是一阵翻腾，没法子再忍下去，转身跑出这个房间。

一直奔到最外面一间，用力吸了几口新鲜空气，才走回到铁丝上去拿衣服来穿。

"她们说你不洗澡，只是站着看，有什么好看？"老板娘很有兴趣地问我。

"看你们怎么洗澡。"我笑着回答她。

"你花了四十块钱就是来看看？"她张大了眼睛。

"不贵，很值得来。"

"这儿是洗身体外面，里面也要洗。"她又说。

"洗里面？"我不懂她说什么。

她做了一个掏肠子的手势，我大吃一惊。

"哪里洗，请告诉我。"既吓又兴奋，衣服扣子也扣错了。

"在海边，你去看，在勃哈多海湾，搭了很多哈伊麻，春天都要去那边住，洗七天。"

当天晚上我一面做饭一面对荷西说："她说里面也要洗洗，在勃哈多海边。"

"不要是你听错了？"荷西也吓了一跳。

"没有错，她还做了手势，我想去看看。"我央求荷西。

从小镇阿雍到大西洋海岸并不是太远，来回只有不到四百里路，一日可以来回了。勃哈多有个海湾我们是听说，其他近乎一千里的西属撒哈拉海岸几乎全是岩岸没有沙滩。

车子沿着沙地上前人的车印开，一直到海都没有迷路，在岩岸上慢慢找勃哈多海湾又费了一小时。

"看，那边下面。"荷西说。

我们的车停在一个断岩边，几十公尺的下面，蓝色的海水平静地流进一个半圆的海湾里，湾内沙滩上搭了无数白色的帐篷，有男人、女人、小孩在走来走去，看上去十分自在安详。

"这个乱世居然还有这种生活。"我羡慕地叹息着，这简直是桃花源的境界。

"不能下去，找遍了没有落脚的地方，下面的人一定有他们秘密的路径。"荷西在悬崖上走了一段回来说。

荷西把车内新的大麻绳拉出来，绑在车子的保险杠上，再将一块大石头堆在车轮边卡住，等绑牢了，就将绳子丢到崖下去。

"我来教你，你全身重量不要挂在绳子上，你要踏稳脚下的石头，绳子只是稳住你的东西，怕不怕？"

我站在崖边听他解释，风吹得人发抖。

"怕吗？"又问我。

"很怕，相当怕。"我老实说。

"好，怕就我先下去，你接着来。"

荷西背着照相器材下去了。我脱掉了鞋子，也光脚吊下崖去，半途有只怪鸟绕着我打转，我怕它啄我眼睛，只有快快下地去，结果注意力一分散，倒也不怎么怕就落到地面了。

"嘘！这边。"荷西在一块大石头后面。

落了地，荷西叫我不要出声，一看原来有三五个全裸的撒哈拉威女人在提海水。

这些女人将水桶内的海水提到沙滩上，倒入一个很大的罐子内，这个罐子的下面有一条皮带管可以通水。

一个女人半躺在沙滩上，另外一个将皮带管塞进她体内，如同灌肠一样，同时将罐子提在手里，水经过管子流到她肠子里去。

我推了一下荷西，指指远距离镜头，叫他装上去，他忘了拍照，看呆了。

水流光了一个大罐子，旁边的女人又倒了一罐海水，继续去灌躺着的女人，三次灌下去，那个女人忍不住呻吟起来，接着又再灌一大桶水,她开始尖叫起来,好似在忍受着极大的痛苦。

我们在石块后面看得心惊胆裂。

这条皮带管终于拉出来了,又插进另外一个女人的肚内清洗,而这边这个已经被灌足了水的女人,又被在口内灌水。

据"泉"那个老板娘说,这样一天要洗内部三次,一共洗七天才完毕,真是名副其实的春季大扫除,一个人的体内居然容得下那么多的水,也真是不可思议。

过了不久,这个灌足了水的女人蹒跚爬起来,慢慢往我们的方向走来。

她蹲在沙地上开始排泄,肚内泻出了无数的脏东西,泻了一堆,她马上退后几步,再泻,同时用手抓着沙子将她面前泻的粪便盖起来,这样一面泻,一面埋,泻了十几堆还没有停。

等这个女人蹲在那里突然唱起歌时,我忍不住哈哈大笑特笑起来,她当时的情景非常滑稽,令人忍不住要笑。

荷西跳上来捂我的嘴,可是已经太迟了。

那个光身子女人一回头,看见石块后的我们,吓得脸都扭曲了,张着嘴,先逃了好几十步,才狂叫出来。

我们被她一叫,只有站直了,再一看,那边帐篷里跑出许多人来,那个女人向我们一指,他们气势汹汹地往我们奔杀而来。

"快跑,荷西。"我又想笑又紧张,大叫一声拔腿就跑,跑了一下回过头叫,"拿好照相机要紧啊!"

我们逃到吊下来的绳子边,荷西用力推我,我不知哪里来的本事,一会儿就上悬崖了,荷西也很快爬上来。

可怖的是,明明没有路的断崖,那些追的人没有用绳子,不知从哪条神秘的路上也冒出来了。

我们推开卡住车轮的石块,绳子都来不及解,我才将自己丢进车内,车子就如炮弹似的弹了出去。

过了一星期多,我仍然在痛悼我留在崖边的美丽凉鞋,又不敢再开车回去捡。突然听见荷西下班回来了,正在窗外跟一个撒哈拉威朋友说话。

"听说最近有个东方女人,到处看人洗澡,人家说你——"那个撒哈拉威人试探地问荷西。

"我从来没听说过,我太太也从来没有去过勃哈多海湾。"荷西正在回答他。

我一听,天啊!这个呆子正在此地无银三百两了,连忙跑出去。

"有啦!我知道有东方女人看人洗澡。"我笑容可掬地说。

荷西一脸惊愕的表情。

"上星期飞机不是送来一大批日本游客,日本人喜欢研究别人怎么洗澡,尤其是日本女人,到处乱问人洗澡的地方——"

荷西用手指着我,张大了口,我将他手一把打下去。

那个撒哈拉威朋友听我这么一说,恍然大悟,说:"原来是日本人,我以为,我以为……"他往我一望,脸上出现一抹红了。

"你以为是我,对不对?我其实除了煮饭洗衣服之外,什么都不感兴趣,你弄错了。"

"对不起,我想错了,对不起。"他又一次羞红了脸。

等那个撒哈拉威人走远了,我还靠在门边,闭目微笑,不防头上中了荷西一拍。

"不要发呆了,蝴蝶夫人,进去煮饭吧!"

爱的寻求

我住的小屋附近，在七八个月前开了一家小小的杂货店，里面卖的东西应有尽有，这么一来，对我们这些远离小镇的居民来说实在方便了很多，我也不用再提着大包小包在烈日下走长路了。

这个商店我一天大约要去四五次，有时一面烧菜，一面飞奔去店里买糖买面粉，在时间上总是十万火急，偏偏有时许多邻居在买东西，再不然钱找不开，每去一趟总不能如我的意，十秒钟就跑个来回，对我这种急性子人很不合适。

买了一星期后，我对这个管店的年轻撒哈拉威人建议，不如来记账吧，我每天夜里记下白天所买的东西，到了满一千块西币左右就付清。这个年轻人说他要问他哥哥之后才能答复我。第二天他告诉我，他们欢迎我记账，他们不会写字，所以送了我一本大簿子，由我单方面记下所欠积的东西。

于是从那时候开始我就跟沙仑认识了。

沙仑平日总是一个人在店里，他的哥哥另外有事业，只有早晚来店内晃一下。每一次我去店内结账付钱时，沙仑总坚持不必再核对我做的账，如果我跟他客气起来，他马上面红耳赤讷讷不能成言，所以我后来也不坚持他核算账了。

因为他信任我，我算账时也特别仔细，不希望出了差错让沙仑受到责怪。这个店并不是他的，但是他好似很负责，夜间关店了也不去镇上，总是一个人悄悄地坐在地上看着黑暗的天空。他很木讷老实，开了快一个月的店，他好似没有交上任何朋友。

有一天下午，我又去他店里结账，付清了钱，我预备离去，当时沙仑手里拿着我的账簿低头把玩着，那个神情不像是忘了还我，倒像有什么话要说。

我等了他两秒钟，他还是那个样子不响，于是我将他手里的账簿抽出来，对他说："好了，谢谢你，明天见！"就转身走出去。

他突然抬起头来，对我唤着："葛罗太太——"

我停下来等他说话，他又不讲了，脸已经涨得一片通红。

"有什么事吗？"我很和气地问他，免得加深他的紧张。

"我想——我想请您写一封重要的信。"他说话时一直不敢抬眼望我。

"可以啊！写给谁？"我问他，他真是太怕羞了。

"给我的太太。"他低得声音都快听不见了。

"你结婚了？"我很意外，因为沙仑吃住都在这个小店里。无父无母，他哥哥一家对待他也十分冷淡，从来不知道他有太太。

他再点点头，紧张得好似对我透露了一个天大的秘密。

"太太呢？在哪里？为什么不接来？"我知道他的心理，他自己不肯讲，又渴望我问他。

他还是不回答，左右看了一下，确定没有人进店来，他突然从柜台下面抽出一张彩色的照片来塞在我手里，又低下头去。

这是一张已经四周都磨破角的照片，里面是一个阿拉伯女子穿着欧洲服装。五官很端正，眼睛很大，但是并不年轻的脸上涂了很多化妆品，一片花红柳绿。衣服是上身一件袒胸无袖的大花衬衫，下面是一条极短已经不再流行的苹果绿迷你裙，腰上扎了一条铜链子的皮带，胖腿下面踏了一双很高的黄色高跟鞋，鞋带子成交叉状扎到膝盖。黑发一部分梳成鸟巢，另一部分披在肩后。全身挂满了廉价的首饰，还用了一个发光塑胶皮的黑皮包。

光看这张照片，就令人眼花缭乱，招架不及，如果真人来了，加上香粉味一定更是精彩。

看看沙仑，他正热切地等待着我对照片的反应，我不忍扫他的兴，但是对这朵"阿拉伯人造花"实在找不出适当赞美的字眼，只有慢慢地将照片放回在柜台上。

"很时髦，跟这儿的撒哈拉威女孩们太不相同了。"我只有这么说，不伤害他，也不昧着自己良心。

沙仑听我这么说，很高兴，马上说："她是很时髦，很美丽，这里没有女孩比得上她。"

我笑笑问他："在哪儿？"

"她现在在蒙特卡洛。"他讲起他太太来好似在说一个女神似的。

"你去过蒙特卡洛？"我怀疑自己听错了。

"我没有，我们是去年在阿尔及利亚结婚的。"他说。

"结了婚，她为什么不跟你回沙漠来？"

他的脸被我一问，马上黯淡下来了，热切的神情消失了。

"沙伊达说，叫我先回来，过几日她跟她哥哥一同来撒哈拉，结果，结果——"

"一直没有来。"我替他将话接下去，他点点头看着地。

"多久了？"我又问。

"一年多了。"

"你怎么不早写信去问？"

"我——"他说着好似喉咙被卡住了，"我跟谁去讲——"他叹了一口气。

我心里想，你为什么又肯对我这个不相干的人讲了呢？

"拿地址来看看。"我决定帮他一把。

地址拿出来了，果然是摩纳哥，蒙特卡洛，不是阿尔及利亚。

"你哪里来的这个地址？"我问他。

"我去阿尔及利亚找过我太太一次，三个月以前。"他吞吞吐吐地说。

"哎呀，怎么不早讲？你话讲得不清不楚，原来又去找过了。"

"她不在，她哥哥说她走了，给了我这张照片和地址叫我回来。"

千里跋涉，就为了照片里那个俗气女人？我感叹地看着沙仑那张忠厚的脸。

"沙仑，我问你，你结婚时给了多少聘金给女方？"

突然想到沙漠里的风俗。

"很多。"他又低下头去，好似我的问触痛了他的伤口。

"多少？"我轻轻地问。

"三十多万。"（合台币二十多万。）

我吓了一跳，怀疑地说："你不可能有那么多钱，乱讲！"

"有，有，我父亲前年死时留下来给我的，你可以问我哥哥。"

沙仑顽固地分辩着。

"好,下面我来猜。你去年将父亲这笔钱带去阿尔及利亚买货,要运回撒哈拉来卖,结果货没有买成,娶了照片上的沙伊达,钱送给了她,你就回来了,她始终没有来。我讲的对不对?"

一个很简单拆白党的故事。

"对,都猜对了,你怎么像看见一样?"他居然因为被我猜中了,有点高兴。

"你真不明白?"我张大了眼睛,奇怪得不得了。

"我不明白她为什么不肯来这里,所以我拜托你一定要写信给她,告诉她,我——我——"他情绪突然很激动,用手托住了头。"我现在什么都没有了。"他喃喃地说。

我赶快将视线转开去,看见这个老实木讷的人这么真情流露,我心里受到了很大的感动。从第一次见到他时开始,他身上一直静静地散发着一种很孤苦的悲戚感,就好像旧俄时代小说里的那些忍受着极大苦难的人一样。

"来吧,来写信,我现在有空。"我打起精神来说。

这时沙仑轻轻地恳求我:"请你不要告诉我哥哥这写信的事。"

"我不讲,你放心。"我将账簿打开来写信。

"好,你来讲,我写,讲啊……"我又催他。

"沙伊达,我的妻——"沙仑发抖似的吐出这几个字,又停住了。

"不行,我只会写西班牙文,她怎么念信?"明明知道这个女骗子根本不会念这封信,也不会承认是他什么太太,我又不想写了。

"没关系,请你写,她会找人去念信的,求求你……"沙仑好似怕我又不肯写,急着求我。

"好吧！讲下去吧！"我低头再写。

"自从我们去年分手之后，我念念不忘你，我曾经去阿尔及利亚找你——"我看得出，如果沙仑对这个女子没有巨大的爱情，他不会克服他的羞怯，在一个陌生人的面前陈述他心底深藏着的热情。

"好啦！你来签名。"我把写好的信从账簿上撕下来，沙仑会用阿拉伯文写自己的名字。

沙仑很仔细地签了名，叹了口气，他满怀希望地说："现在只差等回信来了。"

我望了他一眼，不知怎么说，只有不响。

"回信地址可以用你们的邮局信箱号码吗？荷西先生不会麻烦吧？"

"你放心，荷西不在意的，好，我替你写回信地址。"我原先并没有想到要留回信地址。

"现在我亲自去寄。"

沙仑向我要了邮票，关了店门，往镇上飞奔而去。

从信寄掉第二日开始，这个沙仑一看见我进店，就要惊得跳起来，如果我摇摇头，他脸上失望的表情马上很明显地露出来。这样早就开始为等信痛苦，将来的日子怎么过呢？

一个月又过去了，我被沙仑无声的纠缠弄得十分头痛，我不再去他店里买东西，我也不知道如何告诉他，没有回信，没有回信，没有回信——死心算了。我不去他的店，他每天关了店门就来悄悄地站在我窗外，也不敲门，要等到我看到他了，告诉他没有信，他才轻轻地道声谢，慢慢走回小店前，坐在地上呆望着天空,一望好几小时。

过了很久一阵,有一次我开信箱,里面有我几封信,还有一张邮局办公室的通知单,叫我去一趟。

"是什么东西?"我问邮局的人。

"一封挂号信,你的邮箱,给一个什么沙仑——哈米达,是你的朋友,还是寄错了?"

"啊——"我拿着这封摩纳哥寄来的信,惊叫出来,全身寒毛竖立。抓起了信,往回家的路上快步走去。

我完全错估了这件事情,她不是骗子,她来信了,还是挂号信,沙仑要高兴得不知什么样子了。

"快念,快念!"

沙仑一面关店一面说,他人在发抖,眼睛发出疯子似的光芒。

打开信来一看,是法文的,我真对沙仑抱歉。

"是法文——"我咬咬手指,沙仑一听,急得走投无路。

"是给我的总没错吧!"他轻轻地问。深怕大声了,这个美梦会醒。

"是给你的,她说她爱你。"我只看得懂这一句。

"随便猜猜,求你,还说什么?"沙仑像疯子了。

"猜不出,等荷西下班吧。"

我走回家,沙仑就像个僵尸鬼似的直直地跟在我后面,我只好叫他进屋,坐下来等荷西。

荷西有时在外面做事受了同事的气,回来时脸色会很凶,我已经习惯了,不以为意。

那天他回来得特别早,看见沙仑在,只冷淡地点点头,就去换鞋子，也不说一句话。沙仑手里拿着信，等荷西再注意他，但是荷西没有理他，又走到卧室去了，好不容易又出来了，身上一条短裤，又往浴室走去。

沙仑此时的紧张等待已到了饱和点，他突然一声不响，拿着信，啪一下跪扑在荷西脚前，好似要上去抱荷西的腿。我在厨房看见这情景吓了一大跳，沙仑太过分了，我对自己生气，将这个疯子弄回那么小的家里来乱吵。

荷西正在他自己那个世界里神游，突然被沙仑在面前一跪，吓得半死，大叫："怎么搞的，怎么搞的，三毛，快来救命啊——"

我用力去拉沙仑，好不容易将他和荷西都镇定住，我已经累得心灰意懒了，只恨不得沙仑快快出去给我安静。

荷西念完了信，告诉沙仑："你太太说，她也是爱你的，现在她不能来撒哈拉，因为没有钱，请你设法筹十万块西币，送去阿尔及利亚她哥哥处，她哥哥会用这个钱买机票给她到你身边来，再也不分离了。"

"什么？见她的大头鬼，又要钱——"我大叫出来。

沙仑倒是一点也不失望，他只一遍一遍地问荷西："沙伊达说她肯来？她肯来？"他的眼光如同在做梦一般幸福。

"钱，没有问题，好办，好办——"他喃喃自语。

"算啦，沙仑——"我看劝也好似劝不醒他。

"这个，送给你。"沙仑像被喜悦冲昏了头，脱下他手上唯一的银戒指，塞在荷西手里。

"沙仑，我不能收，你留下给自己。"荷西一把又替他戴回他手指去。

"谢谢，你们帮了我很多。"沙仑满怀感激地走了。

"这个沙仑太太到底怎么回事？沙仑为她疯狂了。"荷西莫名其妙地说。

"什么太太嘛，明明是个婊子！"这朵假花只配这样叫她。

自从收到这封信之后，沙仑又千方百计找到了一个兼差，白天管店，夜间在镇上的大面包店烤面包，日日夜夜地辛劳工作，只有在清晨五点到八点左右可以睡觉。

半个月下来，他很快速地憔悴下来，人瘦了很多，眼睛布满血丝，头发又乱又脏，衣服像抹布一样皱，但是他话多起来了，说话时对生命充满盼望，但是我不知怎的觉得他内心还是在受着很大的痛苦。

过了不久，我发觉他烟也戒掉了。

"要每一分钱都省下来，烟不抽不要紧。"他说。

"沙仑，你日日夜夜辛苦，存了多少？"我问他。

两个月以后，他已是一副骨架子了。

"一万块，两个月存了一万，快了，快了，你不用替我急。"他语无伦次，长久地缺乏睡眠，他的神经已经衰弱得不得了。

我心里一直在想，沙伊达有什么魔力，使一个只跟她短短相处过三天的男人这样爱她，这样不能忘怀她所给予的幸福。

又过了好一阵，沙仑仍不生不死地在发着他的神经，一个人要这样撑到死吗？

一个晚上，沙仑太累了，他将两只手放到烤红的铁皮上去，双手受到了严重的烫伤。白天店里的工作，他哥哥并没有许他关店休息。

我看他卖东西时，用两手腕处夹着拿东西卖给顾客，手忙脚乱，拿了这个又掉了那个。他哥哥来了，冷眼旁观，他更紧张，番茄落了一地，去捡时，手指又因为灌脓，痛得不能着力，汗，大滴大滴地流下来。

可怜的沙仑，什么时候才能从对沙伊达疯狂的渴望中解脱出来？平日的他显得更孤苦了。

自从手烫了之后，沙仑每夜都来涂药膏，再去面包店上工。只有在我们家，他可以尽情流露出他心底的秘密，他已完全忘了过去沙伊达给他的挫折，只要多存一块钱，他梦想的幸福就更接近了。

那天夜里他照例又来了，我们叫他一同吃饭，他说手不方便，干脆就不吃东西。

"我马上就好了，手马上要结疤了，今天也许可以烤面包了，沙伊达她——"他又开始做起那个不变的梦。

荷西这一次却很怜悯温和地听沙仑说话，我正将棉花纱布拿出来要给沙仑换药，一听他又讲了，又来了，心里一阵烦厌，对着沙仑说："沙伊达，沙伊达，沙伊达，一天到晚讲她，你真不知道还是假不知道，沙——伊——达——是——婊子——"

我这些话冲口而出，也收不回来了。荷西猛一下抬起头来注视着沙仑，室内一片要冻结起来的死寂。

我以为沙仑会跳上来把我捏死，但是他没有。我对他讲的话像个大棍子重重地击倒了他，他缓缓地转过头来往我定定地望着，要说话，说不出一个字，我也定定地看着他瘦得像鬼一样可怜的脸。

他脸上没有愤怒的表情，他将那双烫烂了的手举起来，望着手，望着手，眼泪突然哗一下流泻出来，他一句话也没有讲，夺门而出，往黑暗的旷野里跑去。

"你想他明白受骗了吗？"荷西轻轻地问我。

"他从开始到现在，心里一直明明白白，只是不肯醒过来，他不肯自救，谁能救他。"我肯定沙仑的心情。

"沙伊达用蛊术迷了他。"荷西说。

"沙伊达能迷住他的不过是情欲上的给予，而这个沙仑一定要将沙伊达的肉体，解释做他这一生所有缺乏的东西的代表，他要的是爱，是亲情，是家，是温暖。这么一个拘谨孤单年轻的心，碰到一点即使是假的爱情，也当然要不顾一切地去抓住了。"

荷西一声不响，将灯熄了，坐在黑暗中。

第二天我们以为沙仑不会来了，但是他又来了，我将他的手换上药，对他说："好啦！今晚烤面包不会再痛了，过几天全部的皮都又长好了。"

沙仑很安静，不多说话，出门时他好似有话要说，又没有说，走到门口，他突转过身来，说了一声："谢谢！"

我心里一阵奇异的感觉，口里却回答说："谢什么，不要又在发疯了，快走，去上工。"

他也怪怪地对我笑了一笑，我关上门心里一麻，觉得很不对劲，沙仑从来不会笑的啊！

第三天早晨，我开门去倒垃圾，拉开门，迎面正好走来两个警察。

"请问您是葛罗太太？"

"是，我是。"我心里对自己说，沙仑终于死了。

"有一个沙仑哈米达——"

"他是我们朋友。"我安静地说。

"你知道他大概会去了哪里?"

"他?"我反问他们。

"他昨夜拿了他哥哥店里要进货的钱,又拿了面包店里收来的账,逃掉了……"

"哦——"我没有想到沙仑是这样的选择。

"他最近说过什么比较奇怪的话,或者说过要去什么地方吗?"警察问我。

"没有,你们如果认识沙仑,就知道了,沙仑是很少说话的。"

送走了警察,我关上门去睡了一觉。

"你想沙仑怎么会舍得下这片沙漠?这是撒哈拉威人的根。"荷西在吃饭时说。

"反正他不能再回来了,到处都在找他。"

吃过饭后我们在天台上坐着,那夜没有风,荷西叫我开灯,灯亮了,一群一群的飞虫马上扑过来,它们绕着光不停地打转,好似这个光是它们活着唯一认定的东西。

我们两人看着这些小飞虫。

"你在想什么?"荷西说。

"我在想,飞蛾扑火时,一定是极快乐幸福的。"

芳 邻

我的邻居们外表上看去都是极肮脏而邋遢的撒哈拉威人。

不清洁的衣着和气味,使人产生一种错觉,以为他们也同时是穷苦而潦倒的一群。事实上,住在附近的每一家人,不但有西国政府的补助金,更有正当的职业,加上他们将屋子租给欧洲人住,再养大批羊群,有些再去镇上开店,收入是十分安稳而可观的。

所以本地人常说,没有经济基础的撒哈拉威是不可能住到小镇阿雍来的。

我去年初来沙漠的头几个月,因为还没有结婚,所以经常离镇深入大漠中去旅行。每次旅行回来,全身便像被强盗抢过了似的空空如也。沙漠中穷苦的撒哈拉威人连我帐篷的钉都给我拔走,更不要说随身所带的东西了。

在开始住定这条叫做金河大道的长街之后,我听说同住的邻居都是沙漠里的财主,心里不禁十分庆幸,幻想着种种跟有钱人做邻居的好处。

说起来以后发生的事情实在是我的错。

第一次被请到邻居家去喝茶回来,荷西和我的鞋子上都粘上了羊粪，我的长裙子上被罕地小儿子的口水滴湿了一大块。第二天，我就开始教罕地的女儿们用水拖地和晒席子。当然水桶、肥皂粉和拖把、水，都是我供给的。

就因为此地的邻居们是如此亲密的缘故，我的水桶和拖把往往传到了黄昏，还轮不到我自己用，但是这并不算什么，因为这两样东西他们毕竟用完了是还我的。

住久了金河大道，虽然我的家没有门牌，但是邻居远近住着的都会来找我。

我除了给药时将门打开之外，平日还是不太跟他们来往，君子之交淡如水的道理我是十分恪守的。

日子久了，我住着的门总得开开关关，我门一开，这些妇女和小孩就涌进来，于是，我们的生活方式和日常用具都被邻居很清楚地看在眼里了。

因为荷西和我都不是小气的人，对人也算和气，所以邻居们慢慢地学到了充分利用我们的这个缺点。

每天早晨九点左右开始，这个家就不断地有小孩子要东西。

"我哥哥说，要借一只灯泡。"

"我妈妈说，要一只洋葱——"

"我爸爸要一瓶汽油。"

"我们要棉花——"

"给我吹风机。"

"你的熨斗借我姊姊。"

"我要一些钉子，还要一点点电线。"

其他来要的东西千奇百怪，可恨的是偏偏我们家全都有这些东西，不给他们心里过意不去，给了他们，当然是不会还的。

"这些讨厌的人，为什么不去镇上买。"荷西常常讲，可是等小孩子来要了还是又给了。

不知什么时候开始，邻居的小孩子们开始伸手要钱，我们一出家门，就被小孩子们围住，口里叫着："给我五块钱，给我五块钱！"

这些要钱的孩子们，当然也包括了房东的子女。

要钱我是绝对不给的，但是小孩子们很有恒心地每天来缠住我。有一天我对房东的孩子说："你爸爸租这个破房子给我，收我一万块，如果再给你每天五块，我不如搬家。"

从这个时候起，小孩子们不要钱了，只要泡泡糖，要糖我是乐意给的。

我想，他们不喜欢我搬走，所以不再讨钱了。

有一天小女孩拉布来敲门，我开门一看，一只小山也似的骆驼尸体躺在地上，血水流了一地，十分惊人。

"我妈妈说，这只骆驼放在你冰箱里。"

我回头看看自己如鞋盒一般大的冰箱，叹了一口气，蹲下去对拉布说："拉布，告诉你妈妈，如果她把你们家的大房子送给我做针线盒，这只骆驼就放进我的冰箱里。"

她马上问我："你的针在哪里？"

当然，骆驼没有冰进来，但是拉布母亲的脸绷了快一个月。她只对我说过一句话："你拒绝我，伤害了我的骄傲。"

每一个撒哈拉威人都是很骄傲的，我不敢常常伤害他们，也不敢不出借东西。

有一天，好几个女人来向我要"红色的药水"，我执意不肯给，只说："有什么人弄破了皮肤，叫他来涂药。"

但是她们坚持要拿回去涂。

等我过了几小时听见鼓声跑出去看时，才发觉在公用天台上，所有的女人都用我的红药水涂满了脸和双手，正在扭来扭去地跳舞唱歌，状极愉快。看见红药水有这样奇特的功效，我也不能生气了。

更令人苦恼的是，邻近一家在医院做男助手的撒哈拉威人，因为受到了文明的洗礼，他拒绝跟家人一同用手吃饭，所以每天到了吃饭的时候，他的儿子就要来敲门。

"我爸爸要吃饭了，我来拿刀叉。"这是一定的开场白。

这个小孩每天来借刀叉虽然会归还，我仍是给他弄得不胜其烦，干脆买了一套送给他，叫他不许再来了。

没想到过了两天，他又出现在门口。

"怎么又来了？上一次送你的那一套呢？"我板着脸问他。

"我妈妈说那套刀叉是新的，要收起来。现在我爸爸要吃饭——"

"你爸爸要吃饭关我什么事——"我对他大吼。这个小孩子像小鸟似的缩成一团，我不忍心了，只有再借他刀叉。毕竟吃饭是一件重要的事。

沙漠里的房子，在屋顶中间总是空一块不做顶。我们的家，无论吃饭、睡觉，邻居的孩子都可以在天台上缺的那方块往下看。

有时候刮起狂风沙来，屋内更是落沙如雨。在这种气候下过日子，荷西跟我只有扮流沙河里住着的沙和尚，一无选择其他角色的余地。

荷西跟房东要求了好几次，房东总不肯加盖屋顶。于是我们自己买材料，荷西做了三个星期日，铺好了一片黄色毛玻璃的屋顶，光线可以照进来，美丽清洁极了。我将苦心拉拔大的九棵盆景放在新的屋顶下，一片新绿。我的生活因此改进了很多。

有一天下午，我正全神贯注地在厨房内看食谱做蛋糕，同时在听音乐。突然听到玻璃屋顶上好似有人踩上去走路的声音，伸头出去看，我的头顶上很清楚地映出一只大山羊的影子，这只可恶的羊，正将我们斜斜的屋顶当山坡爬。

我抓起菜刀就往通天台的楼梯跑去，还没来得及上天台，就听见木条细微的断裂声，接着惊天动地的一阵巨响，木条、碎玻璃如雨似的落下来。当然这只大山羊也从天而降，落在我们窄小的家里。我紧张极了，连忙用扫把将山羊打出门，望着破洞洞外的蓝天生气。

破了屋顶我们不知应该叫谁来赔，只有自己买材料修补。

"这次做石棉瓦的怎样？"我问荷西。

"不行，这房子只有朝街的一扇窗，用石棉瓦光线完全被挡住了。"荷西很苦恼，因为他不喜欢星期天还得做工。

过了不久，新的白色半透明塑胶板的屋顶又架起来了。荷西还做了一道半人高的墙，将邻居们的天台隔开。

这个墙不只是为了防羊，也是为了防邻居的女孩子们，因为她们常常在天台上将我晒着的内衣裤拿走，她们不是偷，因为用了几天又会丢回在天台上，算做风吹落的。

虽然新屋顶是塑胶板的，但是半年内山羊还是掉下来过四次。

我们忍无可忍，就对邻居们讲，下次再捉到穿屋顶的羊，就杀来吃掉，绝对不还给他们了，请他们关好自己的羊栏。

邻居都是很聪明的人，我们大呼小叫，他们根本不置可否，抱着羊对我们眯着眼睛笑。

"飞羊落井"的奇观虽然一再发生，但是荷西总不在家，从来没能体会这个景象是如何地动人。

有一个星期天黄昏，一群疯狂的山羊跳过围墙，一不小心，又上屋顶来了。

我大叫："荷西，荷西，羊来了——"

荷西丢下杂志冲出客厅，已经来不及了，一只超级大羊穿破塑胶板，重重地跌在荷西的头上，两个都躺在水泥地上呻吟。

荷西爬起来，一声不响，拉了一条绳子就把羊绑在柱子上，然后上天台去看看是谁家的混蛋放羊出来的。

天台上一个人也没有。

"好，明天杀来吃掉。"荷西咬牙切齿地说。

等我们下了天台，再去看羊，这只俘虏不但不叫，反而好像在笑，再低头一看，天啊！我辛苦了一年种出来的九棵盆景，二十五片叶子，全部被它吃得干干净净。

我又惊又怒又伤心，举起手来，用尽全身的气力，重重地打了山羊一个大耳光，对荷西尖叫着："你看，你看——"然后冲进浴室抱住一条大毛巾大滴大滴地流下泪来。

这是我第一次为沙漠里的生活泄气以至流泪。

羊，当然没有杀掉。

跟邻居的关系，仍然在借东西的开门关门里和睦地过下去。

有一次，我的火柴用完了，跑到隔壁房东家去要。

"没有，没有。"房东的太太笑嘻嘻地说。

我又去另外一家的厨房。

"给你三根，我们自己也不多了。"哈蒂耶对我说，表情很生硬。

"你这盒火柴还是上星期我给你的，我一共给你五盒，你怎么忘了？"我生起气来。

"对啊，现在只剩一盒了，怎么能多给你。"她更不高兴了。

"你伤害了我的骄傲。"我也学她们的口气对哈蒂耶说。

拿着三根火柴回来，一路上在想，要做史怀哲还可真不容易。

我们住在这儿一年半了，荷西成了邻居的电器修理匠、木匠、泥水工——我呢，成了代书、护士、老师、裁缝——反正都是邻居们训练出来的。

撒哈拉威的青年女子皮肤往往都是淡色的，脸孔都长得很好看，她们平日在族人面前一定蒙上脸，但是到我们家里来就将面纱拿掉。

其中有一个蜜娜，长得非常地甜美，她不但喜欢我，更喜欢荷西，只要荷西在家，她就会打扮得很清洁地来我们家坐着。后来她发觉坐在我们家没有什么意思，就找理由叫荷西去她家。

有一天她又来了，站在窗外叫："荷西！荷西！"

我们正在吃饭，我问她："你找荷西什么事？"

她说："我们家的门坏了，要荷西去修。"

荷西一听，放下叉子就想站起来。

"不许去，继续吃饭。"我将我盘子里的菜一倒倒在荷西面前，又是一大盘。

这儿的人可以娶四个太太，我可不喜欢四个女人一起来分荷西的薪水袋。

蜜娜不走，站在窗前，荷西又看了她一眼。

"不要再看了，当她是海市蜃楼。"我厉声说。

这个美丽的"海市蜃楼"有一天终于结婚了，我很高兴，送了她一大块衣料。

我们平日洗刷用的水，是市政府管的，每天送水一大桶就不再给了。所以我们如果洗澡，就不能同时洗衣服，洗了衣服，就不能洗碗洗地，这些事都要小心计算好天台上水桶里的存量才能做。天台水桶的水是很咸的，不能喝，平日喝的水要去商店买淡水。水，在这里是很珍贵的。

上星期日我们为了参加镇上举行的"骆驼赛跑大会"，从几百里路扎营旅行的大漠里赶回家来。

那天刮着大风沙，我回家来时全身都是灰沙，难看极了。进了家门，我冲到浴室去冲凉，希望参加骑骆驼时样子清洁一点，因为西班牙电视公司的驻沙漠记者答应替我拍进新闻片里。等我全身都是肥皂时，水不来了，我赶快叫荷西上天台去看水桶。

"是空的，没有水。"荷西说。

"不可能嘛！我们这两天不在家，一滴水也没用过。"我不禁紧张起来。

包了一块大毛巾，我光脚跑上天台。水桶像一场噩梦似的空着。再一看邻居的天台，晒了数十个面粉口袋，我恍然大悟，水原来是给这样吃掉了。

我将身上的肥皂用毛巾擦了一下，就跟荷西去赛骆驼了。

那个下午，所有会疯会玩的西班牙朋友都在骆驼背上飞奔赛跑，壮观极了，只有我站在大太阳下看别人。这些骑士跑过我身旁时，还要笑我："胆小鬼啊！胆小鬼啊！"

我怎么能告诉人家，我不能骑骆驼的原因是怕汗出太多了，身上不但会发痒，还会冒肥皂泡泡。

这些邻居里，跟我最要好的是姑卡，她是一个温柔又聪明的女子，很会思想。但是姑卡有一个毛病，她想出来的事情跟我们不大一样，也就是说她对是非的判断往往令我惊奇不已。

有个晚上，荷西和我要去此地的国家旅馆里参加一个酒会。我烫好了许久不穿的黑色晚礼服，又把几件平日不用的稍微贵些的项链拿出来放好。

"酒会是几点？"荷西问。

"八点钟。"我看看钟，已经七点四十五分了。

等我衣服、耳环都穿好弄好了，预备去穿鞋时，我发觉平日一向在架子上放着的纹皮高跟鞋不见了，问问荷西，他说没有拿过。

"你随便穿一双不就行了。"荷西最不喜欢等人。

我看着架子上一大排鞋子——球鞋、木拖鞋、平底凉鞋、布鞋、长筒靴子——没有一双可以配黑色的长礼服，心里真是急起来，再一看，咦！什么鬼东西，它什么时候跑来的？这是什么？

架子上静静地放着一双黑黑脏脏的尖头沙漠鞋，我一看就认出来是姑卡的鞋子。

她的鞋子在我架子上，那我的鞋会在哪里？

我连忙跑到姑卡家去，将她一把抓起来，凶凶地问她："我的鞋呢？我的鞋呢？你为什么偷走？"

又大声喝叱她："快找出来还我，你这个混蛋！"

这个姑卡慢吞吞地去找，厨房里，席子下面，羊堆里，门背后——都找遍了，找不到。

"我妹妹穿出去玩了，现在没有。"她很平静地回答我。

"明天再来找你算账。"我咬牙切齿地走回家。那天晚上的酒会，我只有换了件棉布的白衣服，一双凉鞋，混在荷西上司太太们珠光宝气的气氛里，不相称极了。坏心眼的荷西的同事还故意称赞我："你真好看，今天晚上你像个牧羊女一样，只差一根手杖。"

第二天早晨，姑卡提了我的高跟鞋来还我，已经被弄得不像样了。

我瞪了她一眼，将鞋子一把抢过来。

"哼！你生气，生气，我还不是会生气。"姑卡的脸也涨红了，气得不得了。

"你的鞋子在我家，我的鞋子还不是在你家，我比你还要气。"她又接着说。

我听见她这荒谬透顶的解释，忍不住大笑起来。

"姑卡，你应该去住疯人院。"我指指她的太阳穴。

"什么院？"她听不懂。

"听不懂算了。姑卡，我先请问你，你再去问问所有的邻居女人，我们这个家里，除了我的'牙刷'和'丈夫'之外，还有你们不感兴趣不来借的东西吗？"

她听了如梦初醒，连忙问："你的牙刷是什么样子的？"

我听了激动得大叫:"出去——出去。"

姑卡一面退一面说:"我只要看看牙刷,我又没有要你的丈夫,真是——"

等我关上了门,我还听见姑卡在街上对另外一个女人大声说:"你看,你看,她伤害了我的骄傲。"

感谢这些邻居,我沙漠的日子被她们弄得五光十色,再也不知寂寞的滋味了。

素人渔夫

有一个星期天,荷西去公司加班,整天不在家。

我为了打发时间,将今年三月到现在荷西所赚的钱,细细地计算清楚,写在一张清洁的白纸上,等他回来。

到了晚上,荷西回来了,我将纸放在他的面前,对他说:"你看,半年来我们一共赚进来那么多钱。"

他看了一眼我做好的账,也很欢喜,说:"想不到赚了那么多,忍受沙漠的苦日子也还值得吧!"

"我们出去吃晚饭吧,反正有那么多钱。"他兴致很高地提议。

我知道他要带我去国家旅馆吃饭,很快地换好衣服跟他出门,这种事实在很少发生。

"我们要上好的红酒、海鲜汤,我要牛排,给太太来四人份的大明虾,甜点要冰淇淋蛋糕,也是四人份的,谢谢!"荷西对茶房说。

"幸亏今天一天没吃东西,现在正好大吃一顿。"我轻轻地对荷西说。

国家旅馆是西班牙官方办的,餐厅布置得好似阿拉伯的皇宫,很有地方色彩，灯光很柔和，吃饭的人一向不太多，这儿的空气新鲜，没有尘土味，刀叉擦得雪亮，桌布烫得笔挺，若有若无的音乐像溪水似的流泻着。我坐在里面，常常忘了自己是在沙漠，好似又回到了从前的那些好日子里一样。

一会儿，菜来了，美丽的大银盘子里，用碧绿的生菜衬着一大排炸明虾，杯子里是深红色的葡萄酒。

"啊！幸福的青鸟来了！"我看着这个大菜感动得叹息起来。

"你喜欢，以后可以常常来嘛！"荷西那天晚上很慷慨，好像大亨一样。

长久的沙漠生活，只使人学到一个好处，任何一点点现实生活上的享受，都附带地使心灵得到无限的满足和升华。换句话说，我们注重自己的胃胜于自己的脑筋。

吃完晚饭，付掉了两张绿票子，我们很愉快地散步回家，那天晚上我是一个幸福的人。

第二天，我们当然在家吃饭，饭桌上有一个圆圆的马铃薯饼，一个白面包，一瓶水。

"等我来分，这个饼，你吃三分之二，我拿三分之一。"

我一面分菜，一面将面包整个放在荷西的盘子里，好看上去满一点。

"很好吃的，我放了洋葱，吃嘛！"我开始吃。

荷西狼吞虎咽地一下就吃光了饼，站起来要去厨房。

"没有菜了，今天就吃这么些。"我连忙叫住他。

"今天怎么搞的？"他莫名其妙地望着我。

"拿去看！"我将另一张账单递给他。

"这是我们半年来用掉的钱,昨天算的是赚来的,今天算的是用出去的。"我趴在他肩膀上跟他解释。

"这么多,花了这么多?都用光了!"他对我大吼。

"是。"我点点头。

"你看,上面写得清清楚楚。"

荷西抓起来念着我做的流水账——"番茄六十块一公斤,西瓜两百二十一个,猪肉半斤三百——"

"你怎么买那么贵的菜嘛,我们可以吃省一点——"一面念一面又喃喃自语。

等到他念到——"修车一万五,汽油半年两万四千——"声音越来越高,人站了起来。

"你不要紧张嘛!半年跑了一万六千里,你算算是不是要那么多油钱。"

"所以,我们赚来的钱都用光了,白苦了一场。"荷西很懊恼的样子,表情有若舞台剧。

"其实我们没有浪费,衣着费半年来一块钱也没花,全是跟朋友们吃饭啦,拍照啦,长途旅行这几件事情把钱搞不见了。"

"好,从今天开始,单身朋友们不许来吃饭,拍照只拍黑白的,旅行就此不再去了,这片沙漠直渡也不知道渡了多少次了。"荷西很有决心地宣布。

这个可怜的小镇,电影院只有一家又脏又破的,街呢,一条热闹的也没有,书报杂志收到大半已经过期了,电视平均一个月收得到两三次,映出来的人好似鬼影子,一个人在家也不敢看,停电停水更是家常便饭,想散个步嘛,整天刮着狂风沙。

这儿的日子，除了撒哈拉威人过得自在之外，欧洲人酗酒，夫妻打架，单身汉自杀经常发生，全是给沙漠逼出来的悲剧。只有我们，还算懂得"生活的艺术"，苦日子也熬下来了，过得还算不太坏。

我静听着荷西宣布的节省计划，开始警告他。

"那么省，你不怕三个月后我们疯掉了或自杀了？"

荷西苦笑了一下："真的，假期不出去跑跑会活活闷死。"

"你想想看，我们不往阿尔及利亚那边内陆跑，我们去海边，为什么不利用这一千多里长的海岸线去看看？"

"去海边，穿过沙漠一个来回，汽油也是不得了。"

"去捉鱼呀，捉到了做咸鱼晒干，我们可以省菜钱，也可以抵汽油钱。"我的劲一向是很大的，说到玩，决不气馁。

第二个周末，我们带了帐篷，足足沿着海边去探了快一百里的岩岸，夜间扎营住在崖上。

没有沙滩的岩岸有许多好处，用绳子吊下崖去很方便，海潮退了时岩石上露出附着的九孔，夹缝里有螃蟹，水塘里有章鱼，有蛇一样的花斑鳗，有圆盘子似的电人鱼，还有成千上万的黑贝壳竖长在石头上，我认得出它们是一种海鲜，叫淡菜，再有肥肥的海带可以晒干做汤，漂流木是现代雕塑，小花石头捡回来贴在硬纸板上又是图画。这片海岸一向没有人来过，仍是原始而又丰富的。

"这里是所罗门王宝藏，发财了啊！"

我在滑滑的石头上跳来跳去，尖声高叫，兴奋极了。

"这一大堆石块分给你，快快捡，潮水退了。"

荷西丢给我一只水桶，一副线手套，一把刀，他正在穿潜水衣，要下海去射大鱼。

不到一小时，我水桶里装满了铲下来的淡菜和九孔，又捉到十六只小脸盆那么大的红色大螃蟹，水桶放不下，我用石块做了一个监牢，将它们暂时关在里面。海带我扎了一大堆。

荷西上岸来时，腰上串了快十条大鱼，颜色都是淡红色的。

"你看，来不及拿，太多了。"我这时才知道贪心人的滋味。

荷西看了我的大螃蟹，又去捉了快二十个黑灰色的小蟹。他说："小的叫尼克拉斯，比大的好吃。"

潮水慢慢涨了，我们退到崖下，刮掉鱼鳞，洗干净鱼的肚肠，满满地装了一口袋。我把长裤脱下来，两个裤管打个结，将螃蟹全丢进去，水桶也绑在绳子上，就这样爬上崖去。

那个周末初次的探险，可以说满载而归。

回家的路上我拼命地催荷西。

"快开，快开，我们去叫单身宿舍的同事们回来吃晚饭。"

"你不做咸鱼了吗？"荷西问我。

"第一次算了，请客请掉，他们平常吃得也不好。"

荷西听了很高兴，回家之前又去买了一箱啤酒、半打葡萄酒请客。

以后的几个周末，同事们都要跟去捉鱼。我们一高兴，干脆买了十斤牛肉，五棵大白菜，做了十几个蛋饼，又添了一个小冰箱，一个炭炉子，五个大水桶，六副手套，再买了一箱可乐，一大箱牛奶。浩浩荡荡地开了几辆车，沿着海岸线上下乱跑，夜间露营，吃烤肉，谈天说地，玩得不亦乐乎，要存钱这件事就不知不觉地被淡忘了。

我们这个家，是谁也不管钱的，钱，放在中国棉袄的口袋里，谁要用了，就去抽一张。账，如果记得写，就写在随手抓来的小纸头上，丢在一个大糖瓶子里。

去了海边没有几次，口袋空了，糖瓶子里挤满了小纸片。

"又没有了，真快！"我抱着棉袄喃喃自语。

"当初去海边，不是要做咸鱼来省菜钱的吗？结果多出来那么多开销。"荷西不解地抓抓头。

"友情也是无价的财富。"我只有这么安慰他。

"下星期干脆捉鱼来卖。"荷西又下决心了。

"对啊！鱼可以吃就可以卖啊！真聪明，我就没想到呢！"我跳起来拍了一下荷西的头。

"只要把玩的开销赚回来就好了。"荷西不是贪心的人。

"好，卖鱼，下星期卖鱼。"我很有野心，希望大赚一笔。

那个星期六早晨四点半，我们摸黑上车，牙齿冷得格格打战就上路了，仗着艺高胆大路熟，就硬是在黑暗的沙漠里开车。

清晨八点多，太阳刚刚上来不久，我们已经到了高崖上。下了车，身后是连绵不断神秘而又寂静的沙漠，眼前是惊涛裂岸的大海和乱石，碧蓝的天空没有一丝云雾，成群的海鸟飞来飞去，偶尔发出一些叫声，更衬出了四周的空寂。

我翻起了夹克领子，张开双臂，仰起头来给风吹着，保持着这个姿势不动。

"你在想什么？"荷西问我。

"你呢？"我反问他。

"我在想《天地一沙鸥》那本书讲的一些境界。"

荷西是个清朗的人,此时此景,想的应该是那本书,一点也差不了。

"你呢?"他又问我。

"我在想,我正疯狂地爱上了一个英俊的跛足军官,我正跟他在这高原上散步,四周长满了美丽的石南花,风吹着我的乱发,他正热烈地注视着我——浪漫而痛苦的日子啊!"我悲叹着。

说完闭上眼睛,将手臂交抱着自己,满意地吐了口气。

"你今天主演的是《雷恩的女儿》?"荷西说。

"猜对了。好,现在开始工作。"

我拍了一下手,去拉绳子,预备吊下崖去。经过这些疯狂的幻想,做事就更有劲起来。这是我给枯燥生活想出来的调节方法。

"三毛,今天认真的,你要好好帮忙。"荷西一本正经地说。

我们站在乱石边,荷西下去潜水,他每射上来一条鱼,就丢去浅水边,我赶快上去捡起来,跪在石头上,用刀刮鱼鳞,洗肚肠,收拾干净了,就将鱼放到一个塑胶口袋里去。

刮了两三条很大的鱼,手就刺破了,流出血来,浸在海水里怪痛的。

荷西在水里一浮一沉,不断地丢鱼上来,我拼命工作,将洗好的鱼很整齐地排在口袋里。

"赚钱不太容易啊!"我摇摇头喃喃自语,膝盖跪得红肿起来。

过了很久,荷西才上岸来,我赶快拿牛奶给他喝。他闭着眼睛,躺在石块上,脸苍白的。

"几条了?"他问。

"三十多条,好大的,总有六七十公斤。"

"不捉了，快累死了。"他又闭上了眼睛。

我一面替他灌牛奶，一面说："我们这种人，应该叫素人渔夫。"

"鱼是荤的，三毛。"

"我不是说这个荤素，过去巴黎有群人，平日上班做事，星期天才画画，他们叫自己素人画家。我们周末打鱼，所以是素人渔夫，也不错！"

"你花样真多，捉个鱼也想得出新名字出来。"荷西显然不感兴趣。

休息够了，我们分三次，将这小山也似的一堆鱼全部吊上崖去，放进车厢里，上面用小冰箱里的碎冰铺上。

看看烈日下的沙漠，这两百多里开回去又是一番辛苦，奇怪的是，这次就没上几次好玩，人也累得不得了。

车快到小镇了，我轻轻求荷西："拜托啦，给我睡一觉再出来卖鱼，拜托啦！太累了啊！"

"不行，鱼会臭掉，你回去休息，我来卖。"荷西说。

"要卖一起卖，我撑一下好了。"我只有那么说。

车经过国家旅馆城堡似的围墙，我灵机一动，大叫——停——

荷西刹住了车，我光脚跑下车，伸头去门内张望。

"喂，喂，嘘——"我向在柜台的安东尼奥小声地叫。

"啊，三毛！"他大声打招呼。

"嘘，不要叫，后门在哪里？"我轻轻地问他。

"后门？你干吗要走后门？"

我还没有解释，恰好那个经理大人走过，我一吓躲在柱子后面，他伸头看，我干脆一溜烟逃回外面车上去。

"不行啦！我不会卖，太不好意思了。"我捧住脸气得很。

"我去。"荷西一摔车门，大步走进去。好荷西，真有种。

"喂！您，经理先生。"

他用手向经理一招，经理就过来了，我躲在荷西背后。

"我们有新鲜的鱼，你们要买不买？"荷西口气不卑不亢，脸都不红，我看是装出来的。

"什么？你要卖鱼？"经理望着我们两条破裤子，露出很难堪的脸色来，好似我们侮辱了他一样。

"卖鱼走边门，跟厨房的负责人去谈——"他用手一指边门，气势凌人地说。

我一下子缩小了好多，拼命将荷西拉出去，对他说："你看，他看不起我们，我们别处去卖好了，以后有什么酒会还得见面的这个经理——"

"这个经理是白痴，不要怕，走，我们去厨房。"

厨房里的人都围上来看我们，好像很新鲜似的。

"多少钱一斤啊？"终于要买了。

我们两人对望了一眼，说不出话来。

"嗯，五十块一公斤。"荷西开价了。

"是，是，五十块。"我赶紧附和。

"好，给我十条，我们来磅一下。"这个负责人很和气。

我们非常高兴，飞奔去车厢里挑了十条大鱼给他。

"这个账，一过十五号，就可以凭这张单子去账房收钱。"

"不付现钱吗？"我们问。

"公家机关，请包涵包涵！"负责买鱼的人跟我们握握手。

我们拿着第一批鱼赚来的一千多块的收账单,看了又看,然后很小心地放进我的裤子口袋里。

"好,现在去娣娣酒店。"荷西说。

这个"娣娣酒店"可是撒哈拉大名鼎鼎的,他们平时给工人包饭,夜间卖酒,楼上房间出租。外表是漆桃红色的,里面整天放着流行歌,灯光是绿色的,老有成群花枝招展的白种女人在里面做生意。

西班牙来的修路工人,一发薪水就往娣娣酒店跑,喝醉了就被丢出来,一个月辛苦赚来的工钱,大半送到这些女人的口袋里去。

到了酒店门口,我对荷西说:"你进去,我在外面等。"

等了快二十分钟,不见荷西出来。

我拎了一条鱼,也走进去,恰好看见柜台里一个性感"娣娣"在摸荷西的脸,荷西像一只呆头鸟一样站着。

我大步走上去,对那个女人很凶地绷着脸大吼一声:"买鱼不买,五百块一公斤。"

一面将手里拎着的死鱼重重地摔在酒吧上,发出啪一声巨响。

"怎么乱涨价,你先生刚刚说五十块一公斤。"

我瞪着她,心里想,你再敢摸一下荷西的脸,我就涨到五千块一公斤。

荷西一把将我推出酒店,轻声说:"你就会进来捣蛋,我差一点全部卖给她了。"

"不买拉倒,你卖鱼还是卖笑?居然让她摸你的脸。"我举起手来就去打荷西,他知道理亏,抱住头任我乱打。

一气之下，又冲进酒店去将那条丢在酒吧上的大鱼一把抽回来。

烈日当空，我们又热，又饿，又渴，又倦，彼此又生着气，我真想把鱼全部丢掉，只是说不出口。

"你记不记得沙漠军团的炊事兵巴哥？"我问荷西。

"你想卖给军营？"

"是。"

荷西一声不响开着车往沙漠军团的营地开去，还没到营房，就看见巴哥恰好在路上走。

"巴哥。"我大叫他。

"要不要买新鲜的鱼？"我满怀希望地问。

"鱼，在哪里？"他问。

"在我们车厢里，有二十多条。"

巴哥瞪着我猛摇头。

"三毛，三千多人的营区，吃你二十多条鱼够吗？"他一口回绝了我。

"这是说不定的，你先拿去煮嘛！耶稣的五个饼，两条鱼，喂饱了五千多人，这你怎么说？"我反问他。

"我来教你们，去邮局门口卖，那里人最多。"巴哥指点迷津。当然我们卖鱼的对象总是欧洲人，撒哈拉威人不吃鱼。

于是我们又去文具店买了一块小黑板，几支粉笔，又向认识的杂货店借了一个磅秤。

黑板上画了一条跳跃的红鱼，又写着——"鲜鱼出售，五十块一公斤。"

车开到邮局门口,正是下午五点钟,飞机载的邮包、信件都来了,一大批人在开信箱,热闹得很。

我们将车停好,将黑板放在车窗前,后车厢打开来。做完这几个动作,脸已经红得差不多了,我们跑到对街人行道上去坐着,看都不敢看路上的人。

人群一批一批地走过,就是没有人停下来买鱼。

坐了一会儿,荷西对我说:"三毛,你不是说我们都是素人吗?素人就不必靠卖业余的东西过日子嘛!"

"回去啊?"我实在也不起劲了。

就在这时候,荷西的一个同事走过,看见我们就过来打招呼:"啊!在吹风吗?"

"不是。"荷西很扭捏地站起来。

"在卖鱼。"我指指对街我们的车子。

这个同事是个老光棍,也是个粗线条的好汉,他走过去看看黑板,再看看打开的车厢,明白了,马上走回来,捉了我们两个就过街去。

"卖鱼嘛,要叫着卖的呀!你们这么怕羞不行,来,来,我来帮忙卖。"

这个同事顺手拉了一条鱼提在手中,拉开嗓子大叫:"呀——哦,卖新鲜好鱼哦!七十五块一公斤哦——呀哦——鱼啊!"

他居然还自作主张涨了价。

人群被他这么一嚷,马上围上来了,我们喜出望外,二十多条鱼真是小意思,一下子就卖光了。

我们坐在地上结账,赚了三千多块,再回头找荷西同事,他已经笑嘻嘻地走得好远去了。

"荷西,我们要记得谢他啊!"我对荷西说。

回到家里,我们已是筋疲力尽了。洗完澡之后,我穿了毛巾浴衣去厨房烧了一锅水,丢下一包面条。

"就吃这个啊?"荷西不满意地问。

"随便吃点,我都快累死了。"我其实饭也吃不下。

"清早辛苦到现在,你只给我吃面条,不吃。"他生气了,穿了衣服就走。

"你去哪里?"我大声叱骂他。

"我去外面吃。"说话的人脑子里一下塞满了水泥,硬邦邦的。

我只有再换了衣服追他一起出去,所谓外面吃,当然只有一个去处——国家旅馆的餐厅。

在餐厅里,我小声地在数落荷西:"世界上只有你这种笨人。点最便宜的菜吃,听见没有?"

正在这时,荷西的上司之一拍着手走过来,大叫:"真巧、真巧,我正好找不到伴吃饭,我们三个一起吃。"

他自说自话地坐下来。

"听说今天厨房有新鲜的鱼,怎么样,我们来三客鱼尝尝,这种鲜鱼,沙漠里不常有。"他还是在自说自话。

上司做惯了的人,忘记了也该看看别人脸色,他不问我们就对茶房说:"生菜沙拉,三客鱼,酒现在来,甜点等一下。"

餐厅部的领班就是中午在厨房里买我们鱼的那个人,他无意间走过我们这桌,看见荷西和我正用十二倍的价钱在吃自己卖出来的鱼,吓得张大了嘴,好似看见了两个疯子。

付账时我们跟荷西的上司抢着付，结果荷西赢了，用下午邮局卖鱼的收入付掉，只找回来一点零头。我这时才觉得，这些鱼无论是五十块还是七十五块一公斤，都还是卖得太便宜了，我们毕竟是在沙漠里。

第二天早晨我们睡到很晚才醒来，我起床煮咖啡、洗衣服，荷西躺在床上对我说：

"幸亏还有国家旅馆那笔账可以收，要不然昨天一天真是够惨了，汽油钱都要赔进去，更别说那个辛苦了。"

"你说账——那张收账单——"

我尖叫起来，飞奔去浴室，关掉洗衣机，肥皂泡泡里掏出我的长裤，伸手进口袋去一摸——那张单子早就泡烂了，软软白白的一小堆，拼都拼不起来了。

"荷西，最后的鱼也溜掉啦！我们又要吃马铃薯饼了。"

我坐在浴室门口的石阶上，又哭又笑起来。

死果

回教"拉麻丹"斋月马上就要结束了。我这几天每个夜晚都去天台看月亮，因为此地人告诉我，第一个满月的那一天，就是回教人开斋的节日。

邻居们杀羊和骆驼预备过节，我也正在等着此地妇女们用一种叫做"黑那"的染料，将我的手掌染成土红色美丽的图案。这是此地女子们在这个节日里必然的装饰之一，我也很喜欢入境问俗，跟她们做相同的打扮。

星期六那天的周末，我们因为没有离家去大沙漠旅行的计划，所以荷西跟我整夜都在看书，弄到天亮才上床。

第二日我们睡到中午才起身，起床之后，又去镇上买了早班飞机送来的过期西班牙本地的报纸。

吃完了简单的中饭，我洗清了碗筷，回到客厅来。

荷西埋头在享受他的报纸，我躺在地上听音乐。

因为睡足了觉，我感到心情很好，计划晚上再去镇上看一场查利·卓别林的默片——《小城之光》。

当天风和日丽，空气里没有灰沙。美丽的音乐充满了小房间，是一个令人满足而悠闲的星期日。

下午两点多,撒哈拉威小孩们在窗外叫我的名字,他们要几个大口袋去装切好的肉。我拿了一包彩色的新塑胶袋分给他们。

分完了袋子,我站着望了一下沙漠。对街正在造一批新房子,美丽沙漠的景色一天一天在被切断,我觉得十分可惜。

站了一会儿,不远处两个我认识的小男孩不知为什么打起架来,一辆脚踏车丢在路边。我看他们打得起劲,就跑上去骑他们的车子在附近转圈子玩,等到他们打得很认真了,才停了车去劝架,不让他们再打下去。

下车时,我突然看见地上有一条用麻绳串起来的本地项链,此地人男女老幼都挂着的东西。我很自然地捡了起来,拿在手里问那两个孩子:"是你掉的东西?"

这两个孩子看到我手里拿的东西,架也不打了,一下子跳开了好几步,脸上露出很怕的表情,异口同声地说:"不是我的,不是我的!"连碰都不上来碰一下。我觉得有点纳闷,就对孩子们说:"好,放在我门口,要是有人来找,你们告诉他,掉的项链在门边上放着。"这话说完,我就又回到屋内去听音乐。

到了四点多钟,我开门去看,街上空无人迹,这条项链还是在老地方。我拿起来细细地看了一下:它是一个小布包,一个心形的果核,还有一块铜片,这三样东西穿在一起做成的。

这种铜片我早就想要一个,后来没看见镇上有卖,小布包和果核倒是没看过。想想这串东西那么脏,不值一块钱,说不定是别人丢掉了不要的,我沉吟了一下,就干脆将它拾了回家来。

到了家里,我很高兴地拿了给荷西看,他说:"那么脏的东西，别人丢掉的你又去捡了。"就又回到他的报纸里去了。

我跑到厨房用剪刀剪断了麻绳，那个小布包嗅上去有股怪味，我不爱，就丢到垃圾桶里去，果核也有怪味，也给丢了。只有那片像小豆腐干似的锈红色铜片非常光滑，四周还镶了美丽的白铁皮，跟别人挂的不一样，我看了很喜欢，就用去污粉将它洗洗干净，找了一条粗的丝带子，挂在颈子上刚好一圈，看上去很有现代感。

我又跑去找荷西，给他看，他说："很好看，可以配黑色低胸的那件衬衫，你挂着玩吧！"

我挂上了这块牌子，又去听音乐，过了一会儿，就把这件事忘得一干二净了。

听了几卷录音带，我觉得有点瞌睡，心里感到很奇怪，才起床没几小时，怎么会觉得全身都累呢？因为很困，我就把录音机放在胸口上平躺着，这样可以省得起来换带子，我颈上挂的牌子就贴在录音机上。

这时候，录音机没转了几下，突然疯了一样乱转起来，音乐的速度和拍子都不对了，就好像在发怒一般。荷西跳起来，关上了开关，奇怪地看来看去，口里喃喃自语着："一向好好的啊，大概是灰太多了。"

于是我们又趴在地上试了试，这次更糟，录音带全部缠在一起了，我们用发夹把一卷被弄得乱七八糟的带子挑出来。荷西去找工具，开始要修。

荷西去拿工具的时候，我就用手在打那个录音机，因为家里的电动用具坏了时，被我乱拍乱打，它们往往就会又好起来，实在不必拆开来修。

才拍了一下,我觉得鼻子痒,打了一个喷嚏。

我过去有很严重的过敏性鼻病,常常要打喷嚏,鼻子很容易发炎,但是前一阵被一个西班牙医生给治好了,好久没有再发。这下又开始打喷嚏,我口里说着:"哈,又来了!"一面站起来去拿卫生纸,因为照我的经验这一下马上会流清鼻水。

去浴室的路不过三五步,我又连着打了好几个喷嚏,同时觉得右眼有些不舒服,照照镜子,眼角有一点点红,我也不去理它,因为鼻涕要流出来了。

等我连续打了快二十多个喷嚏时,我觉得不太对劲,因为以往很少会这么不断地打。我还是不很在意,去厨房翻出一粒药来吃下去,但是二十多个喷嚏打完了,不到十秒钟,又更惊天动地地连续下去。

荷西站在一旁,满脸不解地说:"医生根本没有医好嘛!"我点点头,又捂着鼻子哈啾哈啾地打,连话都没法说,狼狈得很。

一共打了一百多个喷嚏,我已经眼泪鼻涕流得一塌糊涂了,好不容易它停了几分钟,我赶快跑到窗口去吸新鲜空气。荷西去厨房倒了一杯热水,放了几片茶叶给我喝下去。

我靠在椅子上喝了几口茶,一面擤鼻涕,一面觉得眼睛那块红的地方热起来,再跑去照照镜子,它已经肿了一块,那么快,不到二十分钟,我很奇怪,但是还是不在意,因为我得先止住我的喷嚏,它们偶尔几十秒钟还是在打。我手里抱了一个字纸篓,一面擦鼻涕一面丢,等到下一个像台风速度也似的大喷嚏打出来,鼻血也喷出来了,我转身对荷西说:"不行,打出血来了啦!"

再一看荷西,他在我跟前急剧地一晃,像是电影镜头放横了一样，接着四周的墙，天花板都旋转起来。我扑上去抓住他，对他叫："是不是地震，我头晕——"

他说："没有啊！你快躺下来。"上来抱住我。

我当时并不觉得害怕，只是被弄得莫名其妙，这短短半小时里，我到底为什么突然变得这个样子。

荷西拖了我往卧室走，我眼前天旋地转，闭上眼睛，人好似也上下倒置了一样在晕。躺在床上没有几分钟，胃里觉得不对劲，挣扎着冲去浴室，开始大声地呕吐起来。

过去我常常会呕吐，但是不是那种吐法，那天的身体里不只是胃在翻腾，好像全身的内脏都要呕出来似的疯狂地在折磨我。吐完了中午吃的东西，开始呕清水，呕完了清水，吐黄色的苦胆，吐完了苦水，没有东西再吐了，我就不能控制地大声干呕。

荷西从后面用力抱住我，我就这么吐啊，打喷嚏啊，流鼻血啊，直到我气力完完全全用尽了，坐在地上为止。

他将我又拖回床上去，用毛巾替我擦脸，一面着急地问："你吃了什么脏东西？是不是食物中毒？"

我有气无力地回答他："不泻，不是吃坏了。"就闭上眼睛休息，躺了一下，奇怪的是，这种现象又都不见了，身体内像海浪一样奔腾的那股力量消逝了。我觉得全身虚脱，流了一身冷汗，但是房子不转了，喷嚏不打了，胃也没有什么不舒服。我对荷西说："要喝茶。"

荷西跳起来去拿茶，我喝了一口，没几分钟人觉得完全好了，就坐起来，张大眼睛呆呆地靠着。

荷西摸摸我的脉搏，又用力按我的肚子，问我："痛不痛？痛不痛？"

我说："不痛，好了，真奇怪。"就要下床来，他看看我，真的好了，呆了一下，就说："你还是躺着，我去做个热水袋给你。"我说："真的好了，不用去弄。"

这时荷西突然扳住我的脸，对我说："咦，你的眼睛什么时候肿得那么大了。"我伸手摸摸，右眼肿得高高的了。

我说："我去照镜子看看！"下床来没走了几步路，胃突然像有人用鞭子打了一下似的一痛，我"哦"地叫了一声，蹲了下去，这个奇怪的胃开始抽起筋来。我快步回到床上去，这个痛像闪电似的捉住了我，我觉得我的胃里有人用手在扭它，在绞它。我缩着身体努力去对抗它，但是还是忍不住呻吟起来，忍着忍着，这种痛不断地加重，我开始无法控制地在床上滚来滚去，口里尖叫出来，痛到后来，我眼前一片黑暗，只听见自己像野兽一样在狂叫。荷西伸手过来要替我揉胃，我用力推开他，大喊着："不要碰我啊！"

我坐起来，又跌下去，痉挛性的剧痛并不停止。我叫哑了嗓子，胸口肺里面也连着痛起来，每一吸气，肺叶尖也在抽筋。这时我好似一个破布娃娃，正在被一个看不见的恐怖的东西一片一片在撕碎。我眼前完全是黑的，什么都看不见，神志是很清楚的，只是身体做了剧痛的奴隶，在做没有效果的挣扎。我喊不动了，开始咬枕头，抓床单，汗湿透了全身。

荷西跪在床边，焦急得几乎流下泪来，他不断地用中文叫我在小时候只有父母和姐姐叫我的小名——"妹妹！妹妹！妹妹——"

我听到这个声音，呆了一下，四周一片黑暗，耳朵里好似有很重的声音在爆炸，又像雷鸣一样轰轰地打过来，剧痛却一刻也不释放我，我开始还尖叫起来，我听见自己用中文在乱叫："姆妈啊！爹爹啊！我要死啦，我痛啊——"

我当时没有思想任何事情，我口里在尖叫着，身上能感觉的就是在被人扭断了内脏似的痛得发狂。

荷西将我抱起来往外面走，他开了大门，将我靠在门上，再跑去开了车子，把我放进去，我知道自己在外面了，就咬住嘴唇不让自己叫痛。强烈的光线照进来，我闭上眼睛，觉得怕光怕得不得了，我用手蒙住眼睛对荷西说："光线，我不要光，快挡住我。"他没有理我，我又尖叫："荷西，光太强了。"他从后座抓了一条毛巾丢给我，我不知怎的，怕得拿毛巾马上把自己盖起来，趴在膝盖上。

星期天的沙漠医院当然不可能有医生，荷西找不到人，一言不发地掉转车头往沙漠军团的营房开去。我们到了营房边，卫兵一看见我那个样子，连忙上来帮忙，两个人将我半拖半抱地抬进医疗室，卫兵马上叫人去找医官。我躺在病台上，觉得人又慢慢好过来了，耳朵不响了，眼睛不黑了，胃不痛了，等到二十多分钟之后，医官快步进来时，我已经坐起来了，只是有点虚，别的都很正常。

荷西将这个下午排山倒海似的病情讲给医生听，医生给我听了心脏，把了脉搏，又看看我的舌头，敲敲我的胃，我什么都不再痛了，只是心跳有点快。他很奇怪地叹了口气，对荷西说："她很好啊！看不出有什么不对。"

我看荷西很泄气，好似骗了医官一场似的不好意思，他说："你看看她的眼睛。"

医官扳过我的眼睛来看看,说:"灌脓了,发炎好多天了吧?"

我们拼命否认,说是一小时之内肿起来的。医官看了一下,给我打了一针消炎针,他再看看我那个样子,不像是在跟他开玩笑,于是说:"也许是食物中毒。"我说:"不是,我没有泻肚子。"他又说:"也许是过敏,吃错了东西。"我又说:"皮肤上没有红斑,不是食物过敏。"医官很耐性地看了我一眼,对我说:"那么你躺下来,如果再吐了再剧痛了马上来叫我。"说完他走掉了。

说也奇怪,我前一小时好似厉鬼附身一样的病痛,在诊疗室里完完全全没有再发。半小时过去了,卫兵和荷西将我扶上车,卫兵很和善地说:"要再发了马上回来。"

坐在车上我觉得很累,荷西对我说:"你趴在我身上。"我就趴在他肩上闭着眼睛,颈上的牌子斜斜地垂在他腿上。

沙漠军团往回家的路上,是一条很斜的下坡道。荷西发动了车子,慢慢地滑下去,滑了不到几公尺,我感到车子意外地轻,荷西并没有踏油门,但是车子好像有人在后面推似的加快滑下去。荷西用力踏刹车,刹车不灵了,我看见他马上拉手刹车,将排挡换到一挡,同时紧张地对我说:"三毛,抱紧我!"车子失速地开始往下坡飞也似的冲下去,他又去踩刹车,但是刹车硬硬地卡住了,斜坡并不是很高的,照理说车子再滑也不可能那么快,一霎间我们好像浮起来似的往下滑下去,荷西又大声叫我:"抓紧我,不要怕。"我张大了眼睛,看见荷西面前的路飞也似的扑上来,我要叫,喉咙像被卡住了似的叫不出来。正对面来了一辆十轮大卡车的军车,我们眼看就要撞上去了,我这才"啊——"一下地狂叫出来,荷西用力一扭方向盘,我们的车子冲出路边,又滑了好久不停,荷西看见前面有一个沙堆,他拿车子一下往沙里撞去,车停住了,我们两个人在灰天灰地的沙堆里吓得手脚冰冷,瘫了下来。

对面那辆军车上的人马上下来了,他们往我们跑来,一面问:"没事吧?还好吧?"我们只会点头,话也不会回答。

等他们拿了铲子来除沙时,我们还软在位子上,好像给人催眠过了似的。

荷西过了好一会儿,才说出一个字来,他对那些军人说:"是刹车。"

驾驶兵叫荷西下车,他来试试车。就有那么吓人,车子发动了之后,他一次一次地试刹车都是好好的,荷西不相信,也上去试试,居然也是好的。刚刚发生的那几秒钟就像一场噩梦,醒来无影无踪。我们张口结舌地望着车子,不敢相信眼前的事实。

以后我们两人怎么再上了车,如何慢慢地开回家来,事后再回想,再也记不得了,那一段好似催眠中的时光完全不在记忆里。

到了家门口,荷西来抱我下车,问我:"觉得怎么样?"我说:"人好累好累,痛是不再痛了。"

于是我上半身给荷西托着,另外左手还抓着车门,我的身子靠在他身上,那块小铜片又碰到了荷西,这是我事后回忆时再想起来的,当时自然不会注意这件小事情。

荷西为了托住我,他用脚大力地把车门碰上,我只觉得一阵昏天黑地的痛。四只手指紧紧地给压在车门里,荷西没看见,还拼命将我往家里拖进去,我说:"手——手,荷西啊——"他回头一看,惊叫了一声,放开我马上去开车门,手拉出来时,食指和中指看上去扁扁的,过了两三秒钟,血哗一下温暖地流出来,手掌慢慢被浸湿了。

"天啊！我们做了什么错事——"荷西颤着声音说，拿着我的手就站在那里发起抖来。

我不知怎的觉得身体内最后的气力都好似要用尽了，不是手的痛，是虚得不得了，我渴望快快让我睡下来。

我对荷西说："手不要紧，我要躺下，快——"

这时一个邻家的撒哈拉威妇女在我身后轻呼了一声，马上跑上来托住我的小腹，荷西还在看我卡坏了的手，她急急地对荷西说："她——小孩——要掉下来了。"

我只觉得人一直在远去，她的声音从很遥远的地方传来，我抬头无力地看了一下荷西，他的脸像在水波上的影子飘来飘去。荷西蹲下来也用力抱住了我，一面对那个邻居女人说："去叫人来。"

我听见了，用尽气力才挤出几个字——"什么事？我怎么了？"

"不要怕，你在大量地流血。"荷西温柔的声音传过来。

我低头下去一看，小水柱似的血，沿着两腿流下来，浸得地上一摊红红的浓血，裙子上早湿了一大片，血不停地静静地从小腹里流出来。

"我们得马上回去找医官。"荷西人抖得要命。

我当时人很清楚，只是觉得要飘出去了似的轻，我记得我还对荷西说："我们的车不能用，找人来。"

荷西一把将我抱起来往家里走，踢开门，将我放在床上，我一躺下，觉得下体好似啪一下被撞开了，血就这样泉水似的冲出来。

当时我完全不觉得痛，我正化做羽毛慢慢地要飞出自己去。

罕地的妻子葛柏快步跑进来，罕地穿了一条裤子跟在后面，罕地对荷西说:"不要慌,是流产,我太太有经验。"

荷西说:"不可能是流产,我太太没有怀孕。"

罕地很生气地在责备他:"你也许不知道,她或许没有告诉你。"

"随便你怎么说,我要你的车送她去医院,我肯定她没有怀孕。"

他们争辩的声音一波一波地传过来,好似巨响的铁链在弹着我当时极度衰弱的精神。我的生命在此时对我没有意义,唯一希望的是他们停止说话,给我永远的宁静,哪怕是死也没有比这些声音在我肉体上的伤害更令我苦痛的了。

我又听见罕地的妻子在大声说话,这些声浪使我像一根脆弱的琴弦在被它一来一回地拨弄着,难过极了。

我下意识地举起两只手,想捂住耳朵。

我的手碰到了零乱的长发,罕地的妻子惊叫了一声,马上退到门边去,指着我,厉声地用土语对罕地讲了几个字,罕地马上也退了几步,用好沉重的声音对荷西说:"她颈上的牌子,谁给她挂上去的?"

荷西说:"我们快送她去医院,什么牌子以后再讲。"

罕地大叫起来:"拿下来,马上把那块东西拿下来。"

荷西犹豫了一下,罕地紧张得又叫起来:"快,快去拿,她要死了,你们这两个不知天高地厚的傻瓜。"

荷西被罕地一推,他上来用力一拉牌子,丝带断了,牌子在他手里。

罕地脱下鞋子用力打荷西的手,牌子掉下来,落在我躺着的床边。

他的妻子又讲了很多话,罕地近乎歇斯底里地在问荷西:"你快想想,这个牌子还碰过什么人?什么东西?快,我们没有时间。"

荷西结巴地在说话,他感染了罕地和他妻子的惊吓,他说:"碰过我,碰过录音机,其他——好像没有别的了。"

罕地又问他:"再想想,快!"

荷西说:"真的,再没有碰过别的。"

罕地用阿拉伯文在说:"神啊,保佑我们。"

又说:"没事了,我们去外面说话。"

"她在流血——"荷西很不放心地说,但是还是跟出去了。

我听见他们将前面通走廊那个门关上了,都在客厅里。

我的精神很奇怪地又回复过来,我在大量地流冷汗,我重重地缓慢地在呼吸,我眼睛沉重得张不开来,但是我的身体已经不再飘浮了。

这时,四周是那么地静,那么地清朗,没有一点点声音,我只觉得舒适的疲倦慢慢地在淹没我。

我正在往睡梦中沉落下去。

没有几秒钟,我很敏感的精神觉得有一股东西,一种看不见形象的力量,正在流进这个小房间,我甚至觉得它发出极细微的丝丝声。我拼命张开眼睛来,只看见天花板和衣柜边的帘子,我又闭上眼睛,但是我的第六感在告诉我,有一条小河,一条蛇,或是一条什么东西已经流进来了,它们往地上的那块牌子不停地流过去,缓缓地在进来,慢慢地在升起,不断地充满了房间。我不知怎的感到寒冷与惧怕,我又张开了眼睛,但是看不见我感到的东西。

这样又过了十多秒钟,我的记忆像火花一样在脑子里一闪而过,我惊恐得几乎成了石像,我听见自己狂叫出来。

"荷西——荷西——啊——救命——"

那扇门关着，我以为的狂叫，只是沙哑的声音。我又尖叫，再尖叫，我要移动自己的身体，但是我没有气力。我看见床头小桌上的茶杯，我用尽全身的气力去握住它，将它举起来丢到水泥地上去，杯子破了，发出响声，我听到那边门开了，荷西跑过来。

我捉住荷西，疯了似的说："咖啡壶，咖啡壶，我擦那块牌子时一起用去污粉擦了那个壶——"

荷西呆了一下，又推我躺下去，罕地这时进来，东嗅西嗅，荷西也嗅到了，他们同时说："煤气——"

荷西拖了我起床就走，我被他们一直拉到家外面，荷西又冲进去关煤气筒，又冲出来。

罕地跑到对街去拾了一手掌的小石子，又推荷西："快，用这些石子将那牌子围起来，成一个圈圈。"

荷西又犹豫了几秒钟，罕地拼命推他，他拿了石子跑了进去。

那个晚上，我们睡在朋友家。家中门窗大开着，让煤气吹散。我们彼此对望着，一句话也说不出来，恐惧占住了我们全部的心灵和意志。

昨天黄昏，我躺在客厅的长椅上，静静地细听着每一辆汽车通过的声音，渴望着荷西早早下班回来。

邻居们连小孩都不在窗口做他们一向的张望，我被完全孤立起来。

等荷西下了班，他的三个撒哈拉威同事才一同进门来。

"这是最毒最厉的符咒，你们会那么不巧拾了回来。"

荷西的同事之一解释给我们听。

"回教的？"我问他们。

"我们回教不弄这种东西,是南边'毛里塔尼亚'那边的巫术。"

"你们不是每个撒哈拉威人都挂着这种小铜片?"荷西说。

"我们挂的不一样,要是相同,早不死光了?"他们的同事很生气地说。

"你们怎么区别?"我又问。

"你那块牌子还挂了一个果核,一个小布包是不是?铜牌子四周还有白铁皮做了框,幸亏你丢了另外两样,不然你一下子就死了。"

"是巧合,我不相信这些迷信。"我很固执地说。

我说出这句话,那三个本地人吓得很,他们异口同声地讲:"快不要乱说。"

"这种科学时代,怎么能相信这些怪事?"我再说。

他们三个很愤怒地望着我,问我:"你过去是不是有前天那些全部发作的小毛病?"

我细想了一下,的确是有。我有鼻子过敏,我常生针眼,我会吐,常头晕,胃痛,剧烈运动之后下体总有轻微的出血,我切菜时总会切到手——

"有,都不算大病,很经常的这些小病都有。"我只好承认。

"这种符咒的现象,就是拿人本身健康上的缺点在做攻击,它可以将这些小毛病化成厉鬼来取你的性命。"撒哈拉威朋友又对我解释。

"咖啡壶溢出来的水弄熄了煤气,难道你也解释做巧合?"

我默默不语,举起压伤了的左手来看着。

这两天来,在我脑海里思想,再思想,又思想的一个问题却驱之不去。

"我在想——也许——也许是我潜意识里总有想结束自己生命的欲望。所以——病就来了。"我轻轻地说。

听见我说出这样的话来,荷西大吃一惊。

"我是说——我是说——无论我怎么努力在适应沙漠的日子,这种生活方式和环境我已经忍受到了极限。"

"三毛,你——"

"我并不在否认我对沙漠的热爱,但是我毕竟是人,我也有软弱的时候——"

"你做咖啡我不知道,后来我去煮水,也没有看见咖啡弄熄了火,难道你也要解释成我潜意识里要杀死我们自己?"

"这件事要跟学心理的朋友去谈,我们对自己心灵的世界知道得太少。"

不知为什么,这种话题使大家闷闷不乐。人,是最怕认识自己的动物。我叹了口气,不再去想这些事。

我们床边的牌子,结果由回教的教长,此地人称为"山栋"的老人来拿去,他用刀子剖开两片夹住的铁皮,铜牌内赫然出现一张画着图案的符咒。我亲眼看见这个景象,全身再度浸在冰水里似的寒冷起来。

噩梦过去了,我健康的情形好似差了一点点,许多朋友劝我去做全身检查,我想,对我,这一切已经得到了解释,不必再去麻烦医生。

今天是回教开斋的节日,窗外碧空如洗,凉爽的微风正吹进来,夏日已经过去,沙漠美丽的秋天正在开始。

寂 地

我们一共是八个人,两辆车,三个已经搭好的帐篷。

斜阳最后的余晖已经消失了,天空虽然没有了霞光,还隐隐透着鸽灰的暮色,哀哀的荒原开始刮着刺骨的冷风。夜,并没有很快就化开来,而身后那一片小树林子,却已经什么也看不清了。

为着搭帐篷、搬炊具,迷离的大漠黄昏竟没有人去欣赏,这一次,为着带了女人和小孩,出发时已经拖得太晚了。

马诺林在一边打坐,高大的身材,长到胸口的焦黄胡子,穿着不变的一件旧白衬衫,下面着了一条及膝的短裤,赤着足,头上顶着一个好似犹太人做礼拜时的小帽,目光如火如焚,盘着腿,双手撑地,全身半吊着,好似印度的苦行僧一般,不言不语。

米盖穿了一件格子衬衫,洗得发白的清洁牛仔裤,浓眉大眼,无肉的鼻子,却配了极感性的嘴唇,适中的个子,优美的一双手,正不停地拨弄着他那架昂贵的相机。

米盖怎么看都挑不出毛病,一副柯达彩色广告照片似的完美,却无论如何融不进四周的景色里去。

总算是个好伙伴,合群、愉快、开朗,没什么个性,说得多,又说得还甚动听，跟他，是吵不起架来的，总缺了点什么。

吉瑞一向是羞涩的，这个来自加纳利群岛的健壮青年是个渔夫的孩子，人，单纯得好似一张厚厚的马粪纸，态度总是透着拘谨，跟我，从来没直接说过话。在公司里出了名的沉默老实，偏偏又娶了个惊如小鹿的妻子黛奥。这个过去在美容院替人烫发的太太，嫁了吉瑞，才勉强跟来了沙漠，她，亦很少跟别的男子说话。这会儿，他们正闷在自己的新帐篷里，婴儿夏薇咿咿啊啊的声音不时地传过来。

荷西也穿了一条草绿色短裤，上面一件土黄色的卡其布衬衫，高筒篮球鞋，头上戴了一顶冬天的呢绒扁舌帽，他弯身拾柴的样子，像极了旧俄小说里那些受苦受难的农民，总像个东欧外国人，西班牙的味道竟一点也没有。

荷西老是做事最多的一个，他喜欢。

伊底斯阴沉沉地高坐在一块大石上抽烟，眼睛细小有神，几乎无肉的脸在暮色里竟发出金属性的黄色来，神情总是懒散的，嘲讽的；在公司里，他跟欧洲人处不好，对自己族人又不耐烦，却偏是荷西的死党，一件大蓝袍子拖到地，任风拍着。细看他，亦不像撒哈拉威，倒是个西藏人，喜马拉雅高原上的产物，总透着那么一丝神秘。

我穿着游泳衣在中午出发的，这会子，加了一件荷西的大外套，又穿上了一双齐膝的白色羊毛袜，辫子早散花了，手里慢吞吞地打着一盘蛋。

黛奥是不出来的，她怕沙漠一切的一切，也怕伊底斯，这次加入了我们的阵容，全是为了母亲回加纳利岛去了，吉瑞要来，留在家中亦是怕，就这么惨兮兮地跟来了，抱着三个月大的孩子，看着也可怜，大漠生活跟她是无缘的。

荷西起火时，我丢下盘子往远处的林子里跑去。

不太说话的伊底斯突然叫了起来："哪里去？"

"采——松——枝。"头也不回地说。

"别去林子里啊！"又随着风在身后喊过来。

"没——关——系——"还是一口气地跑了。

奔进林子里，猛一回头，那些人竟小得好似棋子似的散在沙上，奇怪的是，刚刚在那边，树梢的风声怎么就在帐篷后面沙沙地乱响着，觉着近，竟是远着呢。

林子里长满了杂乱交错的树，等了一会儿，眼睛习惯了黑暗，居然是一堆木麻黄，不是什么松枝，再往里面跑，深深地埋进了阴影中去，幽暗的光线里，就在树丛下，还不让人防备，那个东西就跳入眼里了。

静静的一个石屋，白色的，半圆顶，没有窗，没有门的入口，成了一个黑洞洞，静得怪异，静得神秘，又像蕴藏着个怪兽似的伏着虎虎的生命的气息。

风沙沙地吹过，又悄悄地吹回来，四周暗影幢幢，阴气迫人。

我不自然地咽了一下口水，盯着小屋子往后退，快退出了林子，顺手拉下了一条树枝乱砍，砍了一半，用力一拉，再回身去看了一眼那个神秘的所在，觉得似曾相识，这情景竟在梦中来过一般的熟悉，我呆站了一会儿，又觉着林中有人呻吟似的轻轻叹了口气，身上就这么突然毛了起来，拖了树枝逃也似的奔出林子，后面冷冷的感觉仍步步地追着人，跑了几十步，荷西远处的营火突然轰的一声冒了出来，好似要跟刚下去的落日争什么似的。

"叫你不要倒汽油，又倒了！"等我气喘喘地跑到火边，火，已经烧得天高了。

"松枝等一下加，火下去了再上。"

"不是松，是木麻黄呢。"我仍在喘着大气。

"就那么一根啊？"

"那里面，怪怪的，有胆子你去。"我叫了起来。

"刀拿来，我去砍。"马诺林放下了瑜伽术，接过了我手上的大刀。

"别去了吧！"伊底斯又懒懒地说了一句，"里面有个小房子，怪可怕的，你去看看。"

马诺林仍是去了，不一会儿，拖了一大堆树枝回来。

"喂，那个里面，不对劲。"马诺林回来也说。

"野地荆棘够烧了，不去也罢。"荷西无所谓地搭讪着，我抬头看了马诺林一眼，他正默默地在擦汗呢，那么冷的黄昏。

"米盖，来帮忙串肉。"我蹲了下去，把烤肉叉排出来，再回头看看吉瑞他们的帐篷，已经点起了煤气灯，人，却没有声息。

等了一会儿，吃的东西全弄好了，这才悄悄地托了打蛋的搪瓷盘子，绕着路，弯着腰，跑到吉瑞他们的帐篷后面去。

"脸猹来啦！"突然大喊一声，把支叉子在盘里乱敲乱打。

"三毛，不要吓人！"里面黛奥尖叫起来。

"出来吃饭，来，出来嘛！"拉开帐篷，黛奥披了一件中大衣蹲着，婴儿夏薇躺在地上，吉瑞正在灌奶瓶。

"不出去！"黛奥摇摇头。

"天晚了,什么也看不见,看不见就不可怕了,当你不在沙漠,来,出来啊!"

她还犹豫着,我又叫了:

"你吃饭不吃?吃就得出来。"

黛奥勉勉强强地看了一下外面,眼睛睁得好大。

"有火呢,不要怕。"米盖也在喊着。

"吉瑞——"黛奥回身叫丈夫,吉瑞抱起了孩子,拥着她,低低地说:"不怕,我们出去。"

刚刚坐下来,黛奥又叫了起来。

"你烤什么,黑黑的,骆驼肉——啊——啊——"

这一来大家都笑了,只伊底斯轻微地露出一丝丝不耐烦的神气。

"牛肉,加了酱油,不要怕,哪,第一串给你尝。"递了一串肉过去,吉瑞代太太接了。

荷西把火起得壮烈,烤肉还得分一小摊红木条出来,不然总会烧了眉毛。

四周寂静无声,只烤肉的声音吱吱地滴在柴火上。

"慢慢吃,还有蛋饼。"我又打起蛋来。

"三毛就是这样,大手笔,每次弄吃的,总弄得个满坑满谷,填死人。"荷西说。

"不爱你们饿肚子,嘿嘿!"

"吃不吃洋葱?"我望着黛奥,她连忙摇头。

"好,生菜不拌洋葱做一盘,全放洋葱再拌一盘。"

"真不嫌麻烦。"米盖啧啧地叹着气。

"半夜火小了,再埋它一堆甜薯,你不每次都吃?"

"你们难道不睡的？"黛奥问着。

"谁爱睡，谁不睡，都自由，睡睡起起，睡了不起，也随人高兴。"我笑望着她，顺手又递一串烤肉过去。

"我们是要睡的。"黛奥抱歉地说，没人答腔，随人自由的嘛！

吃完了饭，我还在收拾呢，黛奥拉着吉瑞道了晚安，就走了。

快走出火圈外了，一时心血来潮，又对着黛奥大喊过去："啊——后面一双大眼睛盯着瞧哪！"

这一叫，黛奥丢了吉瑞和夏薇唬一下地蹲了下去。

"三毛，啧——"马诺林瞪了我一眼。

"对不起，对不起，是故意的。"我趴在膝上格格地笑个不停，疯成这个样子，也是神经。

夜凉着，火却是不断地烧着，荷西与我坐了一会儿，也进自己的小帐篷去。

两人各自钻进睡袋，仰着脸说话。

"你说这地方叫什么？"我问荷西。

"伊底斯没说清。"

"真有水晶石吗？"

"上次那块给我们的，说是这里捡来的，总是有的吧。"

沉静了一会儿，荷西翻了个身。

"睡了？"

"嗯！"

"明早要叫我，别忘了，嗯！"我也翻了个身，背对着背，闭上了眼睛。

过了好一会儿，荷西没声息了，想来是睡着了，拉开帐篷的边来看，火畔还坐着那三个人，米盖悄悄地跟伊底斯在说什么呢。

又躺了好一会儿，听着大漠的风哭也似的长着翅膀飞，营钉吹松了，帆布盖到脸上来，气闷不过，干脆爬起来，穿上长裤，厚外套，再爬过荷西，拖出自己的睡袋，轻轻地拉开帐篷往外走。

"去哪里？"荷西悄声问着。

"外面。"也低声答着。

"还有人在吗？"

"三个都没睡呢！"

"三毛——"

"嗯？"

"不要吓黛奥。"

"知道了，你睡。"

我抱着睡袋，赤着脚，悄悄跑近火边，把地铺铺好，再钻进去躺着，三个人还在说着悄悄话呢。

天空无星无月，夜黑得冻住了，风畅快地吹着，只听见身后的树林又在哗哗地响。

"他总是吸大麻，说的话不能算数的。"米盖接着我没听见的话题，低低地跟伊底斯说。

"以前不抽，后来才染上的，就没清楚过，你看他那个小铺子，一地的乱。"伊底斯说。

我拉开盖着眼睛的睡袋，斜斜地看了他们一眼，伊底斯的铜脸在火光下没有什么表情。

"说的是老头子哈那？"我悄声问。

"你也认识?"米盖惊讶地说。

"怎么会不认识,三番两次去求他,硬是不理,人呢,总大鸟似的一个,蹲在橱台上,迷迷糊糊,零钱老撒了一地,还替他卖过两次东西呢,他是不理顾客的,老是在旅行。"

"旅行?"米盖又问。

"三毛意思是说,在迷魂烟里飘着。"马诺林夹上了一句。

"有一次,又去问他,哈那,哈那,把通脸猞的路径画出来给我们去吧,那天他没迷糊,我一问,他竟哭了起来——"我翻个身,趴在睡袋里,低低地对他们说。

"为什么偏找哈那呢?"伊底斯不以为然地说。

"你不知道他年轻时是脸猞守墓的?"我睁大着眼睛反问他。

"族人也知道路。"伊底斯又说。

"别人不敢带啊,你,你带不带,伊底斯?"我又压低着嗓子说。

他暧昧地笑了一下。

"喂,脸猞这东西,你们真相信?"米盖轻问着伊底斯。

"信的人,就是有,不信的人,什么也没有。"

"你呢?"我又抬起头来问。

"我?不太相信。"

"是信,还是不信,说清楚。"

他又暧昧地笑了一下,说:"你知道,我——"

"你还吃猪肉。"我顶了他一句。

"这不就是了。"伊底斯摊摊手也笑了。

"那次哈那哭了起来——"马诺林把我没讲完的话又问了下去。

"只说要他带路,他双手乱摇,说——太太,那是个禁地,外人去不得的,两年前带了个记者去,拍了照,回来老太婆就暴死了啊,脸狰狞的,贪那么一点钱,老太婆赔上了命啊——说完他突然拍手拍脚地恸哭起来,我看他那天没抽大麻——"

"听说哈那的老婆死的时候,全身黑了,鼻孔里马上钻出蛆来呢!"米盖说。

"加些柴吧。"我缩进睡袋里去,不再言语,四个人静静地对着,火圈外,分不清哪个是天,哪儿是地,风又紧了些,哭号着鬼叫似的凄凉。

过了好一会儿,伊底斯又说:"地倒真是裂开的,每次都裂。"

"你看过?"

伊底斯阴沉地点点头,眼光望出火外面去。

"以前总是哈那走上几天几夜的路,跑回镇上去报信,人还没进镇,就老远地叫喊着——又裂啦!又裂啦——好可怕的,这一来,族里的人吓得魂不附体,没几天,准死人,有时还不止一个哪!"

"总是死的,没错过?"

"没错过,倒是现在,谁也不守墓了,心理上反倒好得多。"

"还在裂?"马诺林问着。

"怎么不裂,人死了抬去,地上总有那个大口子等着呢。"

"巧合,地太干了吧!"我这句话,说得自己也不信。

"水泥地,糊得死死的,不地震,裂得开吗?"

"咦,你刚才还说不太相信的,这会子怎么又咬定这种事了。"

"亲眼看见的,好多次了。"伊底斯慢慢地说。

"老天!脸猞送谁的葬?"我问他。

"我太太——也埋在那里,十四岁,死的时候已经怀孕了。"伊底斯好似在说别人的事一样。

大家都骇住了,望着他,不知说什么好。

"在说什么?"荷西也悄悄地跑了出来,不小心踢到一块木板。

"嘘,在说脸猞的事呢!"

"那个东西——唉——米盖,把茶递过来吧!"

火光下,再度沉寂下来。

"伊底斯——"我趴在睡袋里叫着。

"嗯?"

"为什么叫'脸猞',什么解释?"

"脸猞这种东西以前很多,是一种居住在大漠里的鬼魅,哈萨尼亚语也解释成'灵魂',他们住在沙地绿洲的树丛里,后来绿洲越来越少了,脸猞就往南边移,这几十年来,西属撒哈拉,只听说有一个住着,就是姓穆德那一族的墓地的地方,以后大家就脸猞脸猞地叫着,鬼魅和墓地都用了同一个名字。"

"你不也姓穆德?"荷西说。

"刚刚已经讲过了,他太太就埋在那儿,你没听到。"我悄悄地跟荷西说。

"穆德族干吗选了那块地方?"

"是不小心,一下葬下了七个,后来知道有脸猞住着,又弄裂着地预告族人死的消息,大家没敢再迁,每年都献祭呢!"

"我是看过照片的。"我低低地说。

"脸猞有照片吗?"米盖骇然地问。

"就是那个记者以前拍的嘛,不是鬼魅那东西,是坟地,外面没拍,室内拍了好多张,小小的,水泥地,上面盖了块红黑条子的粗布,看不出什么道理,地上也没裂口子,墙上满满地写了名字。"

"坟地怎么在屋子里?"荷西问。

"本来没起屋子,只用石块围着,结果地总是在埋死人的上面裂开来,后人去找,地下总也没有白骨,就再在裂口上埋下一个,快一百年了,小小一块地,总也埋不满,就三毛睡袋大不了几倍的面积,竟把全族的死人一年一年埋过去。"

伊底斯拿我的睡袋做比方,弄得我浑身不自在,用背抵着地,动也不敢动。

"没有细心找吧!听说沙漠尸身大半不烂的啊!"米盖说。

"埋人总也得挖得很深的,下面真的没有东西。"

"加些柴吧,马诺林!"我喊着。

"后来你们砌了房子,敷了水泥地,总想它不再裂了,是吧?哈——"荷西居然大笑起来,茶水啪的一声泼在火上。怪吓人的。

"你不信?"马诺林低低地问。

"人嘛,总是要死的,地裂不裂总是死,何况穆德又是个大族。"

"就你们这一族有脸豸放预兆,三毛他们家附近那两个大坟场可就没有。"米盖轻声说。

"喂,不要乱扯,我们那儿可是安安静静的。"

"嘘,小声点。"荷西拍了我一下,把我伸出来的手臂又塞回袋内去。

"镇上人也奇怪,不去你们那儿混着。"

"不是穆德族的人,脸豸也不给葬那儿呢,因为献祭的总是穆德，脸狺就只认他们，也不给去呢！"

"有一次，父子三个外族的在旅行，半途上，父亲病死了，儿子们正好在脸狺附近，他们抬了父亲，葬在穆德人一起，那时候还没敷水泥，只在坟上压了好多大石块，等两个儿子走路回到扎骆驼的地方，就在那儿，冒出个新坟来，四周一个人影也不见，这两个儿子怎么也不相信，挖开坟来看，里面赫然是他们葬在半里路外的父亲，这一下，连跌带爬地回脸狺去看，父亲的坟，早空了，什么也没有——"

"下面我来说，"米盖叫了起来，"这次他们又把父亲抬回原地去葬，葬了回来，又是一座新坟挡路，一翻开，还是那个父亲——他们——"

"你怎么知道？"我打断了他的话。

"这个我也听过，是公司那个司机拉维的先祖，他总是到处说，说得大家不愉快起来才收场。"

"喂，烤甜薯怎么样？"我伸出头来说。

"在哪里？"荷西悄声问。

"在桶里面，好几斤呢，把火拨开来。"

"找不到。"荷西在远处乱摸。

"不是红桶，在蓝桶里。"

"起来找嘛，你放的。"又悄叫着。

"起不来。"四周望着一片黑，火光外好似有千只眼睛一眨一眨的。

"烤多少？"又轻轻地问。

"全烤，吃不了明天早晨也好当早饭。"

几个人埋甜薯，我缩在睡袋里，竟幻想他们在埋七个死人，全姓穆德。

"说起公司的人，那个工程师又是一个。"米盖又说。

"谁？"

"警察局长的大儿子。"

"不相干的人，米盖。"我说。

"我比你来得早，相干的，你没听说罢了。"

"两个人去找圣地亚哥大沙丘，迷了路没回去，父亲带警察去找，两天后在个林子里找到了，也没渴死，也没热死，车子没油了，僵在那儿，一个好好的，另一个找到时已经疯了。"

"啊，听说本来就不正常的嘛。"

"哪里，认识他时还好好的，那次捡了回来，真疯了，上下乱跑，口吐白沫，总说身后有个鬼追他，拉着强打了安眠针，睡这么一下，人不看好他，又张着红丝眼睛狂奔，这么闹了几天，快跑死了，本地人看不过去。领了他去看'山栋'，山栋叫他朝麦加拜，他母亲挡着，说是天主教，拜什么麦加，倒是镇上神父，说是心理治疗，就叫他拜吧，麦加拜得好病也是天主的旨意——"

"哪有那么奇怪的神父，镇上神父跟山栋一向仇人似的……"

"三毛不要扯远了。"米盖不高兴地停住了。

"后来——"

"后来对着麦加拜啊拜啊，脸狞不跟了，走了，居然放过了他。"

"心理治疗，没错，在沙漠，就跟麦加配，别的宗教都不称。"荷西又不相信地笑了起来。

米盖不理他，又说下去："病好了，人整个瘦了，整天闷闷不乐，阴阴沉沉，半年不到，还是死了。"

"吞枪死在宿舍里，那天他大弟弟刚好在西班牙结婚，父母都回去了。是吧？"我悄悄地问。

"吞枪？"米盖不解地望着我。

"是中文西用，不是手枪放进口里往上轰的？"

"就吞了嘛！"我又说。

"听说是女友移情别恋，嫁了他弟弟，这才不活的，跟脸猾扯不上。"荷西说。

"谁说的？"我不以为然地看着荷西。

"我。"

"哎——"我叹了口气。

"沙漠军团也说脸猾呢，说起来呸呸地乱吐口水，好似倒楣似的。"我又说。

"几十年前，听说军团还捡到过一群无人的骆驼队，说是一个脸猾给另一个去送礼的呢！"

"这个不怕，有人情味。"我格格地笑了。

"伊底斯——"

沉默了许久的马诺林突然开口了。

"要烟吗？"伊底斯问他。

"这个脸猾，到底在哪里？"马诺林低沉的声音竟似在怀疑什么似的。

"你问我，我怎么说，沙漠都是一样的。"伊底斯竟含糊起来。

"小的甜薯可以吃了，谁要？"荷西在火边轻轻地问。

"丢个过来。"我轻叫着，他丢了一个过来，我半坐起身接住了,一烫手,又丢给米盖,他一烫又丢伊底斯。

"哈哈,真是烫手热薯,谁也接不了。"我嘻笑起来,忽地又丢来给了我,将它一接,往沙地上一按。

这一闹,四周的阴气散多了,荷西又在加枯干的荆棘,火焰再度穿了出来。

这时,吉瑞的帐篷里突然骚动起来,东西碰翻了的声音,接着婴儿夏薇大哭起来。

"吉瑞,什么事?"荷西喊着。

"三毛扑在后面帐篷上,弄醒了夏薇。"黛奥可怜兮兮地叫着,煤气灯亮了起来。

"我没有,我在这里。"被她那么一讲,竟抖了一下,接着不停地抖起来,四周的人全往他们帐篷去看,只我一个人半躺在火边。

"睡得好好的,后面靠林子那面帐篷啪的一声怪响。"吉瑞解释着,米盖拿个大手电筒去照。

"嗯,这里有爪子印啊,好清楚一串,快来看。"听见米盖那么一叫,我坐直了,就往黛奥喊,男人都跑到黑暗里去。

"快过火边来,来火边吧!"

黛奥跄跄跌跌地奔来了,脸色雪也似的白,夏薇倒是在她怀里不哭了。

"是狼吗?有郊狼吗?"她背靠着我坐下来,人亦索索地抖。

"哪里有,从来没有过,别怕。"

"怕的倒不是狼——"我注视着慢慢转回来的人群,又缓缓地说。

"几点了？三毛。"

"不知道，等荷西来了问他。"

"四点半了。"伊底斯低低地说。

"喂，别吓人，不是一道跟去找爪子印的吗，怎么背后冒出来了。"我一转身骇得要叫出来，黛奥本来怕撒哈拉威，这会子，更吓了。

"我——没去。"伊底斯好似有些不对。

这时候那三个人也回来了。

"野狗啦！"荷西说。

"这儿哪来的狗？"我说。

"你是要什么吗？"荷西竟然语气也不太对，总是紧张了些，我奇怪地看了他一眼，不理他。

四周一片沉寂，吉瑞回帐篷去拿了毯子出来，铺在地上一条，黛奥跟小夏薇躺下去，上面又盖了两条，吉瑞又摸太太的头发。

"再睡吧！"悄悄地说，黛奥闭上了眼睛。

我们轻轻地剥着甜薯，为了翻小的，火都拨散了，弱弱地摊着一地。

"加柴！"轻轻地叫坐在柴边的米盖，他丢了几枝干的荆棘进去。

四周又寂静了下来，我趴着用手面撑着下巴，看着火苗一跳一跳的，伊底斯也躺下了，马诺林仍盘膝坐着，米盖正专心地添火。

"伊底斯，脸狺你不肯带路吗？"马诺林又钻进早已打散的话题里去。

伊底斯不说话。

"你不带，镇上鬼眼睛也许肯带？！"米盖又半空插了进来。

"哈那带了一次外地人,老婆死了,谁还敢再带。"我轻轻叫起来。

"不要乱凑,哈那自己不死,记者不死,偏偏没去的老太婆死了……"荷西也低着嗓子说。

"记者——还是死了的。"马诺林低低地讲了一句话,大家都不晓得有这回事,竟都呆了。

"车祸死的,快一年了。"

"你怎么知道?"

"他工作的那家杂志刊了个小启,无意中看到的,还说了他一些生前的好话呢!"

"你们在说脸猜?"半途插进来的吉瑞轻轻地问着伊底斯,又打手势叫我们不要再说下去,黛奥没睡着,眼睛又张又闭的。

我们再度沉寂了下来,旷野里,总是这样。

沙漠日出,在我们这儿总是晚,不到清早七八点天不会亮的,夜仍长着。

"说起鬼眼睛,她真看过什么?"米盖低声在问伊底斯。

"别人看不到啊,就她看见,起初自己也是不知道,直到有次跟去送葬,大白天的,突然迷糊了,拉着人问——咦,哪来那么多帐篷羊群啊——"

"又指着空地说——看,那家人拔营要走了,骆驼都拉着呢——"

"胡扯,这个我不信。"

"胡扯也扯对了,不认识的死人,叫她带信,回镇上跟家属一说,真有那么个族人早死了好几年了,来问女儿沙夏嫁到哪里去了。"

"这种人,我们中国也有,总是诈人钱呢!"

"鬼眼睛不要钱，她自己有着呢！"

"她看过脸猙？"

"说是脸猙坐在树枝上，摇啊晃啊地看着人下葬，还笑着跟她招手呢，这一吓，鬼眼睛自己还买了只骆驼来献祭。"

"对啦，还有人说那祭台老装不满呢！"米盖说。

"祭台也是怪，看看只是个大石块，平平的，没个桌子大，杀一头骆驼也放不下，可是别说放了一头，十头祭上去，肉也满不出来。"

"脸猙贪心！"我悄悄地说。

这时不知哪里吹来一阵怪风，眼看将尽的火堆突然斜斜往我轰一下烧过来，荷西一拖我，打了半个滚，瞪着火，它又回去了，背后毛毛的感觉凉飕飕地爬了个全身。

"拜托啦，换个话题吧。"黛奥蒙着眼睛哀叫起来。

四周的人，被那火一轰，都僵住了。

阴气越来越重，火渐烧渐微，大家望着火，又沉寂了下来。

过了一会儿，米盖说：

"镇上演《冬之狮》看过没？"

"看过两遍了。"

"好吗？"

"得随你性情，我是喜欢，荷西不爱。"

"舞台味道的东西。"荷西说。

说起戏剧，背后的树林又海涛似的响，我轻喊了起来："别说了。"

"又不许说。"米盖奇怪地看着我。

"马克贝斯。"我用手指指身后的林子。

"那么爱联想,世界上还有不怕的东西吗?"米盖骇然地笑了起来。

"总是怪怪的,问马诺林,他刚才也进去过。"

马诺林不否认也不肯说什么。

"好似会移的。"我又说。

"什么会移的?"

"树林嘛!"

"太有想象力啦,疯子!"

我翻个身,刚刚冒出来烧人的火,竟自弱了下去,阴森彻骨,四周的寒意突然加重了。

"拾柴去!"荷西站了起来。

"用煤气灯吧!"伊底斯说,眼光竟夹着一丝不安,总往光外面看。

又沉寂了好一会儿,火终于熄成了暗色的一小堆,煤气灯惨白地照着每一个人的脸,大家又移近了些。

"伊底斯,这儿真有水晶石?"吉瑞努力在换话题,手里环着黛奥。

"上回拾的一大块,就是这儿浮着,三毛要去了。"

"你以前来,就是捡那个?"我不禁怀疑起来,内心忽然被一只铁爪子抓住了,恐怖得近乎窒息,这一刹间,我是明白了,我明白了今夜在哪儿坐着,我是恍然大悟了。

伊底斯看见我的神情,他明白,我已知道了,眼光躲过了我,低低地说:"以前,是为别的事情来的。"

"你——"

终于证实了最不想证实的事实,神经紧张得一下子碎成片片,我张着嘴,看着马诺林,喘了一口大气,我们两个是唯一去过林子里的人,我惊骇得要狂叫出来。

马诺林轻微得几乎没有动的一个眼神,逼得我咬住了下唇,那么,他亦是明白了,早就明白了,我们就是在这鬼地方啊。

米盖不知道这短短几秒钟里我心情上的大震惊,居然又悄悄地讲起来:"有次地没裂,人却死了,大家觉着怪,仍是抬去葬了,葬了回来,没跟去的鬼眼睛却在家里发狂了,吃土打滚,硬说那人没死,脸狰要人去拿出来,大家不理她,闹了一天一夜,后来也闹得不像话,终是去了,挖出来,原是口向上埋着的人,翻开来,口竟向下趴着,缠尸布拉碎了,包头的那一块干干的包下去,口角竟是湿湿黏黏的一大片挖出来,竟给活埋了。"

"耶稣基督——你,做做好事,别讲啦!"我叫了起来,这一叫,婴儿也惊叫着乱踢乱哭。风又吹了,远处的夜声,有人呻吟似的大声而缓慢地飘过来,风也吹不散那低沉含糊的调子,再抬头,月亮出来了一点,身后的树林,竟披着黑影,沙沙哗哗地一步一步移过来。

"疯了,叫什么嘛!"荷西喊起来,站起身来就走。

"去哪里,你——"

"去睡觉,你们有完没有——"

"回来啊,求求你。"

荷西竟在黑暗中朗笑起来,这一混声,四周更加不对劲,那声音像鬼在笑,那是荷西的。

我爬过去用指甲用力掐伊底斯的肩,低声说:"你这鬼,带我们来这死地方。"

"不是遂了你早先的心愿。"他斜斜地睇着我。

"别说出来,黛奥会吓疯掉。"我又掐着他的肩。

"你们说什么?有什么不对?"黛奥果然语不成声地在哀求着。

呻吟的声音又传了过来,我恐怖得失了理智,竟拿起一个甜薯向林子的方向丢过去,大喊着:"鬼——闭嘴——谁怕你!"

"三毛,你有妄想症。"米盖不知就里,还安然地笑着呢。

"睡吧!"伊底斯站了起来,往帐篷走去。

"荷西——"我再叫,"荷西——"

小帐篷内射出一道手电筒的光来。

"照好路,我来了。"我喊着,拖着睡袋飞也似的跑去。

一时人都散入帐篷里去了,我扑进荷西身边,抓住他发抖。

"荷西,荷西,我们这会子,就在脸㹪地上住着,你,我……"

"我知道。"

"什么时候知道的?"

"跟你同时。"

"我没说啊——啊——脸㹪使你心灵感应啦!"

"三毛,没有脸㹪。"

"有……有……在呻吟着吓人呢……"

"没有,没——有,说,没——有。"

"有——有——有——你没进林子,不算的,对我,是有,是有,我进了林子的呀……"

荷西叹了口气,把我围住,我沉静下来了。

"睡吧！"荷西低低地说。

"你听——听——"我悄悄地说。

"睡吧！"荷西再说。

我躺着不动，疲倦一下子涌了上来，竟不知何时沉沉睡了过去。

醒来荷西不在身边，他的睡袋叠得好好的放在脚后，朝阳早已升起了，仍是冷，空气里散布着早晨潮湿的清新。

万物都活了起来，绯红的霞光，将沙漠染成一片温暖，野荆棘上，竟长着红豆子似的小浆果，不知名的野鸟，啪啪地在低空飞着。

我蓬着头爬了出来，趴着再看那片树林，日光下，居然是那么不起眼的一小丛，披带着沙尘，只觉邋遢，不觉神秘。

"嗯！"我向在挖甜薯的荷西和伊底斯喊了起来。

伊底斯犹豫不决地看着我的脸色。

"甜薯不要吃光了，留个给黛奥，好引她下次再来。"我清脆地喊过去。

"你呢？"

"我不吃，喝茶。"

望着伊底斯，我回报了他一个粲然的微笑。

天 梯

对于开车这件事情,我回想起来总记不得是如何学会的。很多年来,旁人开车,我就坐在一边专心地用眼睛学,后来有机会时,我也摸摸方向盘,日子久了,就这样很自然地会了。

我的胆子很大,上了别人的车,总是很客气地问一声主人:"给我来开好吧?我会很当心的。"

大部分的人看见我如此低声下气地请求,都会把车交给我。无论是大车、小车、新车、旧车,我都不辜负旁人的好意,给他好好地开着,从来没有出过差错。

这些交车给我的人,总也忘了问我一个最最重要的问题,他们不问,我也不好贸然地开口,所以我总沉默地开着车子东转西转。

等到荷西买了车子,我就爱上了这匹"假想白马",常常带了它出去在小镇上办事。有时候也用白马去接我的"假想王子"下班。

因为车开得很顺利,也从来没有人问起我驾驶执照的事情,我不知不觉就落入自欺心理的圈套里去,固执地幻想着我已是个有了执照的人。

有好几次,荷西的同事们在家里谈话,他们说:"这里考执照,比登天还难,某某人的太太考了十四次还通不过笔试,另外一个撒哈拉威人考了两年还在考路试。"

我静听着这种可怕的话题,一声也不敢吭,也不敢抬头。但是,我的车子还是每天悄悄地开来开去。

登天,我暂时还不想去交通大队爬梯子。

有一天,父亲来信给我,对我说:"驾驶执照趁着在沙漠里有空闲,快去考出来,不要这么拖下去。"

荷西看见家信,总是会问:"爸爸妈妈说什么?"

我那天没提防,一漏口就说:"爸爸说这个执照啊可不能再赖下去了。"

荷西听了嘿嘿得意冷笑,对我说:"好了,这次是爸爸的命令,可不是我在逼你,看你如何逃得掉。"

我想了一下,欺骗自己,是心甘情愿,不妨碍任何人。但是,如果一面无照开车同时再去骗父亲,我就不愿意。以前他从不问我开车,所以不算欺骗他。

考执照,在西班牙是一定要进"汽车学校"去学,由学校代报名才许考。所以就算已经会开了,还得去送学费。

我们虽然住在远离西班牙本土的非洲,但是此地因为是它的属地,还是沿用西班牙的法律。

我答应去进汽车学校的第二日,荷西就向同事们去借了好几本不同学校的练习试卷,给我先看看交通规则。

我实在很不高兴,对他说:"我不喜欢念书。"

荷西奇怪地说:"你不是一天到处像山羊一样在啃纸头,怎么会不爱念书呢?"

他又用手一指书架说:"你这些书里面,天文、地理、妖魔鬼怪、侦探言情、动物、哲学、园艺、语文、食谱、漫画、电影、剪裁,甚至于中药秘方、变戏法、催眠术、染衣服……混杂得一塌糊涂,难道这一点点交通规则会难倒你吗?"

我叹了口气,将荷西手里薄薄几本小书接过来。

这是不同的,别人指定的东西,我就不爱去看它。

过了几日,我带了钱,开车去驾驶学校报名上课。

这个"撒哈拉汽车学校"的老板,大概很欣赏自己的外表,他穿了不同的衣服,拍了十几张个人的放大彩色照片,都给挂在办公室里,一时星光闪闪,好像置身在电影院里一样。

柜台上挤了一大群乱哄哄的撒哈拉威男人,生意兴隆极了。学车这事,在沙漠是大大流行的风气,多少沙漠千疮百孔的帐篷外面,却停了一辆大轿车。许多沙漠父亲,卖了美丽的女儿,拿来换汽车。对撒哈拉威人来说,迈向文明唯一的象征就是坐在自己驾驶的汽车里。至于人臭不臭,是无关紧要的。

我好不容易在这些布堆里挤到柜台边,刚刚才说出我想报名,就看见原来我右边隔着一个撒哈拉威人,竟然站着两个西班牙交通警察。

我这一吓,赶紧又挤出来,逃到老远再去看校长的明星照片。

从玻璃镜框的反光里,我看见其中一个警察向我快步走过来。

我很镇静,动也不动,专心数校长衬衫上的扣子。

这个警察先生,站在我身边把我看了又看,终于开口了。

他说:"小姐,我好像认识你啊!"

我只好回过身来,对他说:"真对不起,我实在不认识你。"

他说:"我听见你说要报名学车,奇怪啊!我不止一次看见你在镇上开了车各处在跑,你难道还没有执照吗?"

我一看情况对我很不利,马上改口用英文对他说:"真抱歉,我不会西班牙文,你说什么?"

他听我不说他的话,傻住了。

"执照!执照!"他用西班牙文大叫。

"听不懂。"我很窘地对他做了一个无可奈何的表情。

这个警察跑去叫来他的同事,指着我说:"我早上还亲眼看见她把车开到邮局门口去,就是她,错不了,她原来现在才来学车,你说我们怎么罚她?"

另外一个说:"她现在又不在车上,你早先怎么不捉她。"

"我一天到晚看见她在开车,总以为她早有了执照,怎么会想到叫她停下来验一下。"

他们讲来讲去把我忘掉了,我赶快转身再挤进撒哈拉威人的布堆里去。

我很快地弄好了手续,缴了学费,通知小姐给我同时就弄参加考试的证件,我下下星期就去考。

弄清了这些事情,手里拿着学校给我的交通规则之类的几本书,很放心地出了大门。

我打开车门,上车,发动了车子,正要起步时,一看后视镜,那两个警察居然躲在墙角等着抓我。

我这又给一吓,连忙跳下车来,丢下了车就大步走开去。等荷西下班了，我才请他去救白马回来。

我学车的时间被安排在中午十二点半，汽车学校的设备就是在镇外荒僻的沙堆里修了几条硬路。

我的教练跟我，闷在小车子里，像白老鼠似的一个圈一个圈地打着转。

正午的沙漠，气温高到五十度以上，我的汗湿透了全身，流进了眼睛，沙子在脸上刮得像被人打耳光。上课才一刻钟，狂渴和酷热就像疯狗一样咬着我不放。

教练受不了热，也没问我，就把上衣脱下来打赤膊坐在我旁边。

学了三天车，我实在受不了那个疯热，请教练给我改时间，他说："你他妈的还算运气好，另外一个太太排到夜间十一点上课，又冷又黑，什么也学不会。你他妈的还要改时间。"

说完这话，他将滚烫的车顶用力一打，车顶啪一下塌下去一块。

这个教练实在不是个坏人，但是要我以后的十五堂课，坐在活动大烤箱里，对着一个不穿上衣的人，我还是不喜欢，而且他开口就对我说三字经，我也不爱听。

我沉吟了一下，对他说："您看这样好吗？我把你该上的钟点全给你签好字，我不学了，考试我自己负责。"

他一听，正合心意，说："好啊！我他妈的给你放假，我们就算了，考试再见面。"

临别他请我喝了一瓶冰汽水算庆祝学车结束。

荷西听见我白送学费给老师，又不肯再去了，气得很，逼了我去上夜课，他说去上交通规则课，我们的学费很贵，要去念回本钱来。

我去上了第一次的夜课。

隔壁撒哈拉威人的班,可真是怪现象,大家书声朗朗,背诵交通规则,一条又一条,如醉如痴,我从来没有看过这么多认真的撒哈拉威人。

我们这西班牙文班,小猫三只四只,学生多得是,上课是不来听的。

我的老师是很有文化气息的瘦高小胡子中年人,他也不说三字经,文教练跟武教练硬是不相同。

我坐定了位子,老师就上来很有礼地请教中国文化,我教了他一堂课,还把我们的象形文字画了好多个出来给他讲解。

第二日我一进教室,这个文教练马上打开一本练习簿,上面写满了中国字——人人人天天天……

他很谦虚地问我:"你看写得还可以吗?还像吧?"

我说:"写得比我好。"

这个老师一高兴,又把我拿来考问,问孔子,问老子,正巧问到我的本行,我给他答得头头是道,我又问他知不知道庄子,他又问我庄子不是一只蝴蝶儿吗。

一小时很快地过去了,我想听听老师讲讲红绿灯,他却奇怪地问我:"你难道有色盲吗?"

等这个文教练把我从五千年的"时光隧道"里放出来时,天已经冰冷透黑了。

到了家赶快煮饭给等坏了的荷西吃。

"三毛,卡车后面那些不同的小灯都弄清楚了吗?"

我说:"快认清了,老师教得很好。"

等荷西白天去上班了,我洗衣、烫衣、铺床、扫地、擦灰、做饭、打毛线,忙来忙去,身边那本交通规则可不敢放松,口里念念有词,像小时候上主日学校似的将这交通规则如圣经金句一般给它背下来,章章节节都牢牢记住。

那一阵,我的邻居们都知道我要考试,我把门关得紧紧的,谁来也不开。

邻居女人们恨死我了,天天在骂我:"你什么时候才考完嘛!你不开门我们太不方便了。"

我硬是不理,这一次是认真的了。

考期眼看快到了,开车我是不怕,这个笔试可有点靠不住,这些交通规则是跟青菜、鸡蛋、毛线、孔子、庄子混着念的,当然有点拖泥带水。

星期五的晚上,荷西拿起交通规则的书来,说:"大后天你得笔试,如果考不过,车试就别想了,现在我来问问你。"

荷西一向当我同时是天才和白痴这两种人物,他乱七八糟给我东问一句,西问一句,口气迫人,声色俱厉,我被他这么一来,一句话也听不进去。

"你慢一点嘛!根本不知道你讲什么。"

他又问了好多问题,我还是答不出来。

他书一丢,气了,瞪了我一眼说:"去上那么多堂课,你还是不会,笨人!笨人!"

我也很气,跑去厨房喝了一大口煮菜用的老酒,定一下神,清一清脑筋,把交通规则丢给荷西。

我慢慢地一个字一个字全背出来给荷西听,小书也快有一百页，居然都背完了。

荷西呆住了。

"怎么样？我这个死背书啊，是给小学老师专门整出来的。"我得意洋洋地对他说。

荷西还是不放心，他问我："要是星期一，你太紧张了，西班牙文又看不懂了，那不是冤枉吗？"

我被他这一问，夜间翻来覆去，再也睡不着觉。

我的确有这个毛病，一慌就会交白卷，事后心里又明白了，只是当时脑筋会卡住转不过来。

这叫——此情可待成追忆，只是当时已惘然也。

失眠了一夜，熬到天亮，看见荷西还在沉睡，辛苦了一星期，不好吵醒他。

我穿好衣服，悄悄地开了门，发动了车子，往离镇很远的交通大队开去。

无照驾车，居然敢开去交通大队，实在是自投罗网。但是如果我走路去，弄得披头散发，给人印象想必不好，那么我要去做的事很可能就达不到目的了。

我把车子一直开到办公室门口，自然没有人上来查我的执照。想想世界上也没有这种胆大包天的傻瓜。

到了办公室门口，才走进去，就有人说："三毛！"

我一呆，问这位先生："请问您怎么认识我？"

他说："你的报名照片在这里，你看，星期一要考试啰！"

"我就是为了这件事情来的。"我赶紧说。

"我想见见笔试的主考官。"

"什么事？主考是我们上校大队长。"

"可不可以请您给我通报一下。"

他看我很神秘的表情，马上就进去了，过了一会儿，他出来说："请走这边进去。"

办公室内的大队长，居然是一个有着高雅气度的花白头发军官。久住沙漠，乍一看到如此风采人物，令我突然想起我的父亲，我意外地愣了一下。

他离开桌子过来与我握手，又拉椅子请我坐下，又请人端了咖啡进来。

"有什么事吗？您是——"

"我是葛罗太太——"

我开始请求他，这些令我一夜不能入睡的问题都得靠他来解决。

"好，所以你想口试交通规则，由你讲给我听，是不是这样？"

"是的，就是这件事。"

"你的想法是好，但是我们没有先例，再说——我看你西班牙文非常好，不该有问题的。"

"我不行，有问题。你们这个先例给我来开。"

他望着我，也不答话。

"听说撒哈拉威人可以口试，为什么我不可以口试？"

"你如果只要一张在撒哈拉沙漠里开车的执照，你就去口试。"

"我要各处都通用的。"

"那就非笔试不可。"

"考试是选择题，你只要做记号，不用写字的。"

"选择题的句子都是模棱两可的，我一慌就会看错，我是外国人。"

他又沉吟了一下，再说："不行，我们卷子要存档的，你口试没有卷子，我们不能交代。没办法。"

"怎么会没办法？我可以录音存档案，上校先生，请你脑筋活动一点——"

我好争辩的天性又发了。

他很慈祥地看看我，对我讲："我说，你星期一放心来参加笔试，一定会通过的，不要再紧张了。"

我看他实在不肯，也不好强人所难，就谢了他，心平气和地出来。

走到门口，上校又叫住我，他说："请等一下，我叫两个孩子送你回家，此地太远了。"

他居然称他的下属叫孩子们。

我再谢了上校，出了门，看见两个"孩子"站得笔直地在车子边等我，我们一见面，彼此都大吃一惊。

他们就恰巧是那天要捉我无照开车的警察先生们。

我很客气地对他们说："实在不敢麻烦你们，如果你们高抬贵手，放我一次，我就自己回去了。"

我有把握他们当时一定不会捉我。

我就这样开车回家了。

回到家，荷西还在睡觉。

星期日我不断背诵手册。两人就吃牛油夹面包和白糖。

星期一清晨，荷西不肯去上班，他说已经请好假了，可以下星期六补上班，考试他要陪我去。我根本不要他陪。

到了考场，场外黑压压一大片人群，总有两三百个，撒哈拉威人也有好多。

考场的笔试和车试都在同一个地方，恰好对面就是沙漠的监狱，这个地方关的都不是重犯，重犯在警察部队里给锁着。

关在这个监狱里的，大部分是为了抢酒女争风吃醋伤了人，或是喝醉酒，跟撒哈拉威人打群架的加纳利群岛来的工人。

真正的社会败类，地痞流氓，在沙漠倒是没有，大概此地太荒凉了，就算流氓来了，也混不出个名堂来。

我们在等着进考场，对面的犯人就站在天台上看。

每当有一个单身西班牙女人来应考，这些粗人就鼓掌大叫："哇！小宝贝，美人儿，你他妈的好好考试啊，不要怕，有老子们在这儿替你撑腰，啧啧……真是个性感妞儿！"

我听见这些粗胚痛快淋漓地在乱吼大叫，不由得笑了起来。

荷西说："你还说要一个人来，不是我，你也给人叫小宝贝了。"

其实我倒很欣赏这些天台上的疯子，起码我还没有看过这么多兴高采烈的犯人。真是今古奇观又一章。

那天考的人有两百多个，新考再考的都有。

等大队长带了另外一位先生开了考场的门，我的心开始加快地跳得很不规则，头也晕了，想吐，手指凉得都不会弯曲了。

荷西紧紧地拉住我的手，好使我不临阵脱逃掉。

被叫到名字的人，都像待宰的小羊一样乖乖地走进那间可怕的大洞里去。

等大队长叫到我的名字，荷西把我轻轻一推，我只好站出去了。

"您早！"我哭兮兮地向大队长打招呼。

他深深地注视着我，对我特别说："请坐在第一排右边第一个位子。"

我想，他对旁人都不指定坐位，为什么偏偏要把我钉十字架呢！一定是不信任我。

考场里一片死寂，每个人的卷子都已分好放在椅子下面，每一份卷子都是不相同的，所以要偷看旁人的也没有用。

"好，现在请开始做，十五分钟交卷。"

我马上拉出座位下面的卷子来，纸上一片外国蚂蚁，一个也认它不出。我拼命叫自己安静下来，镇定下来，但是没有什么效果，蚂蚁都说外国话。

我干脆放下纸笔，双手交握，静坐一会儿再看。

荷西在窗外看见我居然坐起"禅"来，急得几乎要冲进来用大棒子把我喝醒。

静坐过了，再看卷，看懂了。

我为什么特别被钉在这个架子上，终于有了答案。

这份考卷的题目如下：

你开车碰到红灯，应该（一）冲过去,（二）停下来,（三）拼命按喇叭。

你看到斑马线上有行人应该（一）挥手叫行人快走开,（二）压过人群,（三）停下来。

问了两大张纸，都是诸如此类的疯狂笑话问题。

我看了考卷，格格闷笑得快呛死了，闪电似的给它做好了。

最后一题，它问：

你开车正好碰到天主教抬了圣母出来游街,你应该(一)鼓掌,(二)停下来,(三)跪下去。

我答"停下来",不过我想考卷是天主教国家出的,如果我答——"跪下去",他们一定更加高兴。

这样我就交卷了,才花了八分钟。

交卷时,大队长很意味深长地微微对我一笑,我轻轻地对他说:"谢谢!日安!"

穿过一大群埋头苦干,咬笔、擦纸、发抖、皱眉头的被考人,我悄悄地开门出去。

轮到口试的撒哈拉威人进去时,荷西就一直在安慰我:"没有关系,这又不是什么大不了的事情,考坏了,下星期还可以考,你要放得开。"

我一句话也不说,卖他一个"关子岭"。

十点整,一位先生拿了名单出来,开始唱出通过人的名字,唱来唱去,没有我。

荷西不知不觉地将手放到我肩上来。

我一点也不在意。

等到——"三毛",这两个字大声报出来时,我才恶作剧地看了一眼荷西。

"关子"卖得并不大,但是荷西却受到了水火同源的意外惊喜,将我一把抱起来,用力太猛,几乎扭断了我的肋骨。

天台上的犯人看见这一幕,又大声给我们喝彩。

我对他们做了一个V字形的手势,表情一若当年在朝的尼克森,我那份考卷,"水门"得跟真的一样。

接着马上考"场内车试"。

汽车学校的大卡车、小汽车都来了,一字排开,热闹非凡,犯人们叫得比赌马的人还要有劲。

两百多个人笔试下来,只剩了八十多个,看热闹的人还是一大群。

我的武教练这次可没有光身子,他穿得很整齐。

教练一再对我说:"前三辆车你切切不要上,等别人引擎用热了,你再上,这样不太会熄火。"

我点点头,这是有把握的事,不必紧张。

等到第二个人考完,我就说:"我不等了,我现在考。"

考场绿灯一转亮,我的车就如野马般地跳起来冲出去。

换挡,再换回挡,停车,起步,转弯,倒车如注音符号ㄟ字形,再倒车ㄥ字形,开斜道,把车再倒入两辆停着的车内去把自己夹做三明治的心;过斜坡,刹车,起步,下坡,换挡……我分分寸寸,有条有理地做得一丝不差,眼看马上可以出考场了。

我听见观众都在给我鼓掌,连撒哈拉威人都在叫:"中国女孩棒,棒——"

我这么高兴,一时不知道发了什么神经病,突然回身去看主考官坐着的塔台。这一回头,车子一下滑出路面,冲到邻邻的沙浪里去,我一慌,车子就熄火了,死在那儿。

鼓掌的声音变成惊呼,接着变成大笑,笑得特别响的就是荷西的声音。

我也忍不住笑起来,逃出车子,真恨不得就此把自己给活活笑死算了，也好跟希腊诸神的死法一样。

那一个星期中，我痛定思痛，切切地反省自己，大意失荆州，下次一定要注意了。

第二个星期一，我一个人去应考，这一次不急了，耐着性子等到四五十个人都上去考了，我这才上阵。

应该四分钟内做完的全部动作，我给它两分三十五秒全做出来了，完全没有出错。

唱名字的时候，只唱了十六个及格的，我是唯一女人里通过的。

大队长对我开玩笑，他说："三毛的车开得好似炮弹一样快，将来请你来做交通警察倒是很得力的帮手。"

我正预备走路回家，看见荷西满面春风地来接我，他上工在几十里外，又趁中午跑回来了。

"恭喜！恭喜！"他上来就说。

"咦！你有千里眼吗？"

"是刚刚天台上的犯人告诉我的。"

我认真地在想，关在牢里面的人，不一定比放在外面的人坏。

这个世界上真正的坏胚子就如我们中国人讲的"龙"一样，可大可小，可隐可现，你是捉不住他们，也关不住他们的。

我趁着给荷西做午饭的时间，叫荷西独自再去跑一趟，给监牢里的人送两大箱可乐和两条烟去。起码在我考试的时候，他们像鼓笛队似的给我加了油。

我不低看他们，我自己不比犯人的操守高多少。

中午我开长途车送荷西去上工，再开回镇上，将车子藏好，才走路去等最后一关"路考"。这个"天梯"越爬越有意思，我居然开始十分喜欢这种考试的过程。

五十度气温下的正午，只有烈日将一排排建筑短短的影子照射在空寂的街道上，整个的小镇好似死去了一般，时间在这里也凝固起来了。

当时我看见的景象，完完全全是一幅超现实画派作品的再版，感人至深。如果再给这时候来个滚铁环的小女孩，那就更真切了。

"路考"就在这种没有交通流量的地方开始了。

我虽然知道，在这种时候，镇上一只狗也压不着，镇外一棵树也撞不倒，但是我还是不要太大意。

起步之前要打指示灯，要回头看清楚，起步之后靠右走，黄线不要去压过它，十字路口停车，斑马线要慢下来，小镇上没有红绿灯，这一步就省掉了。

十六个人很快地都考完了，大队长请我们大家都去交通队的福利社喝汽水。

我们是八个西班牙人，七个撒哈拉威人，还有我。

上校马上发了临时执照给通过全部考试的人，正式的执照要西班牙那边再发过来。

上星期我一直对自己说，在摩洛哥国王哈珊来"西属撒哈拉"喝茶以前，我得把这个天梯爬到顶，现在我爬到了。"魔王"还没有来。

上校发了七张执照，我分到了一张。

有了执照之后，开车无论是心情和神色都跟以前大不相同，比较之下才见春秋。

有一天，我停放好了车，正要走开，突然半空中跳出以前那两个警察先生，大喝一声："哈，这一次给我们捉到了。"

我从容不迫地拿出执照来，举在他们面前。

他们看也不看，照开罚单。

"罚两百五十块。"

"怎么？"我不相信自己的眼睛。

"停车在公共汽车站前，要罚！"

"这个镇上没有公共汽车，从来没有。"我大叫。

"将来会有，牌子已经挂好了。"

"你们不能用这种方法来罚我，不行，我拒付。"

"有站牌就不能停车，管有没有公车。"

我一生气，脑筋就特别有条理，交通规则在我脑海里飞快地一页一页翻过。

我推开警察，跳上车，将车冲出站牌几公尺，再停住，下车，将罚单塞回给他们。

"交通规则上说，在某地停车两分钟之内就开走，不算停车。我停了不到两分钟又开走了，所以不算违规。"

"官兵捉强盗"，这两个人又输了。罚单丢给山羊吃吧。

我哈哈大笑，提着菜篮往"沙漠军团"的福利社走去，看看今天有没有好运气，买到一些新鲜的水果菜蔬。

日复一日，我这只原本不是生长在沙漠的"黑羊"，是如何在努力有声有色地打发着漫长而苦闷的悠悠岁月。

——天凉好个秋啊——

平沙漠漠夜带刀

我初抵沙漠时，十分希望做世界第一个横渡撒哈拉沙漠的女子探险家。这些事情，在欧洲时每夜想得睡不着，因为，沙漠不是文明地带，过去旅行各国的经历，在此地都不太用得上。想了快半年，还是决定来了再看情形。当然我不能完全没有计划地来，总不能在飞机上，背个大水壶往沙漠里跳伞。我先到了西班牙属地，撒哈拉沙漠的首都——阿雍。说它是首都，我实在难以承认，因为明明是大沙漠中的一个小镇，三五条街，几家银行，几间铺子，倒是很有西部电影里小镇的荒凉景色和气氛，一般首都的繁华，在此地是看不到的。

我租的房子在镇外，虽说是个破房子，租金却比欧洲一般水准高很多。没有家具，我用当地人铺的草席，铺在地上，再买了一个床垫，放在另一间当做床，算暂时安定下来了。水是有的，屋顶平台放个汽油桶，每天六时左右，市政府会接咸水来，那是沙漠深井内打出来的水，不知为什么很咸。洗脸、洗澡都得用它。平日喝的水，要一瓶一瓶去买，大约二十台币左右一瓶。

初来时，日子是十分寂寥的，我不会说阿拉伯文，邻居偏偏全是撒哈拉的当地人——非洲人，他们妇女很少会说西班牙文，倒是小孩子们能说半通不通的西文。我家的门口，开门出去是一条街，街的那一边，便是那无边无际的沙漠，平滑、柔软、安详而神秘地一直延到天边，颜色是淡黄土色的，我想月球上的景色，跟此地大约是差不多的。我很爱看日落时被染红了的沙漠，每日太阳下山时，总在天台坐着直到天黑，心里却是不知怎的觉得寂寞极了。

一只手挥到红海

初来时，想休息一阵便去大漠中旅行，但是苦于不认识太多的人，只有每日往镇上的警察局跑跑。（事实上，不跑也不行，警察局扣留了我的护照，老想赶我出境。）我先找到了副局长，他是西班牙人。

"先生，我想去沙漠，但不知怎么去，你能帮助我吗？"

"沙漠？你不就在沙漠里面？抬头看看窗外是什么？"他自己却头也不抬。

"不是的，我想这样走一趟。"我用手在他墙上挂的地图上一挥，哗一下挥到红海。

他上下地打量了我快两分钟，对我说："小姐，你知道你在说什么吗？这是不可能的。下班飞机请回马德里，我们不想有麻烦。"

我急了："我不会给你们麻烦，我有三个月足够的生活费，我给你看，钱在这里。"我用手在口袋里抓了一把脏脏的票子给他看。

"好，不管你，我给你三个月的居留，三个月到了非走不可。你现在住在哪里？我好登记。"

"我住在镇外，没有门牌的房子里面，怎么讲才好，我画张图给您。"

我就这样在撒哈拉大沙漠中住下来了。

我不是要一再诉说我的寂寞，但是初来的一阵，几乎熬不过这门功课，想打道回欧洲去了。漫长的风沙，气候在白天时，热得水都烫手，到了夜里，却冷得要穿棉袄。很多次，我问自己，为什么非要留下来不可？为什么要一个人单身来到这个被世界早遗忘了的角落？而问题是没有答案的，我仍然一天一天地住下来了。

军团司令浇冷水

我第二个认识的人，是此地"沙漠军团"退休的司令，他是西班牙人，一生却在沙漠中度过，现在年纪大了，却不想回国。我向他请教沙漠的情形。

"小姐，这是不可能的事，你要量量自己的条件。"

我默然不语，但神色一定有些黯然。

"来看看这张军事地图，"他叫我去墙边看图，"这是非洲，这是撒哈拉沙漠，有虚线的地方是路，其他的你自己去看。"

我知道，我看过几千遍不同的地图了。这个退休司令的图上，除了西属撒哈拉有几条虚线之外，其他便是国与国的边界，以后一片空白。

我问他:"您所说的路,是什么意思?"

"我指的路,也就是前人走过的印子,天气好的时候,看得出来,风沙一大,就吹不见了。"

我谢了他出来,心情很沉重,我知道自己的行为,确是有些自不量力,但是,我不能就此放弃。我是个十分顽固的人。

不能气馁,我去找当地的居民。撒哈拉威人世居这块大沙漠,总有他们的想法。

他们在镇外有一个广场,场内骆驼和吉普车、货物、山羊挤了一地。我等了一个回教徒的老人祈祷完毕,就上去问他横渡撒哈拉的办法。这老人会说西班牙文,他一开口,许多年轻人都围上来了。

"要走到红海吗?我一辈子也没去过,红海现在可以坐飞机到欧洲,再换机就安安稳稳到了,要横过沙漠,何必呢?"

"是的,但是我想由沙漠过去,请你指教。"我怕他听不清楚,把嗓子拉得很高。

"一定要去?可以啊!你听好。租两辆吉普车,一辆坏了还有另一辆,要一个向导,弄好充分的准备,不妨试试看!"

这是第一次,有人告诉我说可以试试。我紧着问:"租车多少钱一天?向导多少钱?"

"一辆车三千西币一天,向导另要三千,食物、汽油另算。"

好,我心算了一下,一个月十八万西币是基本费。(合台币十二万。)

不对,算错了,那两辆车的租金才对,那么一共是二十七万西币。(合台币十八万。)还要加上装备、汽油、食物、水,非要四十万一个月不行。

我摸摸口袋里的那几张大票子,十分气馁,只好说:"太贵了,我没有能力去,谢谢您。"

我预备离开了。老人却说:"也有办法花很少的钱。"

我一听,又坐下地来。"这话怎么说?"

"跟游牧民族走,他们都是很和平的人,如哪儿有一点雨水,他们就去哪儿,这个省钱,我可替你介绍。"

"我不怕苦,我买自己的帐篷和骆驼,请你帮忙。我马上可以走。"

那老人笑笑:"走是说不定的,有时,他们在一个地方住一两星期,有时住上半年三个月,要看山羊哪儿有些枯树吃。"

"他们走完一次沙漠,大约要多久时间?"

"说不上,他们很慢的,大约十年左右吧!"

听到的人都笑了,但只有我笑不出来。那天,我走了长长的路,回到我住的地方,千山万水来到沙漠,却滞留在这个小镇。好在还有三个月时间,且住下来再做打算吧!

爸爸才知道我几岁

我住下来的第二天,房东叫他的家人来认识我。一大群男女小孩在我门外挤来挤去,我对他们笑笑,抱起最小的一个来,向他们说:"都进来,有东西吃。"

他们不好意思地看看身后的一个胖女子。这个女子长得十分地美丽，大眼睛，长睫毛，很白的牙齿，淡棕色的皮肤，身穿一件深翠蓝色的缠身布，头发也用布盖起来了。她过来将头在我脸上靠了一靠，拉着我的手说："沙那马力古！"我也说："沙那马力古（日安的意思）！"我十分地喜欢她。

这群小孩子们，小女孩都穿着彩色浓艳的非洲大花长裙，头发梳成许多小辫子，状如蛇发美人，十分好看。男孩子们有的穿衣服，有的光身子，他们都不穿鞋子，身上有很浓的味道。脸孔都是很好看的，就是过分脏了一点。

事后我见到房东，他是警察，说得一口好西班牙文，我对他说："您的太太十分美丽。"

他回答说："奇怪，我太太没去看你啊！"

"那么，那个胖胖的美丽女子是谁？"

"啊！那是我的大女儿姑卡，她才十岁。"

我大吃一惊，呆呆地望着他。姑卡长得很成熟，看上去大约三十岁了，我真不相信。

"小姐，你大约十多岁吧？可以跟我女儿做个朋友。"我不好意思地抓抓头，不知怎么告诉房东自己的年龄。

后来我跟姑卡熟了，我问她："姑卡，你真的只有十岁？"

她说："什么岁？"

"你，你几岁？"

她说："我不知道啦！我只会数到十个手指，我们女人不管自己几岁，我爸爸才知道我几岁。"

后来我发觉，不但姑卡不知自己几岁，她的妈妈，我的邻居妇女都不会数目，也不关心自己的年龄，她们只关心自己胖不胖，胖就是美人，管她老不老。

十岁就得嫁了

住下来快一个月了，我认识了许多人，西班牙和撒哈拉威朋友都有。其中一个撒哈拉威青年，是高中毕业的，算是十分难得了。

有一天，他很兴奋地对我说："我明年春天结婚。"

"恭喜你，未婚妻在哪里？"

"在沙漠内，住在哈伊麻（帐篷之意）。"

我看着这个十分英俊的青年人，指望他做些不同于族人的事。

"告诉我，你未婚妻几岁？"

"今年十一岁。"

我一听大叫："你也算是受过高中教育的？天啊！"

他很气，看看我说："这有什么不对？我第一个太太嫁我时才九岁，现在十四岁，两个孩子了。"

"什么？你有太太？怎么一向不说起？"

"这个有什么好讲的，女人这个东西——"

我重重地瞪了他一眼。"你预备娶满四个太太？"（回教徒可以同时有四妻。）

"不行啦，没钱啦，现在两个就好了。"

不久，姑卡哭着去结婚了，哭是风俗，但是如果将我换了她，我可会痛哭一辈子。

吉普车往湖心猛冲

有一天黄昏，门口有汽车喇叭的声音，我跑出去一看，我的新朋友夫妇在他们的吉普车上向我招手。"快来，带你去兜风。"

这对夫妇是西班牙人，先生在此地空军服务，有辆现代的"沙漠之舟"，我一面爬上吉普车后座，一面问他们：

"去哪里？"

"去沙漠。"

"去多久？"

"两三小时就回来。"

其实，镇上镇外，全是沙，偏偏要跑得再远去。在车上，我们沿着一条车印子，开到无边的大漠里去。快要黄昏了，却仍然很热。我有点困，眼睛花了一下，再张开眼来时，哗，不得了，前面两百公尺处居然有个大湖，一平如镜，湖旁有几棵树。

我擦擦眼睛，觉得车子在往湖的方向全力飞去，我从后座用力打了一下开车朋友的头：

"老朋友，湖啊！送死去啊！"

我大叫，他不应我，加足了油门冲啊！我看看他太太，她正在莫名其妙地笑。车子不停，湖却越来越近，我伏在膝盖上任着他们开。

我听说不远的沙漠内，的确有个大湖，不想，却在这里。我稍一抬头，湖还在，我只有再伏下身去抱住头。车又驶了快一百公尺,停下来了。

"喂,张开眼睛来!"他们叫,我抬头一看,无边的荒野,落日染红了如血似的大地,风吹来带着漫漫的沙,可怕狰狞极了的景色出现在眼前。

湖呢?没有湖了,水也不见了,树当然也没有了。我紧抓车前的靠垫做声不得,好似《奇幻人间》的鬼故事,发生在自己身上。

我跳下车,用脚踏踏地,再用手去摸摸,都是实在的,但是那个湖怎么消失了?我赶紧回头看看车,车并没有消失,还在那儿,车上两个笑弯了腰的朋友。

"我懂了,这就是海市蜃楼,对不对?"

上车后,我仍然毛发竖立,"怪怕人的,怎会那么近呢?电影上拍的海市蜃楼都距离很远。"

"多着呢,你慢慢来认识这片沙漠吧!有趣的事多着呢。"

以后我见到什么东西,都不敢相信自己的眼睛,总得上去摸一摸,不能告诉别人是海市蜃楼吓的,只好说:"近视眼,要摸了才清楚。"

捉外星人去!

那天开着门洗衣服,房东的山羊跑进来,吃掉了我唯一用淡水种出来的一棵花。花是没有,但是,两片绿色的叶子却长得很有生意,山羊一口就给吃掉了。我追出去打,又摔了一跤。当时气极了,跑去隔壁骂房东的儿子。

"你们的山羊,把我种的叶子吃掉了。"

房东的儿子是老大,十五岁了,大模大样地问我:"吃了几片?"

"总共只长了两片,全吃了。"

"两片叶子还用得着生气,不值得嘛!"

"什么?你忘了这是撒哈拉,寸草不生,我的花……"

"不必讲你的花了,你今天晚上做什么?"

"不做什么。"想想真没事。

"我跟几个朋友去捉外星人,你去不去?"

"飞碟?你说飞碟降落?"我的好奇心又来了。

"就是那个东西。"

"回教徒不可骗人,小孩子。"

他用手发誓,真的有。"今晚没有月光,可能会来。"

"我去!我去!"我赶紧说,又怕又兴奋,"要捉的哦?"

"好嘛!一出来我们就去捉。不过你得穿男装,穿此地人的男装。我可不要带女人去。"

"随便你,借我一件缠头巾,还要件厚外套。"

飞碟真的出现了

于是,当天晚上我跟巴新他们一群小家伙,走了快两小时,到了完全没有一点灯火的沙地里伏着。四周是漆黑一片,星星冷得像钻石一样发出寒光,风吹在脸上,像被打了耳光似的痛。我将缠头巾拉上来,包住鼻子,只有眼睛在外面。等得都快冻僵了,巴新忽然打了我一下。

"嘘,别动,你听。"

呜,呜,呜,如马达一样一抽一抽的声音,四面八方传来。"看不见!"我大叫。

"嘘,别叫。"巴新用手一指,不远处,高高的天空上,有一个橘红色发光的飞行物缓缓飞过来。这时,我虽然专心地看着那个飞行体,人却紧张得指甲都掐到沙地里去了。那个怪东西,飞了一圈走了,我喘了口大气,它又慢慢地低飞过来了。

这时,我只想它快快地走,别说捉外星人了,别给它捉走已是大幸。那个东西没有下降,我软了半天不会动,那么冷,却流了一身汗。

回来时,天已大亮,我站在自家门口,将头巾、外套脱下来还给巴新。正好做警察的房东回来。

"咦,你们去哪里?"

巴新一看见父亲,如小狗一般夹了尾巴逃进去。

"回来啦!去看飞碟。"我回答房东。

"这个小孩子骗你,你也去。"

我想了一下,告诉房东:"倒是真的,那个橘红色慢慢飞的东西,不是飞机,很慢,很低。"

房东沉思了一下,对我说:"很多人看见,夜间常常来,许多年啦!解释不出是什么。"

说得我又是一惊:"难道你也相信我刚刚看见的东西?"

"小姐,我相信真主,但是那个东西在沙漠的天空,确是存在的。"

我虽然冻了一夜,但是却久久无法入睡。

带着尖刀上暗路

话说有一夜,在朋友处吃完烤骆驼肉出来,已是深夜一点,他们说:"住下来吧!明早回去。"

我想想,一点钟并不晚,所以,还是决心走回去。男主人露出为难的表情说:"我们不能送你。"

我用手拍拍长筒靴,对他们说:"不必送了,我有这个。"

"是什么东西?"他们夫妇同时问道。

我戏剧性地手一扬,刷一把明晃晃尖刀在手。那个太太叫了起来,我们笑了好久。告别他们我就开步走了。

到家要走四十分钟,路程并不算很远,可恨的是,路上却要经过两个大墓场。此地撒哈拉威人不用棺木,他们将死去的人用白布包起来,放在沙里,上面再压上石块,不使死人半夜里再坐起来而已。那夜,有月光,我大声唱着此地"沙漠军团"的军歌,往前走。后来一想,还是不要唱歌比较好,一唱目标更显著。沙漠里没有灯,除了风的呜咽声,我只听见自己的脚步声。

第一座坟场在月光下很清楚地出现了。我小心地走过一堆一堆的坟,不使自己去踏到永远安息了的人。第二个坟场可有困难了,它坐落在一个小坡下。我回家,一定要下这个坡,死人埋得密密的,几乎无路可走。不远处,几只狗在坟场上嗅来嗅去,我蹲下去拿石子去打它们,狗号叫起来逃掉了。

坟里居然爬出人来

我在坡上站了一会儿,前后看了一看,这时的心情,没人来,我怕,荒野里来了个人,我更怕。万一来的不是人呢?哗,头发一根根直立起来,不敢再胡思乱想了。快走完坟场了,咦,前面地上,有个影子动起来。先是伏在地下的,挣扎着两手向天,又跌下去了,没一下又挣扎起来,又跌下去了。

我寒着脸,咬住下唇,镇静地站着不动。咦?那个影子也不动了。再细看,一团乱七八糟的布缠着身体,明明是坟里爬出来的东西!我半蹲下去,右手摸到靴子里的刀柄。一阵阵强大的怪风,吹了过来,我梦游似的又被吹近了那个东西几步。那东西,在月光下又挣扎着起来了一次。我回头打量了一下情势,后退是个小土坡,爬不快,不如冲过去,于是慢慢走了几步。快到那东西了,我大叫了一声,加快步子,飞身而过。哪知,我叫时那个东西也短促地叫起来——啊、啊地,声音比我的要凄惨多了。

我冲了十来步,一呆,停住了,是人的声音嘛!再一回头看,一个男人穿着本地人的衣服,一脸慌张失措地站在那儿。

"谁?不要脸,躲在这吓女人,有种吗?"我不怕啦,用西班牙文骂这个人。

"我,我……"

"是贼吗？半夜里来偷坟场，是不是？"也不知是哪里来的勇气，我大步走上前去，一看，咦！小家伙嘛，不到二十岁，满脸都是沙土。

"我在母亲坟上祷告，我没有要吓你。"

"还说没有。"我推了他一把。他快哭出来了。

"小姐，是你吓了我，真冤枉，是你吓了我，我……"

"吓你？天晓得？"我真是啼笑皆非。

"我正在专心祷告，听到风里有歌声传来，我再细听，又没有了，后来又看见狗号叫着逃走，我正伏下头去再祷告时，你从山坡上出现了，头发长长地飞散着，我正吓得半死，你就朝我冲过来了，口里还大叫着……"

我大笑起来，笑得跌跌撞撞，踏到死人胸口上。我笑够了，对这个小家伙说："胆子那么小，又要半夜里出来祷告，快回去吧！"

他对我弯了一下腰，走了。

我发现，一只脚正踏在他母亲的左手。望望四周，月光没有了，那边坟场尽头处，似有东西爬出来。我低叫一声快逃啊，一口气跑回家，撞开门来，将背靠在门上喘气，看看表，四十分钟的路程，才十五分钟就跑回来了。

就如朋友所说："沙漠有趣的事情很多，你慢慢地去发现吧！"今夜，真是够了。

白手成家

其实，当初坚持要去撒哈拉沙漠的人是我，而不是荷西。后来长期留了下来，又是为了荷西，不是为了我。

我的半生，飘流过很多国家。高度文明的社会，我住过，看透，也尝够了，我的感动不是没有，我的生活方式，多多少少也受到它们的影响。但是我始终没有在一个固定的地方，将我的心也留下来给我居住的城市。

不记得在哪一年以前，我无意间翻到了一本美国的《国家地理》杂志，那期书里，它正好在介绍撒哈拉沙漠。我只看了一遍，我不能解释的，属于前世回忆似的乡愁，就莫名其妙，毫无保留地交给了那一片陌生的大地。

等我再回到西班牙来定居时，因为撒哈拉沙漠还有一片二十八万平方公里的地方，是西国的属地，我怀念渴想往它奔去的欲望就又一度在苦痛着我了。

这种情怀，在我认识的人里面，几乎被他们视为一个笑话。

我常常说，我要去沙漠走一趟，却没有人当我是在说真的。

也有比较了解我的朋友，他们又将我的向往沙漠，解释成看破红尘，自我放逐，一去不返也——

这些都不是很正确的看法。

好在，别人如何分析我，跟我本身是一点关系也没有的。

等我给自己排好时间，预备去沙漠住一年时，除了我的父亲鼓励我之外，另外只有一个朋友，他不笑话我，也不阻止我，更不拖累我。他，默默地收拾了行李，先去沙漠的磷矿公司找到了事，安定下来，等我单独去非洲时好照顾我。

他知道我是个一意孤行的倔强女子，我不会改变计划的。

在这个人为了爱情去沙漠里受苦时，我心里已经决定要跟他天涯海角一辈子流浪下去了。

那个人，就是我现在的丈夫荷西。

这都是两年以前的旧事了。

荷西去沙漠之后，我结束了一切的琐事，谁也没有告别。上机前，给同租房子的三个西班牙女友留下了信和房租。关上了门出来，也这样关上了我一度熟悉的生活方式，向未知的大漠奔去。

飞机停在活动房子的阿雍机场时，我见到了分别三个月的荷西。

他那天穿着卡其布土色如军装式的衬衫，很脏的牛仔裤，拥抱我的手臂很有力，双手却粗糙不堪，头发胡子上盖满了黄黄的尘土，风将他的脸吹得焦红，嘴唇是干裂的，眼光却好似有受了创伤的隐痛。

我看见他在这么短暂的时间里，居然在外形和面部表情上有了如此剧烈的转变，令我心里震惊得抽痛了一下。

我这才联想到，我马上要面对的生活，在我，已成了一个重大考验的事实，而不再是我理想中甚而含着浪漫情调的幼稚想法了。

从机场出来，我的心跳得很快，我很难控制自己内心的激动，半生的乡愁，一旦回归这片土地，感触不能自已。

撒哈拉沙漠，在我内心的深处，多年来是我梦里的情人啊！

我举目望去，无际的黄沙上有寂寞的大风呜咽地吹过，天，是高的，地是沉厚雄壮而安静的。

正是黄昏，落日将沙漠染成鲜血的红色，凄艳恐怖。近乎初冬的气候，在原本期待着炎热烈日的心情下，大地化转为一片诗意的苍凉。

荷西静静地等着我，我看了他一眼。

他说："你的沙漠，现在你在它怀抱里了。"

我点点头，喉咙被哽住了。

"异乡人，走吧！"

荷西在多年前就叫我这个名字，那不是因为当时卡缪的小说正在流行，那是因为"异乡人"对我来说，是一个很确切的称呼。

因为我在这个世界上，向来不觉得是芸芸众生里的一分子，我常常要跑出一般人生活着的轨道，做出解释不出原因的事情来。

机场空荡荡的，少数下机的人，早已走光了。

荷西捐起了我的大箱子，我背着背包，一手提了一个枕头套，跟着他迈步走去。

从机场到荷西租下已经半个月的房子，有一段距离，一路上，因为我的箱子和背包都很重，我们走得很慢，沿途偶尔开过几辆车，我们伸手要搭车，没有人停下来。

走了快四十分钟，我们转进一个斜坡，到了一条硬路上，这才看见了炊烟和人家。

荷西在风里对我说："你看，这就是阿雍城的外围，我们的家就在下面。"

远离我们走过的路旁，搭着几十个千疮百孔的大帐篷，也有铁皮做的小屋，沙地里有少数几只单峰骆驼和成群的山羊。

我第一次看见了这些总爱穿深蓝色布料的民族，对于我而言，这是走进另外一个世界的幻境里去了。

风里带过来小女孩们游戏时发出的笑声。

有了人的地方，就有了说不出的生气和趣味。

生命，在这样荒僻落后而贫苦的地方，一样欣欣向荣地滋长着，它，并不是挣扎着在生存，对于沙漠的居民而言，他们在此地的生老病死都好似是如此自然的事。我看着那些上升的烟火，觉得他们安详得近乎优雅起来。

自由自在的生活，在我的解释里，就是精神的文明。

终于，我们走进了一条长街，街旁有零落的空心砖的四方房子散落在夕阳下。

我特别看到连在一排的房子最后一幢很小的，有长圆形的拱门，直觉告诉我，那一定就是我的。

荷西果然向那间小屋走去，他汗流浃背地将大箱子丢在门口，说:"到了,这就是我们的家。"

这个家的正对面,是一大片垃圾场,再前方是一片波浪似的沙谷,再远就是广大的天空。

家后面是一个高坡,没有沙,有大块的乱石头和硬土。邻居们的屋子里看不到一个人,只有不断的风剧烈地吹拂着我的头发和长裙。

荷西开门时,我将肩上沉重的背包脱下来。

黯淡的一条短短的走廊露在眼前。

荷西将我从背后拎起来,他说:"我们的第一个家,我抱你进去,从今以后你是我的太太了。"

这是一种很平淡深远的结合,我从来没有热烈地爱过他,但是我一样觉得十分幸福而舒适。

荷西走了四大步,走廊就走尽了,我抬眼便看见房子中间那一块四方形的大洞,洞外是鸽灰色的天空。

我挣扎着下地来,丢下手里的枕头套,赶快去看房间。

这个房子其实不必走路,站在大洞洞下看看就一目了然了。

一间较大的面向着街,我去走了一下,是横四大步,直五大步。

另外一间,小得放下一个大床之外,只有进门的地方,还有手臂那么宽大的一条横的空间。

厨房是四张报纸平铺起来那么大,有一个污黄色裂了的水槽,还有一个水泥砌起的平台。

浴室有抽水马桶,没有水箱,有洗脸池,还有一个令人看了大吃一惊的白浴缸,它完全是达达派的艺术产品——不实际去用它,它就是雕塑。

我这时才想上厨房浴室外的石阶去,看看通到哪里。

荷西说:"不用看了,上面是公用天台,明天再上去吧。我前几天也买了一只母羊,正跟房东的混在一起养,以后我们可以有鲜奶喝。"

听见我们居然有一只羊,我意外地惊喜了一大阵。

荷西急着问我对家的第一印象。

我听见自己近似做作的声音很紧张地在回答他:"很好,我喜欢,真的,我们慢慢来布置。"

说这话时,我还在拼命打量这一切,地是水泥地,糊得高低不平,墙是空心砖原来的深灰色,上面没有再涂石灰,砖块接缝地方的干水泥就赤裸裸地挂在那儿。

抬头看看,光秃秃吊着的灯泡很小,电线上停满了密密麻麻的苍蝇。墙左角上面有个缺口,风不断地灌进来。

打开水龙头,流出来几滴浓浓绿绿的液体,没有一滴水。

我望着好似要垮下来的屋顶,问荷西:"这儿多少钱一个月的房租?"

"一万(约七千台币),水电不在内。"

"水贵吗?"

"一汽油桶装满是九十块,明天就要去申请市政府送水。"

我嗒然坐在大箱子上,默然不语。

"好,现在我们马上去镇上买个冰箱,买些菜,民生问题要快快解决。"

我连忙提了枕头套跟他又出门去。

这一路上有人家,有沙地,有坟场,有汽油站,走到天快全暗下来了，镇上的灯光才看到了。

"这是银行，那是市政府，法院在右边，邮局在法院楼下，商店有好几家，我们公司的总办公室是前面那一大排，有绿光的是酒店，外面漆黄土色的是电影院——"

"那排公寓这么整齐，是谁住的？你看，那个大白房子里有树，有游泳池——我听见音乐从白纱窗帘里飘出来的那个大厦也是酒家吗？"

"公寓是高级职员的宿舍，白房子是总督的家，当然有花园，你听见的音乐是军官俱乐部——"

"啊呀，有一个回教皇宫城堡哪，荷西，你看——"

"那是国家旅馆，四颗星的，给政府要人来住的，不是皇宫。"

"撒哈拉威人住哪里？我看见好多。"

"他们住在镇上，镇外，都有，我们住的一带叫坟场区，以后你如果叫计程车，就这么说。"

"有计程车？"

"有，还都是朋驰牌的，等一下买好了东西我们就找一辆坐回去。"

在同样的杂货店里，我们买下了一个极小的冰箱，买了一只冷冻鸡、一个煤气炉、一条毯子。

"这些事情不是我早先不弄，我怕先买了，你不中意，现在给你自己来挑。"荷西低声下气地在解释。

我能挑什么？小冰箱这家店只有一个，煤气炉都是一样的，再一想到刚刚租下的灰暗的家，我什么兴趣都没有了。

付钱的时候，我打开枕头套来，说："我们还没有结婚，我也来付一点。"

这是过去跟荷西做朋友时的旧习惯,搭伙用钱。

荷西不知道我手里老是拎着的东西是什么,他伸头过来一看,吓了天大的一跳,一把将枕头套抱在胸口,又一面伸手掏口袋,付清了商店的钱。

等我们到了外面时,他才轻声问我:"你哪里弄来的那么多钱?怎么放在枕头套里也不讲一声。"

"是爸爸给我的,我都带来了。"

荷西绷着脸不响,我在风里定定地望着他。

"我想——我想,你不可能习惯长住沙漠的,你旅行结束,我就辞工,一起走吧!"

"为什么?我抱怨了什么?你为什么要辞工作?"

荷西拍拍枕头套,对我很忍耐地笑了笑。

"你的来撒哈拉,是一件表面倔强而内心浪漫的事件,你很快就会厌它。你有那么多钱,你的日子不会肯跟别人一样过。"

"钱不是我的,是父亲的,我不用。"

"那好,明天早晨我们就存进银行,你——今后就用我赚的薪水过日子,好歹都要过下去。"

我听见他的话,几乎愤怒起来。这么多年的相识,这么多国家单独的流浪,就为了这一点钱,到头来我在他眼里还是个没有分量的虚荣女子。我想反击他,但是没有开口,我的潜力,将来的生活会为我证明出来的。现在多讲都是白费口舌。

那第一个星期五的夜间,我果然坐了一辆朋驰大轿车回坟场区的家来。

沙漠的第一夜，我缩在睡袋里，荷西包着薄薄的毯子，在近乎零度的气温下，我们只在水泥地上铺了帐篷的一块帆布，冻到天亮。

星期六的早晨，我们去镇上法院申请结婚的事情，又买了一个价格贵得没有道理的床垫，床架是不去梦想了。

荷西在市政府申请送水时，我又去买了五大张撒哈拉威人用的粗草席、一个锅、四个盘子、叉匙各两份，刀，我们两个现成的合起来有十一把，都可当菜刀用，所以不再买。又买了水桶、扫把、刷子、衣夹、肥皂、油米糖醋……

东西贵得令人灰心，我拿着荷西给我薄薄的一沓钱，不敢再买下去。

父亲的钱，进了中央银行的定期存户，要半年后才可动用，利息是零点四六。

中午回家来，方才去拜访了房东一家，他是个很慷慨的撒哈拉威人，起码第一次的印象彼此都很好。

我们借了他半桶水，荷西在天台上清洗大水桶内的脏东西，我先煮饭，米熟了，倒出来，再用同样的锅做了半只鸡。

坐在草席上吃饭时，荷西说："白饭你撒了盐吗？"

"没有啊，用房东借的水做的。"

我们这才想起来，阿雍的水是深井里抽出来的浓咸水，不是淡水。

荷西平日在公司吃饭，自然不会想到这件事。

那个家，虽然买了一些东西，但是看得见的只是地上铺满的席子，我们整个周末都在洗扫工作，天窗的洞洞里，开始有吱吱怪叫的撒哈拉威小孩子们在探头探脑。

星期天晚上，荷西要离家去磷矿工地了，我问他明日下午来不来，他说要来的，他工作的地方，与我们租的房子有快一百公里来回的路程。

那个家，只有周末的时候才有男主人，平日荷西下班了赶回来，夜深了，再坐交通车回宿舍。我白天一个人去镇上，午后不热了也会有撒哈拉威邻居来。

结婚的文件弄得很慢。我经过外籍军团退休司令的介绍，常常跟了卖水的大卡车，去附近几百里方圆的沙漠奔驰，夜间我自己搭帐篷睡在游牧民族的附近，因为军团司令的关照，没有人敢动我。我总也会带了白糖、尼龙鱼线、药、烟之类的东西送给一无所有的居民。

只有在深入大漠里，看日出日落时一群群飞奔野羚羊的美景时，我的心才忘记了现实生活的枯燥和艰苦。

这样过了两个月独自常常出镇去旅行的日子。

结婚的事在我们马德里原户籍地区法院公告时，我知道我快真正安定下来了。

家，也突然成了一个离不开的地方。

那只我们的山羊，每次我去捉来挤奶，它都要跳起来用角顶我，我每天要买很多的牧草和麦子给它吃，房东还是不很高兴我们借他的羊栏。

有的时候，我去晚了一点，羊奶早已被房东的太太挤光了。我很想爱护这只羊，但是它不肯认我，也不认荷西，结果我们就将它送给房东了,不再去勉强它。

结婚前那一阵,荷西为了多赚钱,夜班也代人上,他夜以继日地工作,我们无法常常见面。家,没有他来,我许多粗重的事也自己动手做了。

邻近除了撒哈拉威人之外,也住了一家西班牙人,这个太太是个健悍的加纳利群岛来的女人。

每次她去买淡水,总是约了我一起去。

走路去时水箱是空的,当然跟得上她的步子。

等到买好十公升的淡水,我总是叫她先走。

"你那么没有用?这一生难道没有提过水吗?"她大声嘲笑我。

"我——这个很重,你先走——别等我。"

灼人的烈日下,我双手提着水箱的柄,走四五步,就停下来,喘一口气,再提十几步,再停,再走,汗流如雨,脊椎痛得发抖,面红耳赤,步子也软了,而家,还是远远的一个小黑点,似乎永远不会走到。

提水到家,我马上平躺在席子上,这样我的脊椎就可以少痛一些。

有时候煤气用完了,我没有气力将空桶拖去镇上换,计程车要先走路到镇上去叫,我又懒得去。

于是,我常常借了邻居的铁皮炭炉子,蹲在门外扇火,烟呛得眼泪流个不停。

在这种时候,我总庆幸我的母亲没有千里眼,不然,她美丽的面颊要为她最爱的女儿浸湿了——我的女儿是我们捧在手里,掌上明珠也似的抚养大的啊!她一定会这样软弱地哭出来。

我并不气馁,人,多几种生活的经验总是可贵的事。

结婚前,如果荷西在加班,我就坐在席子上,听窗外吹过如泣如诉的风声。

家里没有书报,没有电视,没有收音机。吃饭坐在地上,睡觉换一个房间再躺在地上的床垫。

墙在中午是烫手的,在夜间是冰凉的。电,运气好时会来,大半是没有电。黄昏来了,我就望着那个四方的大洞,看灰沙静悄悄地像粉一样撒下来。

夜来了,我点上白蜡烛,看它的眼泪淌成什么形象。

这个家,没有抽屉,没有衣柜,我们的衣服就放在箱子里,鞋子和零碎东西装大纸盒,写字要找一块板来放在膝盖上写。夜间灰黑色的冷墙更使人觉得阴寒。

有时候荷西赶夜间交通车回工地,我等他将门咔嗒一声带上时,就没有理性地流下泪来,我冲上天台去看,还看见他的身影,我就又冲下来出去追他。

我跑得气也喘不过来,赶到了他,一面喘气一面低头跟他走。

"你留下来行不行?求求你,今天又没有电,我很寂寞。"我双手插在口袋里,顶着风向他哀求着。

荷西总是很难过,如果我在他走了又追出去,他眼圈就红了。

"三毛,明天我代人的早班,六点就要在了,留下来,清早怎么赶得上去那么远?而且我没有早晨的乘车证。"

"不要多赚了,我们银行有钱,不要拼命工作了。"

"银行的钱,将来请父亲借我们买幢小房子。生活费,我多赚给你,忍耐一下,结婚后我就不再加班了。"

"你明天来不来?"

"下午一定来,你早晨去五金建材店问问木材的价钱,我下工了回来可以赶做桌子给你。"

他将我用力抱了一下,就将我往家的方向推。我一面慢慢跑步回去,一面又回头去看,荷西也在远远的星空下向我挥手。

有时候,荷西有家眷在的同事,夜间也会开了车来叫我。

"三毛,来我们家吃晚饭,看电视,我们再送你回来,不要一个人闷着。"

我知道他们的好意里有怜悯我的成分,我就骄傲地拒绝掉。那一阵,我像个受伤的野兽一样,一点小小的事情都会触怒我,甚而软弱得痛哭。

撒哈拉沙漠是这么地美丽,而这儿的生活却是要付出无比的毅力来使自己适应下去啊!

我没有厌沙漠,我只是在习惯它的过程里受到了小小的挫折。

第二日,我拿着荷西事先写好的单子去镇上很大的一家材料店问问价钱。

等了很久才轮到我,店里的人左算右算,才告诉我,要两万五千块以上,木料还缺货。

我谢了他们走出来,想去邮局看信箱,预计做家具的钱是不够买几块板的了。

走过这家店外的广场,我突然看见这个店丢了一大堆装货来的长木箱，是极大的木条用铁皮包钉的，好似没有人要了。

我又跑回店去，问他们："你们外面的空木箱是不是可以送给我？"

说这些话，我脸涨红了，我一生没有这样为了几块木板求过人。

老板很和气地说："可以，可以，你爱拿几个都拿去。"

我说："我想要五个，会不会太多？"

老板问我："你们家几个人？"

我回答了他，觉得他问得文不对题。

我得到了老板的同意，马上去撒哈拉威人聚集的广场叫了两辆驴车，将五个空木箱装上车。

同时才想起来，我要添的工具，于是我又买了锯子、榔头、软尺、两斤大小不同的钉子，又买了滑轮、麻绳和粗的磨砂纸。

我一路上跟在驴车的后面，几乎是吹着口哨走的。

我变了，我跟荷西以前一样，经过三个月沙漠的生活，过去的我已不知不觉地消失了。我居然会为了几个空木箱这么地欢悦起来。

到了家，箱子挤不进门。我不放心放在门外，怕邻居来拾了我的宝贝去。

那一整天，我每隔五分钟就开门去看木箱还在不在。这样紧张到黄昏，才看见荷西的身影在地平线上出现了。

我赶紧到天台上去挥手打我们的旗语，他看懂了，马上跑起来。

跑到门口，他看见把窗子也挡住了的大木箱，张大了眼睛，赶快上去东摸西摸。

"哪里来的好木头?"

我骑在天台的矮墙上对他说:"我讨来的,现在天还没黑,我们快快做个滑车,把它们吊上来。"

那个晚上,我们吃了四个白水煮蛋,冒着刺骨的寒风将滑车做好,木箱拖上天台,拆开包着的铁条,用力打散木箱,荷西的手被钉子弄得流出血来,我抱住大箱子,用脚抵住墙,帮忙他一块一块地将厚板分开来。

"我在想,为什么我们一定要做家具?为什么我们不能学撒哈拉威人一辈子坐在席子上?"

"因为我们不是他们。"

"我为什么不能改,我问你?"我抱住三块木条再思想这个问题。

"他们为什么不吃猪肉?"荷西笑起来。

"那是宗教的问题,不是生活形态的问题。"

"你为什么不爱吃骆驼肉?基督教不可吃骆驼吗?"

"我的宗教里,骆驼是用来穿针眼的,不是当别的用。"

"所以我们还是要有家具才能活得不悲伤。"

这是很坏的解释,但是我要家具是要定了,这件事实在使我羞愧。

第二日荷西不能来,那一阵我们用完了他赚的薪水,他拼命在加班,好使将来的日子安稳一点。

第三日荷西还是不能来,他的同事开车来通知我。

天台上堆满了两人高的厚木条,我一个早晨去镇上,回来木堆已经变成一人半高了,其他的被邻居取去压羊栏了。

我不能一直坐在天台上守望,只好去对面垃圾场捡了好几个空罐头,打了洞,将它们挂在木堆四周,有人偷宝贝,就会响,我好上去捉。

我还是被风骗了十几次,风吹过,罐子也会响。

那个下午,我整理海运寄到的书籍纸盒,无意间看到几张自己的照片。

一张是穿了长礼服,披了毛皮的大衣,头发梳上去,挂了长的耳环,正从柏林歌剧院听了《弄臣》出来。

另外一张是在马德里的冬夜里,跟一大群浪荡子(女)在旧城区的小酒店唱歌跳舞喝红酒,我在照片上非常美丽,长发光滑地披在肩上,笑意盈盈——

我看着看着一张一张的过去,丢下大叠照片,废然倒在地上,那种心情,好似一个死去的肉体,灵魂被领到望乡台上去看他的亲人一样怅然无奈。

不能回首,天台上的空罐罐又在叫我了,我要去守我的木条,这时候,再没有什么事,比我的木箱还重要了。

生命的过程,无论是阳春白雪,青菜豆腐,我都得尝尝是什么滋味,才不枉来走这么一遭啊!

(其实,青菜豆腐都尝不到。)

没有什么了不起,这世上,能看到——"长河落日圆,大漠孤烟直"的幸运儿又有几个如我?(没有长河,烟也不是直的。)

再想——古道西风瘦马，夕阳西下，断肠人在天涯——这个意境里，是框得上我了。（也没有瘦马，有瘦驼。）

星期五是我最盼望的日子，因为荷西会回家来，住到星期天晚上再去。

荷西不是很罗曼蒂克的人，我在沙漠里也风花雪月不起来了，我们想到的事，就是要改善环境，克服物质上精神上的大苦难。

我以前很笨，做饭做菜用一个仅有的锅，分开两次做，现在悟出道理来了，我将生米和菜肉干脆混在一起煮，变成菜饭，这样简单多了。

星期五的晚上，荷西在烛光下细细地画出了很多图样的家具式样叫我挑，我挑了最简单的。

星期六清晨，我们穿了厚厚的毛衣，开始动工。

"先把尺寸全部锯出来，你来坐在木板上，我好锯。"

荷西不停地工作，我把锯出来的木板写上号码。

一小时一小时地过去，太阳升到头顶上了，我将一块湿毛巾盖在荷西的头上，又在他打赤膊的背上涂油。荷西的手磨出水泡来，我不会做什么事，但是我可以压住木条，不时拿冰水上来给他喝，也将闯过来的羊群和小孩们喝走。

太阳像融化的铁浆一样洒下来，我被晒得看见天地都在慢慢地旋转。

荷西不说一句话，像希腊神话里的神祇一样在推着他的巨石。

我很为有这样的一个丈夫骄傲。

过去我只看过他整齐打出来的文件和情书，今天才又认识了一个新的他。

吃完菜饭，荷西躺在地上，我从厨房出来，他已经睡着了。

我不忍去叫醒他，轻轻上天台去，将桌子、书架、衣架和厨房小茶几的锯好木块，分类地一堆一堆区别开来。

荷西醒来已是黄昏了，他跳起来，发怒地责怪我："你为什么不推醒我？"

我低头不语，沉默是女人最大的美德。不必分辩他体力不济，要给他休息之类的话，荷西脑袋是高级水泥做的。

弄到夜间十一点，我们居然有了一张桌子。

第二天是安息日，应该停工休息，但是荷西不做就不能在心灵上安息，所以他还是不停地在天台上敲打。

"给我多添一点饭，晚上可以不再吃了。衣架还得砌到墙里去，这个很费事，要多点时间。"

吃饭时荷西突然抬起头来，好似记起什么事情来了似的对我笑起来。

"你知道我们这些木箱原来是装什么东西来的？那天马丁那个卡车司机告诉我。"

"那么大，也许是包大冰柜来的？"

荷西听了笑个不住。

"讲给你听好不好？"

"难道是装机器来的？"

"是——棺——材。五金建材店从西班牙买了十五口棺材来。"

我恍然大悟，这时才想起，五金店的老板很和气地问我家里有几个人，原来是这个道理。

"你是说，我们这两个活人，住在坟场区，用棺材外箱做家具——"

"你觉得怎么样？"我又问他。

"我觉得一样。"荷西擦了一下嘴站起来，就又上天台去做工了。

我因为这个意外，很兴奋了一下。我觉得不一样，我更加喜欢我的新桌子。

不几日，我们被法院通知，可以结婚了。

我们结好婚，赶快弯到荷西总公司去，请求荷西的早班乘车证，结婚补助，房租津贴，减税，我的社会健康保险……

我们正式结婚的时候，这个家，有一个书架，有一张桌子，在卧室空间架好了长排的挂衣柜，厨房有一个小茶几塞在炊事台下放油糖瓶，还有新的沙漠麻布的彩色条纹的窗帘……

客人来了还是要坐在席子上，我们也没有买铁丝的床架，墙，还是空心砖的，没有糊上石粉，当然不能粉刷。

结婚后，公司答应给两万块的家具补助费，薪水加了七千多，税减了，房租津贴给六千五一个月，还给了我们半个月的婚假。

我们因为在结婚证书上签了字，居然在经济上有了很大的改善，我因此不再反传统了，结婚是有好处的。

我们的好友自动愿代荷西的班，于是我们有一个整月完全是自己的时间。

"第一件事，就是带你去看磷矿。"

坐在公司的吉普车上，我们从爆矿的矿场一路跟着输送带，开了一百多里,直到磷矿出口装船的海上长堤,那儿就是荷西工作的地方。

"天啊!这是詹姆士·庞德的电影啊!你是〇〇七,我是电影里那个东方坏女子——"

"壮观吧!"荷西在车上说。

"这个伟大工程是谁承建的?"

"德国克虏伯公司。"荷西有些气短起来。

"我看西班牙人就造不出这么了不起的东西来。"

"三毛,你帮帮忙给我闭嘴好不好。"

结婚的蜜月,我们请了向导,租了吉普车,往西走,经过"马克贝斯"进入"阿尔及利亚",再转回西属撒哈拉,由"斯马拉"斜进"毛里塔尼亚"直到塞内加尔边界,再由另外一条路上升到西属沙漠下方的"维亚西纳略",这才回到阿雍来。

这一次直渡撒哈拉,我们双双坠入它的情网,再也离不开这片没有花朵的荒原了。

回到了甜蜜的家,只有一星期的假日了,我们开始疯狂地布置这间陋室。

我们向房东要求糊墙,他不肯,我们去镇上问问房租,都在三百美金以上,情形也并不理想。

荷西计算了一夜,第二天他去镇上买了石灰、水泥,再去借了梯子、工具,自己动起手来。

我们日日夜夜地工作,吃白面包、牛奶和多种维他命维持体力,但是长途艰苦的旅行回来,又接着不能休息,我们都突然瘦得眼睛又大又亮,脚步不稳。

"荷西，我将来是可以休息的，你下星期马上要工作，不能休息一两天再做吗？"

荷西在梯子上望也不望我。

"我们何必那么省，而且——我——银行里还有钱。"

"你不知道此地泥水匠是用小时收工资的吗？而且我做得不比他们差。"

"你这个混蛋，你要把钱存到老了，给将来的小孩子乱用吗？"

"如果将来我们有孩子，他十二岁就得出去半工半读，不会给他钱的。"

"你将来的钱要给谁用？"我在梯子下面又轻轻地问了一句。

"给父母养老，你的父母等以后我们离开沙漠，安定下来了，都要接来。"

我听见他提到我千山万水外的双亲，眼睛开始湿了。

"父亲母亲都是很体谅我们而内心又很骄傲的人，父亲尤其不肯住外国——"

"管他肯不肯，你回去双手挟来，他们再要逃回台湾，也是很久以后的事了。"

于是我为着这个乘龙快婿的空中楼阁，只好再努力调石灰水泥，梯子上不时有啪啪的湿块落下来，打在我头顶和鼻尖上。

"荷西，你要快学中文。"

"学不会，这个我拒绝。"

荷西什么都行，就是语言很没有天分，法文搞了快十年，我看他还是不太会讲，更别说中文了，这个我是不逼他的。

最后一天，这个家，里里外外粉刷成洁白的，在坟场区内可真是鹤立鸡群，没有编门牌也不必去市政府申请了。

七月份，我们多领了一个月的底薪（我们是做十一个月的工，拿十四个月的钱），结婚补助，房租津贴，统统发下来了。

荷西下班了，跑斜坡近路回来，一进门就将钱从每一个口袋里掏出来，丢在地上，绿绿的一大堆。

在我看来，也许不惊人，但是对初出茅庐的荷西，却是生平第一次赚那么多钱。

"你看，你看，现在可以买海绵垫了，可以再买一床毯子，可以有床单，有枕头，可以出去吃饭，可以再买一个存水桶，可以添新锅，新帐篷——"

拜金的两个人跪在地上对着钞票膜拜。

把钱数清楚了，我笑吟吟地拿出八千块来分在一旁。

"这做什么？"

"给你添衣服，你的长裤都磨亮了，衬衫领子都破了，袜子都是洞洞，鞋，也该有一双体面些的。"

"我不要，先给家，再来装修我，沙漠里用不着衣服。"

他仍穿鞋底有洞的皮鞋上班。

我用空心砖铺在房间的右排，上面用棺材外板放上，再买了两个厚海绵垫，一个竖放靠墙，一个贴着平放在板上，上面盖上跟窗帘一样的彩色条纹布，后面用线密密缝起来。

它，成了一个货真价实的长沙发，重重的色彩配上雪白的墙，分外地明朗美丽。

桌子，我用白布铺上，上面放了母亲寄来给我的细竹帘卷。爱我的母亲，甚至寄了我要的中国棉纸糊的灯罩来。

陶土的茶具，我也收到了一份。爱友林复南寄来了大卷现代版画，平先生航空送了我大箱的皇冠丛书，父亲下班看到怪里怪气的海报，他也会买下来给我。姐姐向我进贡衣服，弟弟们最有意思，他们搞了一件和服似的浴衣来给荷西，穿上了像三船敏郎——我最欣赏的几个男演员之一。

等母亲的棉纸灯罩低低地挂着，林怀民那张黑底白字的"云门舞集"四个龙飞凤舞的中国书法贴在墙上时，我们这个家，开始有了说不出的气氛和情调。

这样的家，才有了精益求精的心情。

荷西上班时，我将书架油了一层深木色，不是油漆，是用一种褐色的东西刷上去，中文不知叫什么。书架的感觉又厚重多了。

我常常分析自己，人，生下来被分到的阶级是很难再摆脱的。我的家，对撒哈拉威人来说，没有一样东西是必要的，而我，却脱不开这个枷锁，要使四周的环境复杂得跟从前一样。

慢慢地，我又步回过去的我了，也就是说，我又在风花雪月起来。

荷西上班去了，我就到家对面的垃圾场去拾破烂。

用旧的汽车外胎，我拾回来洗清洁，平放在席子上，里面填上一个红布坐垫，像一个鸟巢，谁来了也抢着坐。

深绿色的大水瓶，我抱回家来，上面插上一丛怒放的野地荆棘，那感觉有一种强烈痛苦的诗意。

不同的汽水瓶，我买下小罐的油漆给它们厚厚地涂上印第安人似的图案和色彩。

骆驼的头骨早已放在书架上。我又逼着荷西用铁皮和玻璃做了一盏风灯。

快腐烂的羊皮，拾回来学撒哈拉威人先用盐，再涂"色伯"（明矾）硝出来，又是一张坐垫。

耶诞节到了，我们离开沙漠回马德里去看公婆。

再回来，荷西童年的书到大学的，都搬来了，沙漠的小屋，从此有了书香。

我看沙漠真妩媚，沙漠看我却不是这回事。

可怜的文明人啊！跳不出这些无用的东西。

"这个家里还差植物，没有绿意。"

有一个晚上我对荷西说。

"差的东西很多，永远不会满足的。"

"不会，所以要去各处捡。"

那个晚上，我们爬进了总督家的矮墙，用四只手拼命挖他的花。

"快，塞在塑胶袋里，快，还要那一棵大的爬藤的。"

"天啊，这个鬼根怎么长得那么深啊！"

"泥土也要，快丢进来。"

"够了吧！有三棵了。"荷西轻声问。

"再要一棵，再一棵我就好了。"我还在拔。

突然，我看到站在总督前门的那个卫兵慢慢踱过来了，我吓得魂飞胆裂，将大包塑胶袋一下塞在荷西胸前，急叫他。

"抱住我，抱紧，用力亲我，狼来了，快！"

荷西一把抱住我，可怜的花被我们夹在中间。

卫兵果然快步走上来，枪弹咔哒上了膛。

"做什么？你们在这里鬼鬼祟祟？"

"我——我们——"

"快出去，这里不是给你们谈情说爱的地方。"

我们彼此用手抱紧，往短墙走去，天啊，爬墙时花不要掉出来才好。

"嘘，走大门出去，快！"卫兵又大喝。

我们就慢步互抱着跑掉了，我还向卫兵鞠了一个十五度的躬。

这件事我后来告诉外籍军团的老司令，他大笑了好久好久。

这个家，我还是不满足，没有音乐的地方，总像一幅山水画缺了溪水瀑布一样。

为了省出录音机的钱，我步行到很远的"外籍兵团"的福利社去买菜。

第一次去时，我很不自在，我也不会像其他的妇女们一样乱挤乱抢，我规规矩矩地排队，等了四小时才买到一篮子菜，价格比一般的杂货店要便宜三分之一。

后来我常常去，那些军人看出我的确是有教养，就来路见不平了。

他们甚而有点偏心，我一到柜台，还没有挤进去，他们就会公然隔着胖大粗鲁的女人群，高声问我："今天要什么？"

我把单子递过去，过了一会儿，他们从后门整盒地装好，我付了钱，跑去叫计程车，远远车还没停好，就有军装大汉扛了盒子来替我装进车内，我不出半小时又回家了。

这里驻着的兵种很多，我独爱外籍兵团。（也就是我以前说的沙漠兵团。）

他们有男子气，能吃苦，尊重应该受敬重的某些妇女。他们会打仗，也会风雅，每星期天的黄昏，外籍兵团的交响乐团就在市政府广场上演奏，音乐从《魔笛》《荒山之夜》《玻丽路》种种古典的一直吹到《风流寡妇》才收场。

录音机、录音带就在军营的福利社里省出来了。

电视、洗衣机却一直不能吸引我。

我们又开始存钱，下一个计划是一匹白马，现代的马都可以分期付款，但是荷西不要做现代人，他一定要一次付清。所以只好再走路，等三五个月再说了。

我去镇上唯一快捷的路径就是穿过两个撒哈拉威人的大坟场，他们埋葬人的方式是用布包起来放在沙洞里，上面再盖上零乱的石块。

我有一日照例在一堆堆石块里绕着走，免得踏在永远睡过去的人身上打扰了他们的安宁。

这时，我看见一个极老的撒哈拉威男人，坐在坟边，我好奇地上去看他在做什么，走近了才发觉他在刻石头。

天啊！他的脚下堆了快二十个石刻的形象，有立体凸出的人脸，有鸟，有小孩的站姿，有妇女裸体的卧姿正张开着双脚，私处居然又连刻着半个在出生婴儿的身形，还刻了许许多多不同的动物、羚羊、骆驼……

我震惊得要昏了过去，蹲下来问他："伟大的艺术家啊，你这些东西卖不卖？"

我伸手去拿起一个人脸来，不相信自己的眼睛，那么粗糙感人而自然的创作，我一定要抢过来。

这个老人茫然地抬头望我，他的表情好似疯了一样。

我拿了他三个雕像，塞给他一千块钱，进镇的事也忘了，就往家里逃去。

他这才哑声嚷起来，蹒跚地上来追我。

我抱紧了这些石块，不肯放手。

他捉着我拉我回去，我又拼命问他："是不是不够，我现在手边没有钱了，我再加你，再加——"

他不会讲话，又弯下腰去拾起了两只鸟的石像塞在我怀里，这才放我走了。

我那一日，饭也没有吃，躺在地上把玩着这伟大无名氏的艺术品，我内心的感动不能用字迹来形容。

撒哈拉威邻居看见我买下的东西是花了一千块弄来的，笑得几乎快死去，他们想，我是一个白痴。我想，这只是文化层次的不同而产生的不能相通。

对我，这是无价之宝啊！

第二日，荷西又给了我两千块钱，我去上坟，那个老人没有再出现。

烈日照着空旷的坟场,除了黄沙石堆之外,一无人迹。我那五个石像,好似鬼魂送给我的纪念品,我感激得不得了。

屋顶大方洞,不久也被荷西盖上了。

我们的家,又添了羊皮鼓、羊皮水袋、皮风箱、水烟壶、沙漠人手织的彩色大床罩、奇形怪状的风沙聚合的石头——此地人叫它沙漠的玫瑰。

我们订的杂志也陆续地寄来了,除了西班牙文及中文的之外,当然少不了一份美国的《国家地理》杂志。

我们的家,在一年以后,已成了一个真正艺术的宫殿。

单身的同事们放假了,总也不厌地老远跑来坐上一整天。

没有家的人来了,我总想尽办法给他们吃到一些新鲜的水果和菜蔬,也做糖醋排骨。

荷西就这样交到了几个对我们死心塌地的爱友。

朋友们不是吃了就算了的,他们母亲千里外由西班牙寄来的火腿香肠,总也不会忘了叫荷西下班带来分给我,都是有良心的人。

有一个周末,荷西突然捧了一大把最名贵的叫"天堂鸟"的花回来,我慢慢地伸手接过来,怕这一大把花重拿了,红艳的鸟要飞回天堂去。

"马诺林给你的。"

我收到了比黄金还要可贵的礼物。

以后每一个周末都是天堂鸟在墙角怒放着燃烧着它们自己。这花都是转给荷西带回来的。

荷西，他的书籍大致都是平原大野、深海、星空的介绍，他不喜欢探讨人内心的问题，他也看，但总是说人生的面相不应那么去分析的。

所以，他对天堂鸟很爱护地换淡水，加阿斯匹灵片，切掉渐渐腐烂的茎梗，对马诺林的心理，他就没有去当心他。

马诺林自从燃烧的火鸟进了我们家之后，再也不肯来了。

有一天荷西上工去了，我跑去公司打内线电话，找马诺林，我说我要单独见他一面。

他来了，我给他一杯冰汽水，严肃地望着他。

"说出来吧！心里会舒畅很多。"

"我——我——你还不明白吗？"他用手抱着头，苦闷极了的姿势。

"我以前有点觉得，现在才明白了。马诺林，好朋友，你抬起头来啊！"

"我没有任何企图，我没有抱一点点希望，你不用责怪我。"

"不要再送花了好吗？我受不起。"

"好，我走了，请你谅解我，我对不起你，还有荷西，我——"

"毕葛（我叫他的姓），你没有侵犯我，你给了一个女人很大的赞美和鼓励，你没有要请求我原谅你的必要——"

"我不会再麻烦你了，再见！"他的声音低得好似在无声地哭泣。

荷西不知道马诺林单独来过。

过了一星期,他下班回来,提了一大纸盒的书,他说:"马诺林那个怪人,突然辞职走了,公司留他到月底他都不肯,这些书他都送给我们了。"

我随手拿起一本书来看,居然是一本——《在亚洲的星空下》。

我的心里无端地掠过一丝怅然。

以后单身朋友们来,我总特别留意自己的言行。在厨房里的主妇,代替了以前挤在他们中间辩论天南地北话题的主要分子。

家布置得如此地舒适清洁而美丽,我一度开办的免费女子学校放长假了。

我教了邻近妇女们快一年的功课,但是她们不关心数目字,也不关心卫生课,她们也不在乎认不认识钱。她们每天来,就是跑进来要借穿我的衣服、鞋子,要口红、眉笔、涂手的油,再不然集体躺在我床上,因为我已买了床架子,对于睡地席的她们来说,是多么新鲜的事。

她们来了,整齐的家就大乱起来。书不会念,贾桂琳·甘迺迪、欧纳西斯等等名人却比我还认识,也认识李小龙,西班牙的性感男女明星她们更是如数家珍;看到喜欢的图片,就从杂志上撕走;衣服穿在包布下不告而取,过几天又会送回来已经脏了扣子又被剪掉的。

这个家,如果她们来了,不必编剧,她们就会自导自演地给你观赏惊心动魄的"灾难电影"。

等荷西买下了电视时,她们再用力敲门骂我,我都不开了。

电视是电来时我们唯一最直接对外面大千世界的接触,但是我仍不很爱看它。

在我用手洗了不知多少床单之后,一架小小的洗衣机被荷西搬回家来了。

我仍不满足,我要一匹白马,要像彩色广告上的那匹一样。

那时候,我在镇上认识了许多欧洲妇女。

我从来没有串门子的习惯,但是,有一位荷西上司的太太是个十分投合的中年妇人,她主动要教我裁衣服,我勉为其难,就偶尔去公司高级职员宿舍里看她。

有一天,我拿了一件接不上袖口的洋装去请教她,恰好她家里坐了一大群太太们。

起初她们对我非常应酬,因为我的学历比她们高。(真是俗人,学历可以衡量人的什么?学历有什么用?)

后来不知哪一个笨蛋,问起我:"你住在哪一幢宿舍?我们下次来看你。"

我很自然地回答她们:"荷西是一级职员,不是主管,我们没有分配宿舍。"

"那也可以去找你啊!你可以教我们英文,你住镇上什么街啊?"

我说:"我住在镇外,坟场区。"

室内突然一阵难堪的寂静。

好心的上司太太马上保护我似的对她们说:"她的家布置得真

有格调，我从没有想过，撒哈拉威人出租的房子可以被她变成画报里似的美丽。"

"那个地方我从来没有去过，哈哈，怕得传染病。"另外一个太太又说。

我不是一个自卑的人，她们的话还是触痛了我。

"我想，来了沙漠，不经过生活物质上的困难，是对每一个人在经验上多多少少的损失。"我慢慢地说。

"什么沙漠，算了，我们住在这种宿舍里，根本觉都不觉得沙漠。你啊！可惜了，怎么不搬来镇上住，跟撒哈拉威人混在一起——啧啧——"

我告别出来的时候，上司太太又追出来，轻轻地说："你再来哦！要来的哦！"

我笑笑点点头，下了楼飞奔我甜甜的小白屋去。

我下定决心，不搬去镇上住了。

沙漠为了摩洛哥和毛里塔尼亚要瓜分西属撒哈拉时，此地成了风云地带，各国的记者都带了大批摄影装备来了。

他们都住在国家旅馆里，那个地方我自然不会常常去。

那时我们买下了一辆车（我的白马），更不会假日留在镇上。

恰好有一天，我们开车回镇，在镇外五十多里路的地方，看见有人在挥手，我们马上停车，看看那人发生了什么事情。

原来是他的车完全陷到软沙里去了，要人帮忙。

我们是有经验的，马上拿出一条旧毯子来，先帮这个外国人用手把轮胎下挖出四条沟来，再铺上毯子在前轮，叫他发动车，我们后面再推。

再软的沙地,铺上大毯子,轮胎都不会陷下去。

弄了也快一小时,才完全把他的车救到硬路上来。

这个人是个通讯社派来的记者,他一定要请我们去国家旅馆吃饭。

我们当时也太累太累了,推托掉他,就回家来了。

这事我们第二天就忘了。

过了没有半个月,我一个人在家,听见有人在窗外说:"不会错,就是这一家,我们试试看。"

我打开门来,眼前站的就是那个我们替他推车的人。

他手里抱了一束玻璃纸包着的大把——"天堂鸟"。

另外跟着一个朋友,他介绍是他同事。

"我们可以进来吗?"很有礼貌地问。

"请进来。"

我把他的花先放到厨房去,又倒了冰汽水出来。

我因为手里托着托盘,所以慢步地在走。

这时我听见这个外国人用英文对另外一个轻轻说:"天呀!我们是在撒哈拉吗?天呀!天呀!"

我走进小房间时,他们又从沙发里马上站起来接托盘。

"不要麻烦,请坐。"

他们东张西望,又忍不住去摸了我坟场上买来的石像。也不看我,啧啧赞叹。

一个用手轻轻推了一下我由墙角挂下来的一个小脚踏车的锈

铁丝内环,这个环荡了一个弧形。

"沙漠生活,我只好弄一点普普艺术。"我捉住铁环向他笑笑。

"天啊!这是我所见最美丽的沙漠家庭。"

"废物利用。"我再次骄傲地笑了。

他们又坐回沙发。

"当心!你们坐的是棺材板。"

他们唬一下跳起来,轻轻翻开布套看看里面。

"里面没有木乃伊,不要怕。"

最后他们磨了好久,想买我一个石像。

我沉吟了一下,拿了一只石做的鸟给他们,鸟身有一抹自然石块的淡红色。

"多少钱?"

"不要钱。对懂得欣赏它的人,它是无价的,对不懂得的人,它一文不值。"

"我们——意思一下付给你。"

"你们不是送了我天堂鸟吗?我算交换好了。"

他们千恩万谢地离去。

又过了几个星期,我们在镇上等看电影,突然有另一个外地人走过来,先伸出了手,我们只有莫名其妙地跟他握了一握。

"我听另外一个通讯社的记者说,你们有一个全沙漠最美丽的家,我想我不会认错人吧!"

"不会认错,在这儿,我是唯一的中国人。"

"我希望——如果——如果不太冒昧的话,我想看看你们的家,给我参考一些事情。"

"请问您是——"荷西问他。

"我是荷兰人,我受西班牙政府的托,来此地承造一批给撒哈拉威人住的房子,是要造一个宿舍区,不知可不可以——"

"可以,欢迎你随时来。"荷西说。

"可以拍照吗?"

"可以,不要挂心这些小事。"

"您的太太我也可以拍进去吗?"

"我们是普通人,不要麻烦了。"我马上说。

第二日,那个人来了,他拍了很多照片,又问了我当初租到这个房子时是什么景象。

我给他看了第一个月搬来时的一卷照片。

他走时对我说:"请转告你的先生,你们把美丽的罗马造成了。"

我回答他:"罗马不是一天造成的。"

人,真是奇怪,没有外人来证明你,就往往看不出自己的价值。

我,那一阵,很陶醉在这个沙地的城堡里。

又有一天,房东来了,他一向很少进门内来坐下的。他走进来,坐下了,又大摆大摇地起身各处看了一看。

接着他说:"我早就对你们说,你们租下的是全撒哈拉最好的一幢房子,我想你现在总清楚了吧!"

"请问有什么事情?"我直接地问他。

"这种水准的房子,现在用以前的价格是租不到的,我想——"

涨房租。"

我想告诉他——"你是只猪。"

但是我没有说一句话,我拿出合约书来,冷淡地丢在他面前,对他说:"你涨房租,我明天就去告你。"

"你——你——你们西班牙人要欺负我们撒哈拉威人。"他居然比我还发怒。

"你不是好回教徒,就算你天天祷告,你的神也不会照顾你,现在你给我滚出去。"

"涨一点钱,被你污辱我的宗教——"他大叫。

"是你自己污辱你的宗教,你请出去。"

"我——我——你他妈的——"

我将我的城堡关上,吊桥收起来,不听他在门外骂街。我放上一卷录音带,德弗乍克的《新世界交响曲》充满了房间。

我,走到轮胎做的圆椅垫里,慢慢地坐下去,好似一个君王。

收魂记

我有一架不能算太差的照相机,当然我所谓的不太差,是拿自己的那架跟一般人用的如玩具似的小照相盒子来相比。

因为那架相机背起来很引人注视,所以我过去住在马德里时,很少用到它。

在沙漠里,我本来并不是一个引人注视的人,更何况,在这片人口最稀少的土地上,要想看看另外一个人,可能也是站在沙地上,拿手挡着阳光,如果望得到地平线上小得如黑点的人影,就十分满意了。

我初来沙漠时,最大的雄心之一,就是想用我的摄影机,拍下在极荒僻地区游牧民族的生活形态。

分析起来,这种对于异族文化的热爱,就是因为我跟他们之间有着极大的差异,以至于在心灵上产生了一种美丽和感动。

我常常深入大漠的一段时间,还是要算在婚前,那时初抵一块这样神秘辽阔的大地,我尽力用一切可能的交通工具要去认识它的各种面目,更可贵的是,我要看看在这片寸草不生的沙漠里,人们为什么同样能有生命的喜悦和爱憎。

拍照，在我的沙漠生活中是十分必要的，我当时的经济能力，除了在风沙里带了食物和水旅行之外，连租车的钱都花不起，也没有余力在摄影这件比较奢侈的事情上花费太多的金钱，虽然在这件事上的投资，是多么重要而值得啊！

我的照相器材，除了相机、三脚架、一个望远镜头、一个广角镜头和几个滤光镜之外，可以说再数不出什么东西，我买了几卷感光度很高的软片，另外就是黑白和彩色的最普通片子，闪光灯因为我不善用，所以根本没有去备它。

在来沙漠之前，我偶尔会在几百张的照片里，拍出一两张好东西，我在马德里时也曾买了一些教人拍照的书籍来临时念了几遍，我在纸上所学到的一些常识，就被我算作没有成绩的心得，这样坦坦荡荡地去了北非。

第一次坐车进入真正的大沙漠时，手里捧着照相机，惊叹得每一幅画面都想拍。

如梦如幻又如鬼魅似的海市蜃楼，连绵平滑温柔得如同女人胴体的沙丘，迎面如雨似的狂风沙，焦烈的大地，向天空伸长着手臂呼唤嘶叫的仙人掌，千万年前枯干了的河床，黑色的山峦，深蓝到冻住了的长空，满布乱石的荒野……这一切的景象使我意乱神迷，目不暇给。

我常常在这片土地给我这样强烈的震撼下，在这颠簸不堪的旅途里，完全忘记了自己的辛劳。

当时我多么痛恨自己的贫乏，如果早先我虚心地学些摄影的技术，能够把这一切我所看见的异象，透过我内心的感动，融合它们，再将它创造记录下来，也可能成为我生活历程中一件可贵的纪念啊！

虽说我没有太多的钱拍照，且沙漠割肤而过的风沙也极可能损坏我的相机，但是我在能力所及的情形下，还是拍下了一些只能算是记录的习作。

对于这片大漠里的居民，我对他们无论是走路的姿势、吃饭的样子、衣服的色彩和式样、手势、语言、男女的婚嫁、宗教的信仰，都有着说不出的关爱，进一步，我更喜欢细细地去观察接近他们，来充实我自己这一方面无止境的好奇心。

要用相机来处理这一片世界上最大的沙漠，凭我一个人的力量，是不可能达到我所期望的水准的，我去旅行了很多次之后，我想通了，我只能着重于几个点上去着手，而不能在一个全面浩大的计划下去做一个自不量力的工作者。

"我们还是来拍人吧！我喜欢人。"我对荷西说。

在我跟了送水车去旅行时，荷西是不去的，只有我，经过介绍，跟了一个可信赖的撒哈拉威人巴新和他的助手就上路了。这旅行的方圆，大半是由大西洋边开始，到了阿尔及利亚附近，又往下面绕回来，去一次总得两千多里路。

每一个游牧民族帐篷相聚的地方，总有巴新的水车按时装了几十个汽油桶的水去卖给他们。

在这种没有车顶又没有挡风玻璃的破车子里晒上几千里路，在体力上来说，的确是一种很大的挑战和苦难，但是荷西让我去，我就要回报他给我这样的信心和看重，所以我的旅行很少有差错，去了几日，一定平安地回到镇上来。

第一次去大漠，除了一个背包和帐篷之外，我双手空空，没有法子拿出游牧民族期待着的东西，相对的，我也得不到什么友情。

　　第二次去时，我知道了做巫医的重要，我添了一个小药箱。

　　我也明白，即使在这世界的尽头，也有爱美的女人和爱吃的小孩子，于是我也买了很多串美丽的玻璃珠串，廉价的戒指，我甚而买了一大堆发光的钥匙、耐用的鱼线、白糖、奶粉和糖果。

　　带着这些东西进沙漠，的确使我一度产生过用物质来换取友谊的羞耻心理，但是我自问，我所要求他们的，不过是使他们更亲近我，让我了解他们。我所要交换的，不过是他们的善意和友情，也喜欢因为我的礼物，使他们看见我对他们的爱心，进一步地请他们接纳我这个如同外星人似的异族的女子。

　　游牧民族的帐篷，虽说是群居，但是他们还是分散得很广，只有少数的骆驼和山羊混在一起，成群地在啃一些小枯树上少得可怜的叶子维持着生命。

　　当水车在一个帐篷前面停下来时，我马上跳下车往帐篷走去。

　　这些可爱而又极容易受惊吓的内陆居民，看见我这么一个陌生人去了，总是吓得一哄而散。

　　每当这些人见了我做出必然的大逃亡时，巴新马上会大喝着，把他们像羊似的赶到我面前来立正，男人们也许会过来，但是女人和小孩就很难让我接近。

　　我从来不许巴新强迫他们过来亲近我，那样在我心里多少总觉得不忍。

　　"不要怕，我不会伤害你们的。过来，不要怕我。"

　　我明知这些人可能完全听不懂西班牙文，但是我更知道，我的语调可以安抚他们，即使是听不懂，只要我安详地说话，他们就不再慌张了。

"来，来拿珠子，给你！"

我把一串美丽的珠子挂在小女孩的脖子上，再拉她过来摸摸她的头。

东西送得差不多了，就开始看病。

皮肤病的给涂涂消炎膏，有头痛的分阿斯匹灵，眼睛烂了的给涂眼药，太瘦的分高单位维他命，更重要的是给他们大量的维他命 C 片。

我从不敢一到一个地方，完全不跟这批居民亲近，就拿出照相机来猛拍，我认为这是很不尊重他们的举动。

有一次我给一位自称头痛的老太太服下了两片阿斯匹灵片，又送了她一个钥匙挂在布包着的头巾下当首饰。她吞下去我给的药片还不到五秒钟，就点点头表示头不再疼了，拉住我的手往她的帐篷走去。

为了表示她对我的感激，她哑声叫进来了好几个完全把脸蒙上的女子，想来是她的媳妇和女儿们吧。

这些女人，有着极重的体味，一色的黑布包裹着她们的身子，我对她们打了手势，请她们把脸上的布解下来，其中的两个很羞涩地露出了她们淡棕色的面颊。

这两个美丽的脸，衬着大大的眼睛，茫然的表情，却张着无知而性感的嘴唇。她们的模样是如此地迷惑了我，我忍不住举起我的相机来。

我想这批女子，不但没有见过相机，更没有见过中国人，所以这两种奇怪的东西,也把她们给迷惑住了,动也不动地望着我,任由我拍照。

直到这一家的男人进来了,看见我正在做的动作,才突然长啸了一声冲了过来。

他大叫大跳着,几乎踢翻了那个老妇人,又大骂着挤成一堆的女子,那批年轻女人,听了他愤怒的话,吓得快哭出来似的缩成一团。

"你,你收了她们的灵魂,她们快死了。"他说着不流利的西班牙文。

"我什么?"我听了大吃一惊,这实在是冤枉我。

"你,你这个女人,会医病,也会捉魂,在这里,统统捉进去了。"他又厉声指着我的照相机,要过来打。

我看情形不很对劲,抱着照相机就往外面逃,我跑到车子上大叫我的保护人巴新。

巴新正在送水,看见了这种情形,马上把追我的人挡住了,但是人群还是激动地围了上来。

我知道,在那种情形之下,我们可以用不送水,用沙漠军团,或是再深的迷信来吓阻他们,放我跟我的相机平安地上路。但是,反过来想,这一群以为她们已是"失去了灵魂的人",难道没有权利向我索回她们被摄去的灵魂吗?

如果我偷拍了几张照片,就此开车走了,我留给这几个女人心理上的伤害是多么地重大,她们以为自己马上要死去了似的低泣着。

"巴新,不要再争了,请告诉她们,魂,的确是在这个盒子里，现在我可以拿出来还给她们，请她们不要怕。"

"小姐，她们胡闹嘛！太无知了，不要理会。"

巴新在态度上十分傲慢，令我看了反感。

"去，滚开！"巴新又挥了一下袖子，人们不情不愿地散了一点。

那几个被我收了魂的女子，看见我们车发动要走了，马上面无人色地蹲了下去。

我拍拍巴新的肩，叫他不要开车，再对这些人说："我现在放灵魂了，你们不要担心。"

我当众打开相机，把软片像变魔术似的拉出来，再跳下车，迎着光给他们看个清楚，底片上一片白的，没有人影，他们看了松了一口气，我们的车还没开，那些人都满意地笑了。

在路途上，巴新和我笑着再装上了一卷软片，叹了口气，回望着坐在我身边的两个搭车的老撒哈拉威人。

"从前，有一种东西，对着人照，人会清清楚楚地被摄去魂，比你的盒子还要厉害！"一个老人说。

"巴新，他们说什么？"我在风里颠着趴在巴新身后问他。

等巴新解释明白了，我一声不响，拿出背包里的一面小镜子，轻轻地举在那个老人的面前，他们看了一眼镜子，大叫得几乎翻下车去，拼命打巴新的背，叫他停车，车刹住了，他们几乎是快得跌下去似的跳下车，我被他们的举动也吓住了，再抬头看看巴新的水车上，果然没有后视镜之类的东西。

物质的文明对人类并不能说是必要，但是在我们同样生活着的地球上居然还有连镜子都没有看过的人，的确令我惊愕交加，继而对他们无由地产生了一丝怜悯。这样的无知只是地理环境的限制，还是人为的因素，我久久找不到答案。

再去沙漠，我随身带了一面中型的镜子，我一下车，就把这闪光的东西去用石块叠起来，每一个人都特别害怕地去注意那面镜子，而他们对我的相机反而不再去关心，因为真正厉害的收魂机变成了那面镜子。

这样为了拍照而想出的愚民之计，并不是太高尚的行为，所以我也常常自动蹲在镜子面前梳梳头发，擦擦脸，照照自己，然后再没事似的走开去。我表现得一点也不怕镜子，慢慢地他们的小孩群也肯过来，很快地在镜子面前一晃，发觉没发生什么事，就再晃一次，再晃一次，最后镜子边围满了吱吱怪叫的撒哈拉威人，收魂的事，就这样消失了。

我结婚之后，不但我成了荷西的财产，我的相机，当然也落在这个人的手里去。

蜜月旅行去直渡沙漠时，我的主人一次也不肯给我摸摸我的宝贝，他，成了沙漠里的收魂人，而他收的魂，往往都是美丽的邻居女人。

有一天我们坐着租来的吉普车开到了大西洋沿海的沙漠边，那已是在我们居住的小镇一千多里外了。

沙漠，有黑色的，有白色的，有土黄色的，也有红色的。我偏爱黑色的沙漠，因为它雄壮，荷西喜欢白色的沙漠，他说那是烈日下细致的雪景。

那个中午，我们慢慢地开着车，经过一片近乎纯白色的大漠，沙漠的那一边，是深蓝色的海洋。这时候，不知什么地方飞来了一片淡红色的云彩，它慢慢地落在海滩上，海边马上铺展开了一幅落日的霞光。

我奇怪极了，细细地注视着这一个天象上的怪现象，中午怎么突然降了黄昏的景色来呢！

再细看，天哪！天哪！那是一大片红鹤，成千上万的红鹤挤在一起，正低头吃着海滩上不知什么东西。

我将手轻轻地按在荷西的相机上，口里悄悄地对他说："给我！给我拍，不要出声，不要动。"

荷西比我快，早就把相机举到眼前去了。

"快拍！"

"拍不全，太远了，我下去。"

"不要下，安静！"我低喝着荷西。

荷西不等我再说，脱下了鞋子朝海湾小心地跑去，样子好似要去偷袭一群天堂来的客人，没等他跑近，那片红云一下子升空而去，再也不见踪迹。

没有拍到红鹤自是可惜，但是那一刹那的美丽，在我的心底，一生也不会淡忘掉了。

有一次我们又跟了一个撒哈拉威朋友，去帐篷里做客，那一天主人很郑重地杀了一只羊来请我们吃。

这种吃羊的方法十分简单，一只羊分割成几十块，血淋淋的就放到火上去烤，烤成半熟就放在一个如洗澡盆一样大的泥缸里，撒上盐，大家就围上来同吃。

所有的人都拿起一大块肉来啃,啃了几下,就丢下了肉,去外面喝喝茶,用小石子下下棋,等一个小时之后,又叫齐了大家,再去围住那几十块已经被啃过的肉,拿起任何人以前的一块都可以,重新努力进食,这样吃吃丢丢要弄很多次,一只羊才被分啃成了骨头。

我也请荷西替我拍了一张啃骨头的照片,但是相片是不连续的动作,我不知道怎么才能拍出这句话来——"我啃的这块肉上可能已经有过三四个人以上的口水。"

又有一次我跟荷西去看生小骆驼,因为听说骆驼出生时是摔下地的,十分有趣,我们当然带了相机。

没想到,那只小骆驼迟迟不肯出世,我等得无聊了,就去各处沙地上走走。

这时候我看见那个管骆驼的老撒哈拉威人,突然在远远的地上跪了下去(不是拜了下去,只是跪着),然后他又站起来了。

因为他的动作,使我突然联想到一件有趣的事情,在沙漠里没有卫生纸,那么他们大便完了怎么办?

这个问题虽然没有建设性,但是我还是细细地思索了一下。

"荷西,他们怎么弄的?"我跑去轻轻地问荷西。

"你看见他跪下去又起来了是在小便,不是大便。"

"什么,世界上有跪着小便的人?"

"就是跪跟蹲两种方式,你难道以前不知道?"

"我要你去拍!"我坚持这一大发现要记录下来。

"跪下去有袍子罩着,照片拍出来也只是一个人跪着,没什么意思！"

"我觉得有意思，这世界上哪有第二种人这样奇怪的小便法。"我真当做是一个有趣的事情。

"有艺术价值吗？三毛。"

我答不出话来。

最最有趣的一次拍照，也是发生在大漠里。

我们在阿雍镇不远的地方露营，有人看见我们扎好了帐篷，就过来攀谈。这是一个十分年轻的撒哈拉威人，也十分地友善，会说西班牙话，同时告诉我们，他以前替一个修女的流动诊疗车帮过忙，他一再地说他是"有文明"的人。

这个人很喜欢我们收他的魂，客气地请荷西把衣服交换给他拍照，又很当心地把荷西的手表借来戴在手上，他把头发拢了又拢，摆出一副完全不属于自己风味的姿势，好似一个土里土气的假冒欧洲人。

"请问你们这架是彩色照相机吗？"他很有礼地问。

"什么？"我唬了一大跳。

"请问你这架是彩色照相机吗？"他又重复了一句。

"你是说底片吧？相机哪有彩不彩色的？"

"是，以前那个修女就只有一架黑白的，我比较喜欢一架彩色的。"

"你是说软片？还是机器？"我被他说得自己也怀疑起来了。

"是机器，你不懂，去问你先生，他手里那架，我看是可以拍彩色的。"他藐视了我这个一再追问的女人一眼。

"是啦!不要动,我手里拿的是世界上最好的天然十彩照相机。"荷西一本正经地举起了手拍下了那个青年优美的自以为文明人的衣服和样子。

我在一旁看见荷西将错就错地骗人,笑得我把脸埋在沙里像一只鸵鸟一样。

抬起头来,发觉荷西正对着我拍过来,我蒙住脸大叫着:"彩色相机来摄洁白无瑕的灵魂啦!请饶了这一次吧!"

沙巴军曹

一个夏天的夜晚，荷西与我正从家里出来，预备到凉爽的户外去散步，经过炎热不堪的一天之后，此时的沙漠是如此地清爽而怡人。

在这个时候，邻近的撒哈拉威人都带着孩子和食物在外面晚餐，而夜，其实已经很深了。

等我们走到快近小镇外的坟场时，就看见不远处的月光下有一群年轻的撒哈拉威人围着什么东西在看热闹，我们经过人堆时，才发觉地上趴着一个动也不动的西班牙军人，样子像死去了一般，脸色却十分红润，留着大胡子，穿着马靴，看他的军装，知道是沙漠军团，身上没有识别阶级的符号。

他趴在那儿可能已经很久了，那一群围着他的人高声地说着阿拉伯话，恶作剧地上去朝他吐口水，拉他的靴子，踩他的手，同时其中的一个撒哈拉威人还戴了他的军帽好似小丑一般地表演着喝醉了的人的样子。

对于一个没有抵抗力的军人，撒哈拉威人是放肆而大胆的。

"荷西，快回去把车开来。"我对荷西轻轻地说，又紧张地向四周张望着,在这时候我多么希望有另外一个军人或者西班牙的老百姓经过这里,但是附近没有一个人走过。

荷西跑回家去开车时,我一直盯着那个军人腰间挂着的手枪,如果有人解他的枪,我就预备尖叫,下一步要怎么办就想不出来了。

那一阵西属撒哈拉沙漠的年轻人,已经组成了"波里沙里奥人民解放阵线",总部在阿尔及利亚,可是镇上每一个年轻人的心几乎都是向着他们的,西班牙人跟撒哈拉威人的关系已经十分紧张了,沙漠军团跟本地更是死仇一般。

等荷西飞也似的将车子开来时,我们排开众人,要把这个醉汉拖到车子里去。这家伙是一个高大健壮的汉子,要抬他到车里去真不是件容易的事,等到我们全身都汗湿了,才将他在后座放好,关上门,口里说着对不起,慢慢地开出人群,车顶上仍然被人砰砰地打了好几下。

在快开到沙漠军团的大门时,荷西仍然开得飞快,营地四周一片死寂。

"荷西,闪一闪灯光,按喇叭,我们不知道口令,要被误会的,停远一点。"

荷西的车子在距离卫兵很远的地方停下来了,我们赶快开了车门出去,用西班牙文大叫:"是送喝醉了的人回来,你们过来看!"

两个卫兵跑过来,枪子咔嗒上了膛,指着我们,我们指指车里面,动也不动。

这两个卫兵朝车里一看,当然是认识的,马上进车去将这军人抬了出来,口里说着:"又是他!"

这时,高墙上的探照灯刷一下照着我们,我被这种架势吓得很厉害,赶快进车里去。

荷西开车走时,两个卫兵向我们敬了一个军礼,说:"谢啦!老乡!"

我在回来的路上,还是心有余悸,被人用枪这么近地指着,倒是生平第一次,虽然那是自己人的部队,还是十分紧张的。

有好几天我都在想着那座夜间警备森严的营区和那个烂醉如泥的军人。

过了没多久,荷西的同事们来家里玩,我为了表示待客的诚意,将冰牛奶倒了一大壶出来。

这几个人看见冰牛奶,像牛喝水似的呼一下就全部喝完了,我赶紧又去开了两盒。

"三毛,我们喝了你们怎么办?"这两个人可怜兮兮地望着牛奶,又不好意思再喝下去。

"放心喝吧!你们平日喝不到的。"

食物是沙漠里的每一个人都关心的话题,被招待的人不会满意,跟着一定会问好吃的东西是哪里来的。

等荷西的同事在那一个下午喝完了我所有盒装的鲜奶,见我仍然面不改色,果然就问我这是哪儿买来的了。

"嘿!我有地方买。"我得意地卖着关子。

"请告诉我们在哪里!"

"啊!你们不能去买的,要喝上家里来吧!"

"我们要很多，三毛，拜托你讲出来啊！"

"我在沙漠军团的福利社买的。"

"军营？你一个女人去军营买菜？"他们叫了起来，一副老百姓的呆相。

"军眷们不是也在买？我当然跑去了。"

"可是你是不合规定的老百姓啊！"

"在沙漠里的老百姓跟城里的不同，军民不分家。"我笑嘻嘻地说。

"军人，对你还有礼貌吗？"

"太客气了，比镇上的普通人好得多了。"

"请你代买牛奶总不会有问题吧？"

"没有问题的，要几盒明天开单子来吧！"

第二天荷西下班回来，交给我一张牛奶单，那张单子上列了八个单身汉的名字，每个人每星期希望我供应十盒牛奶，一共是八十盒。

我拿着单子咬了咬嘴唇，大话已经说出去了，这八十盒牛奶要我去军营买，却实在是令人说不出口。

在这种情形下，我情愿丢一次脸，将这八十盒羞愧的数量一次买清，就不再出现，总比一天去买十盒的好。

隔了一天，我到福利社里去买了一大箱十盒装的鲜乳，请人搬来放在墙角，打一个转，再跑进去，再买一箱，再放在墙角，过了一会儿，再进去买，这样来来去去弄了四次，那个站柜台的小兵已经晕头转向了。

"三毛，你还要进进出出几次？"

"还有四次,请忍耐一点。"

"为什么不一次买?都是买牛奶吗?"

"一次买不合规定,太多了。"我怪不好意思地回答着。

"没关系,我现在就拿给你,请问你一次要那么多牛奶干吗?"

"别人派我来买的,不全是我的。"

等我把八大箱牛奶都堆在墙角,预备去喊计程车时,我的身边刷一下停下了一辆吉普车,抬头一看,吓了一跳,车上坐着的那个军人,不就是那天被我们抬回营区去的醉汉吗?

这个人是高大的,精神的,制服穿得很合身,大胡子下的脸孔看不出几岁,眼光看人时带着几分霸气又嫌过分的专注,胸膛前的上衣扣一直开到第三个扣子,留着平头,绿色的船形军帽上别着他的阶级——军曹。

我因为那天晚上没有看清楚他,所以刻意地打量了他一下。

他不等我说话,跳下车来就将小山也似的箱子一个一个搬上了车,我看牛奶已经上车了,也不再犹豫,跨上了前座。

"我住在坟场区。"我很客气地对他说。

"我知道你住在那里。"他粗声粗气地回答我,就将车子开动了。

我们一路都没有说话,他的车子开得很平稳,双手紧紧地握住方向盘,等车子经过坟场时,我转过头去看风景,生怕他想起来那个晚上酒醉失态被我们捡到的可怜样子会受窘。

到了我的住处,他慢慢地刹车,还没等他下车,我就很快地跳下来了,因为不好再麻烦这个军曹搬牛奶,我下了车,就大声叫起我邻近开小杂货店的朋友沙仑来。

沙仑听见我叫他，马上从店里趿着拖鞋跑出来了，脸上露着谦卑的笑容。

等他跑到吉普车面前，发现有一个军人站在我旁边，突然顿了一下，接着马上低下了头赶快把箱子搬下来，那个神情好似看见了凶神一般。

这时，送我回来的军曹，看见沙仑在替我做事，又抬眼望了一下沙仑开的小店，突然转过眼光来鄙夷地盯了我一眼，我非常敏感地知道，他一定是误会我了，我涨红了脸，很笨拙地辩护着："这些牛奶不是转卖的，真的！请相信我，我不过是——"

他大步跨上了车子，手放在驾驶盘上拍了一下，要说什么又没说，就发动起车子来。

我这才想起来跑了过去，对他说："谢谢你，军曹！请问贵姓？"

他盯住我，好似已经十分忍耐了似的对我轻轻地说："对撒哈拉威人的朋友，我没有名字。"

说完就把油门一踏，车子飞也似的冲了出去。

我呆呆地望着尘埃，心里有说不出的委屈，被人冤枉了，不给我解释的余地，问他的名字，居然被他无礼地拒绝了。

"沙仑，你认识这个人？"我转身去问沙仑。

"是。"他低声说。

"干什么那么怕沙漠军团，你又不是游击队？"

"不是，这个军曹，他恨我们所有的撒哈拉威人。"

"你怎么知道他恨你？"

"大家都知道，只有你不知道。"

我刻意地看了老实的沙仑一眼，沙仑从来不说人是非，他这么讲一定有他的道理。

从那次买牛奶被人误会了之后,我羞愧得很久不敢去军营买菜。

隔了很久,我在街上遇见了福利社的小兵,他对我说他们队上以为我走了,又问我为什么不再去买菜,我一听他们并没有误会我的意思,这才又高兴地继续去了。

运气就有那么不好,我又回军营里买菜的第一天,那个军曹就跨着马靴大步地走进来了,我咬着嘴唇紧张地望着他,他对我点点头,说一声:"日安!"就到柜台上去了。

对于一个如此不喜欢撒哈拉威人的人,我将他解释成"种族歧视",也懒得再去理他了,站在他旁边,我专心向小兵说我要买的菜,不再去望他。

等我付钱时,我发觉旁边这个军曹翻起袖子的手臂上,居然刻了一大排文身刺花,深蓝色的俗气情人鸡心下面,又刺了一排中号的字——"奥地利的唐璜"。

我奇怪得很,因为我本来以为刺花的鸡心下面一定是一个女人的名字,想不到却是个男人的。

"喂!'奥地利的唐璜'是谁?是什么意思?"

等那个军曹走了,我就问柜台上沙漠军团的小兵。

"啊!那是沙漠军团从前一个营区的名字。"

"不是人吗?"

"是历史上加洛斯一世时的一个人名,那时候奥地利跟西班牙还是不分的,后来军团用这名字做了一个营区的称呼,那是很久以前的事了。"

"可是,刚刚那个军曹,他把这些字都刻在手臂上哪!"

我摇了摇头,拿着找回来的钱,走出福利社的大门去。

在福利社的门口,想不到那个军曹在等我,他看见了我,头一低,跟着我大步走了几步,才说:"那天晚上谢谢你和你先生。"

"什么事?"我不解地问他。

"你们送我回去,我——喝醉了。"

"啊!那是很久以前的事了!"

这个人真奇怪,突然来谢我一件我已忘记了的事情,上次他送我回去时怎么不谢呢?

"请问你,为什么撒哈拉威人谣传你恨他们?"我十分鲁莽地问他。

"我是恨。"他盯住我看着,而他如此直接的回答使我仍然吃了一惊。

"这世界上有好人也有坏人,并不是哪一个民族特别地坏。"我天真地在讲一句每一个人都会讲的话。

军曹的眼光掠向那一大群在沙地上蹲着的撒哈拉威人,脸色又一度专注得那么吓人起来,好似他无由的仇恨在燃烧着他似的可怖。我停住了自己无聊的话,呆呆地看着他。

他过了几秒钟才醒过来,对我重重地点了一下头,就大步地走开去。

这个刺花的军曹,还是没有告诉我他的名字。他的手臂,却刻着一整个营区的名称,而这为什么又是好久以前的一个营区呢?

有一天，我们的撒哈拉威朋友阿里请我们到离镇一百多里远的地方去，阿里的父亲住在那儿的一个大帐篷里，阿里在镇上开计程车，也只有周末可以回家去看看父母。

阿里父母住的地方叫"魅赛也"，可能在千万年前是一条宽阔的河，后来枯干了，两岸成了大峡谷似的断岩，中间河床的部分有几棵椰子树，有一汪泉水不断地流着，是一个极小的沙漠绿洲。这样辽阔的地方，又有这么好的淡水，却只住了几个帐篷的居民，令我十分不解。

在黄昏的凉风下，我们与阿里的父亲坐在帐篷外，老人悠闲地吸着长烟斗，红色的断崖在晚霞里分外雄壮，天边第一颗星孤零零地升起了。

阿里的母亲捧着一大盘"古斯古"和浓浓的甜茶上来给我们吃。

我用手捏着"古斯古"，把它们做成一个灰灰的面粉团放到口里去，在这样的景色下，坐在地上吃沙漠人的食物才相称。

"这么好的地方，又有泉水，为什么几乎没有人住呢？"我奇怪地问着老人。

"以前是热闹过的，所以这片地方才有名字，叫做'魅赛也'，后来那件惨案发生，旧住着的人都走了，新的当然不肯再搬来，只余下我们这几家在这里硬撑着。"

"什么惨案？我怎么不知道？是骆驼瘟死了吗？"我追问着老人。

老人望了我一眼，吸着烟，心神好似突然不在了似的望着远方。

"杀！杀人！血流得当时这泉水都不再有人敢喝。"

"谁杀谁？什么事？"我禁不住向荷西靠过去，老人的声音十分神秘恐怖,夜,突然降临了。

"撒哈拉威人杀沙漠军团的人。"老人低低地说,望着荷西和我。

"十六年前,'魅赛也'是一片美丽的绿洲,在这里,小麦都长得出来,椰枣落了一地,要喝的水应有尽有,撒哈拉威人几乎全把骆驼和山羊赶到这里来放牧,扎营的帐篷成千上万——"

老人在诉说着过去的繁华时,我望着残留下来的几棵椰子树,几乎不相信这片枯干的土地也有过它的青春。

"后来西班牙的沙漠军团也开来了,他们在这里扎营,住着不走——"老人继续说。

"可是,那时候的撒哈拉沙漠是不属于任何人的,谁来都不犯法。"我插嘴打断他。

"是,是,请听我说下去——"老人比了一个手势。

"沙漠军团来了,撒哈拉威人不许他们用水,两方面为了争水,常常起冲突,后来——"

我看老人不再讲下去,就急着问他:"后来怎么了?"

"后来,一大群撒哈拉威人偷袭了营房,把沙漠军团全营的人,一夜之间在睡梦里杀光了。统统用刀杀光了。"

我张大了眼睛,隔着火光定定地望着老人,轻轻地问他:"你是说,他们统统被杀死了?一营的人被撒哈拉威人用刀杀了?"

"只留了一个军曹,他那夜喝醉了酒,跌在营外,醒来他的伙伴全死了,一个不留。"

"你当时住在这里?"我差点没问他,"你当时参加了杀人没有?"

"沙漠军团是最机警的兵团,怎么可能?"荷西说。

"他们没有料到,白天奔驰得太厉害,卫兵站岗又分配得不多,他们再没有料到撒哈拉威人拿刀杀进来。"

"军营当时扎营在哪里?"我问着老人。

"就在那边!"

老人用手指着泉水的上方,那儿除了沙地之外,没有一丝人住过的痕迹。

"从那时候起,谁都不喜欢住在这里,那些杀人的当然逃了,一块好好的绿洲荒废成这个样子。"

老人低头吸烟,天已经暗下来了,风突然厉冽地吹拂过来,夹着呜呜的哭声,椰子树摇摆着,帐篷的支柱也吱吱地叫起来。

我抬头望着黑暗中远方十六年前沙漠军团扎营的地方,好似看见一群群穿军装的西班牙兵在跟包着头举着大刀的撒哈拉威人肉搏,他们一个一个如银幕上慢动作的姿势在刀下倒下去,成堆的人流着血在沙地上爬着,成千无助的手臂伸向天空,一阵阵无声的呐喊在一张张带血的脸上嘶叫着,黑色的夜风里,只有死亡空洞的笑声响彻在寂寞的大地上——

我吃了一惊,用力眨一下眼睛,什么都不见了,四周安详如昔,火光前,坐着我们,大家都不说话。

我突然觉得寒冷,心里闷闷不乐,这不只是老人所说的惨案,这是一场血淋淋的大屠杀啊!

"那个唯一活着的军曹——就是那个手上刺着花,老是像狼一样盯着撒哈拉威人的那一个?"我又轻轻地问。

"他们过去是一个团结友爱的营,我还记得那个军曹酒醒了在他死去的兄弟尸体上像疯子一样扑跌发抖的样子。"

我突然想到那个人手上刺着营名的文身。

"你知道他叫什么名字吗？"我问着。

"那件事情之后，他编在镇上的营区去，从那时候他就不肯讲名字，他说全营的弟兄都死了，他还配有名字吗？大家都只叫他军曹。"

过去那么多年的旧事了，想起来依然使我毛骨悚然，远处的沙地好似在扭动一般。

"我们去睡吧！天黑了。"荷西大声大气地说，然后一声不响地转进帐篷里去。

这件已成了历史的悲剧，在镇上几乎从来没有被人提起过，我每次看见那个军曹，心里总要一跳，这样惨痛的记忆，到何年何月才能在他心里淡去？

去年这个时候，这一片被世界遗忘的沙漠突然地复杂起来。北边摩洛哥和南边毛里塔尼亚要瓜分西属撒哈拉，而沙漠自己的部落又组成了游击队流亡在阿尔及利亚，他们要独立。西班牙政府举棋不定，态度暧昧，对这一片已经花了许多心血的属地不知要弃还是要守。

那时候，西班牙士兵单独外出就被杀，深水井里被放毒药，小学校车里找出定时炸弹，磷矿公司的输送带被纵火，守夜工人被倒吊死在电线上，镇外的公路上地雷炸毁经过的车辆——

这样的不停的骚乱，使得镇上风声鹤唳，政府马上关闭学校，疏散儿童回西班牙，夜间全面戒严，镇上坦克一辆一辆地开进来，铁丝网一圈一圈地围满了军事机关。

可怕的是，在边界上西班牙三面受敌，在小镇上，竟弄不清这些骚乱是哪一方面弄出来的。

在那种情形下，妇女和儿童几乎马上就回西班牙了。荷西与我因没有牵挂，所以按兵不动，他照常上班，我则留在家里，平日除了寄信买菜之外，公共场所为了怕爆炸，已经很少去了。

一向平静的小镇开始有人在贱卖家具，航空公司门口每天排长龙抢票，电影院、商店一律关门，留驻的西国公务员都发了手枪，空气里无端的紧张，使得还没有发生任何正面战争冲突的小镇，已经惶乱不安了。

有一个下午，我去镇上买当日的西班牙报纸，想知道政府到底要把这块土地怎么办，报纸上没有说什么，每天都说一样的话。我闷闷地慢步走回家。一路上看见很多棺木放在军用卡车里往坟场开去，我吃了一惊，以为边界跟摩洛哥人已经打了起来。

顺着回家的路走，是必然经过坟场的。撒哈拉威人有两大片自己的坟场，沙漠军团的公墓却是围着雪白的墙，用一扇空花的黑色铁门关着，墙内竖着成排的十字架，架下面是一片片平平的石板铺成的墓。

我走过去时，公墓的铁门已经开了，第一排的石板坟都已挖出来，很多沙漠军团的士兵正把一个个死去的兄弟搬出来，再放到新的棺木里去。

我看见那个情形，就一下明白了，西班牙政府久久不肯宣布的决定，沙漠军团是活着活在沙漠，死着埋在沙漠的一个兵种，现在他们将他们的死人都挖了起来要一同带走，那么西班牙终究是要放弃这片土地了啊！

可怖的是，一具一具的尸体，死了那么多年，在干燥的沙地里再挖出来时，却不是一堆白骨，而是一个一个如木乃伊般干瘪的尸身。

军团的人将他们小心地抬出来，在烈日下，轻轻地放入新的棺木，敲好钉子，贴上纸条，这才搬上了车。

因为有棺材要搬出来，观看的人群让了一条路，我被挤到公墓的里面去，这时，我才发觉那个没有名字的军曹坐在墙的阴影下。

看见死人并没有使我不自在，只是钉棺木的声音十分地刺耳，突然在这当时看见军曹，使我想起，那个夜晚碰到他酒醉在地上的情形，那夜也是在这坟场附近，这么多年的一件惨事，难道至今没有使他的伤痛冷淡下来过？

等到第三排公墓里的石板被打开时，这个军曹好似等待了很久似的站了起来，他大步地走过去，跳下洞里，亲手把那具没有烂掉的尸体像情人一般地抱出来，轻轻地托在手臂里，静静地注视着那已经风干了的脸，他的表情没有仇恨和愤怒，我看得见的只是一片近乎温柔的悲怆。

大家等着军曹把尸身放进棺木里去，他，却站在烈日下，好似忘了这个世界似的。

"是他的弟弟，那次一起被杀掉的。"一个士兵轻轻地对另外一个拿着十字锹的说。

好似有一世纪那么长，这个军曹才迈着步子走向棺木，把这死去了十六年的亲人,像对待婴儿似的轻轻放入他永远要睡的床里去。

这个军曹从门口经过时,我转开了视线,不愿他觉得我只是一个冷眼旁观的好事者,他经过围观着的撒哈拉威人时,突然停了一下,撒哈拉威人拉着小孩子们一逃而散。

一排排的棺木被运到机场去,地里的兄弟们先被运走了,只留下整整齐齐的十字架在阳光下发着耀眼的白色。

那一个清晨,荷西上早班,得五点半钟就出门去,我为着局势已经十分不好了,所以当天需要车子装些包裹寄出沙漠去,那天我们说好荷西坐交通车去上班,把车子留下来给我,但是我还是清早就开车把荷西送到搭交通车的地方去。

回程的公路上,为了怕地雷,我一点都不敢抄捷径,只顺着柏油路走。在转入镇上的斜坡口,我看到汽油的指示针是零了,就想顺道去加油站,再一看表,还只是六点差十分,我知道加油站不会开着,就转了车身预备回家去。就在那时距我不远处的街道上,突然发出轰的一声极沉闷的爆炸的巨响,接着一柱黑烟冒向天空,我当时离得很近,虽然坐在车里,还是被吓得心跳得不得了,我很快地把车子往家里开去,同时我听见镇上的救护车正鸣叫着飞也似的奔去。

下午荷西回家来问我:"你听见了爆炸声吗?"

我点点头,问着:"伤了人吗?"

荷西突然说:"那个军曹死了。"

"沙漠军团的那个?"我当然知道不会有别人了,"怎么死的?"

"他早晨开车经过爆炸的地方,一群撒哈拉威小孩正在玩一个盒子，盒子上还插了一面游击队的小布旗子，大概军曹觉得那个盒子不太对，他下了车往那群小孩跑去，想赶开他们，结果，其中的一个小孩拔出了旗子，盒子突然炸了——"

"死了几个撒哈拉威小孩？"

"军曹的身体抢先扑在盒子上，他炸成了碎片，小孩子们只伤了两个。"

我茫然地开始做饭给荷西吃，心里却不断地想到早晨的事情，一个被仇恨啃啮了十六年的人，却在最危急的时候，用自己的生命扑向死亡，去换取了这几个他一向视做仇人的撒哈拉威孩子的性命。为什么？再也没有想到他会是这样地死去。

第二天，这个军曹的尸体，被放入棺木中，静静地葬在已经挖空了的公墓里，他的兄弟们早已离开了，在别的土地上安睡了，而他，没有赶得上他们，却静静地被埋葬在撒哈拉的土地上，这一片他又爱而又恨的土地做了他永久的故乡。

他的墓碑很简单，我过了很久才走进去看了一眼，上面刻着——"沙巴·桑却士·多雷，一九三二——一九七五。"

我走回家的路上，正有撒哈拉威的小孩们在广场上用手拍着垃圾桶，唱着有板有眼的歌，在夕阳下，是那么地和平，好似不知道战争就要来临了一样。

搭车客

常常听到一首歌,名字叫什么我不清楚,歌词和曲调我也哼不全,但是它开始的那两句,什么——"想起了沙漠就想起了水,想起了爱情就想起了你……"给我的印象却是鲜明的。

这种直接的联想是很自然的,水和爱情都是沙漠生活中十分重要的东西,只是不晓得这首歌后段还唱了些什么事情。

我的女友麦铃在给我写信时,也说——我常常幻想着,你披了阿拉伯人彩色条纹的大毯子,脚上扎着一串小铃铛,头上顶着一个大水瓶去井边汲水,那真是一幅美丽的画面——

我的女友是一个极可爱的人,她替我画出来的《女奴汲水图》真是风情万种,浪漫极了。事实上走路去提水是十分辛苦的事,是绝对不舒服的,而且我不会把大水箱压在我的头顶上。

我的父亲和母亲每周来信,也一再地叮咛我——既然水的价格跟"可乐"是一样的,想来你一定不甘心喝清水,每日在喝"可乐",但是水对人体是必需的。你长年累月地喝可乐,就可能"不可乐"了,要切切记住,要喝水,再贵也要喝——

每一个不在沙漠居住的人,都跟我提到水的问题,却很少有人问我——在那么浩瀚无际的沙海里,没有一条小船,如何乘风破浪地航出镇外的世界去。

长久被封闭在这只有一条街的小镇上,就好似一个断了腿的人又偏偏住在一条没有出口的巷子里一样地寂寞,千篇一律的日子,没有过分的欢乐,也谈不上什么哀愁。没有变化的生活,就像织布机上的经纬,一匹一匹的岁月都织出来了,而花色却是一个样子的单调。

那一天,荷西把船运来的小车开到家门口来时,我几乎是冲出去跟它见面的。它虽然不是那么实用昂贵的"蓝得罗伯牌"的大型吉普车,也不适合在沙漠里奔驰,但是,在我们,已经非常满足了。

我轻轻地摸着它的里里外外,好似得了宝贝似的不知所措地欢喜着,脑子里突然浮出一片大漠落霞的景色,背后的配乐居然是"Born Free"(《狮子与我》片中那首叫做《生而自由》的好听的主题曲)。奇怪的是,好似有一阵阵的大风向车子里刮着,把我的头发都吹得跳起舞来。

我一心一意地爱着这个新来的"沙漠之舟"。每天荷西下班了,我就拿一块干净的绒布,细心地去擦亮它,不让它沾上一丝尘土,连轮胎里嵌进的小石子,我都用镊子把它们挑出来,只怕自己没有尽心服侍着这个带给我们极大欢乐的伙伴。

"荷西,今天上班去,它跑得还好吗?"我擦着车子的大眼睛,问着荷西。

"好极了,叫它东它就不去西,喂它吃草,它也很客气,只吃一点点。"

"现在自己有车了,你还记得以前我们在公路上搭便车,眼巴巴地吹风淋雨,希望有人停下来载我们的惨样子吗?"我问着荷西。

"那是在欧洲,在美国你就不敢。"荷西笑着说。

"美国治安不同,而且当时你也不在我身边。"

我再擦着新车温柔的右眼,跟荷西有一搭没一搭地扯着。

"荷西,什么时候让我开车子?"满怀希望地问他。

"你不是试过了?"他奇怪地反问。

"那不算,你坐在我旁边,总是让我开得不好,弄得我慌慌张张,越骂开得越糟,你不懂心理学。"我说起这事就开始想发作了。

"我再开一星期,以后上班还是坐交通车去,下午你开车来接,怎么样?"

"好!"我高兴得跳了起来,恨不得把车子抱个满怀。

荷西的工地,离家快有来回两小时的车程,但是那条荒凉的公路是笔直的,可以尽情地跑,也可以说完全没有交通流量。

第一次去接荷西,就迟到了快四十分钟,他等得已经不耐烦了。

"对不起,来晚了。"我跳下车满身大汗地用袖子擦着脸。

"叫你不要怕,那么直的路,油门踩到底,不会跟别人撞上的。"

"公路上好多地方被沙埋掉了,我下车去挖出两条沟来,才没有陷下去,自然耽搁了,而且那个人又偏偏住得好远——"我挪到旁边的位子去,把车交给荷西开回家。

"什么那个人?"他偏过头来望了我一眼。

"一个走路的撒哈拉威。"我摊了一下手。

"三毛,我父亲上封信还讲,就算一个死了埋了四十年的撒哈拉威,都不能相信他,你单身穿过大沙漠,居然——"荷西很不婉转的语气真令人不快。

"是个好老的,怎么,你?"我顶回去。

"老的也不可以!"

"你可别责备我,过去几年,多少辆车,停下来载我们两个长得像强盗一样的年轻人,那些不认识的人,要不是对人类还有那么一点点信心,就是瞎了眼,神经病发了。"

"那是在欧洲,现在我们在非洲,撒哈拉沙漠,你该分清楚。"

"我分得很清楚,所以才载人。"

这是不同的,在文明的社会里,因为太复杂了,我不会觉得其他的人和事跟我有什么关系,但是在这片狂风终年吹拂着的贫瘠的土地上,不要说是人,能看见一根草,一滴晨曦下的露水,它们都会触动我的心灵,怎么可能在这样寂寞的天空下见到蹒跚独行的老人而视若无睹呢?

荷西其实是明白这个道理的,只是他不肯去思想。

有了车子,周末出镇去荒野里东奔西跑自是舒畅多了,那真是全然不同的经历。但是平日荷西上班去,不守诺言,霸占住一天的车,我去镇上还是得冒着烈日走长路,两人常常为了抢车子怄气。有时候清晨听见他偷开车子走了,我穿了睡衣跑出去追,已经来不及了。

邻近的孩子们,本来是我的朋友,但是自从他们看见荷西老是在车里神气活现地出出进进,倒车,打转,好似马戏班里的小丑似的逗着观众时，他们就一窝蜂地去崇拜这个莫名其妙的人了。

我一向最不喜欢看马戏班里的小丑，因为看了就要难过，这一次也不例外。

有一天黄昏，明明听见荷西下班回来刹车的声音，以为他会进来，没想到，一会儿，车子又开走了。

弄到晚上十点多，才脏兮兮地进门了。

"去了哪里？菜都凉了。"我没好气地瞪着他。

"散步！嘿嘿！散个步去了。"接着没事地吹着口哨去洗澡了。

我跑出门去看车，里里外外都还是一整块，打开车门往里看，一股特别的气味马上冲出来，前座的靠垫上显然滴的是一摊鼻涕，后座上有一块尿湿了的印子，玻璃窗上满是小手印，车内到处都是饼干屑，真是一场浩劫。

"荷西，你开儿童乐园了？"我厉声地在浴室外喊他。

"啊！福尔摩斯。"冲水的声音愉快地传来。

"什么摩斯，你去看看车子。"我大吼。

荷西把水开得大大的，假装听不见我说话。

"带了几个脏小孩去兜风？说！"

"十一个，嘻嘻！连小小的哈力法也塞进去了。"

"我现在去洗车，你吃饭，以后我们一人轮一星期的车用，你要公平。"我捉住了荷西的小辫子，乘机再提出用车的事。

"好吧！算你赢了！"

"是永久的，一言为定哦！"我不放心地再证实一下。

他伸出湿湿的头来，对我做了一个凶狠的鬼脸。

其实硬抢了车子，也不过是早晨在邮局附近打打转，然后回家来，洗烫，打扫，做平常的家务事，等到下午三点多钟，我换上出门的衣服，拿着一块湿抹布包住滚烫的驾驶盘，再在坐垫上放两本厚书，这才在热得令人昏眩的阳光下，开始了我等候了一天的节目。

这种娱乐生活的方式，对一个住在城里的人，也许毫无意义，但是，与其将漫长的午后消磨在死寂的小房子里，我还是情愿坐在车里开过荒野去跑一个来回，这几乎是没有选择的一件事。

沿着将近一百公里长的狭狭的柏油路，总是错错落落地散搭着帐篷，住在那儿的人，如果要去镇上办事情，除了跋涉一天的路之外，可以说毫无其他的办法。在这儿，无穷无尽波浪起伏的沙粒，才是大地真正的主人，而人，生存在这儿，只不过是拌在沙里面的小石子罢了。

在下午安静得近乎恐怖的大荒原里开车，心里难免有些寂寥的感觉，但是，知道这难以想象的广大土地里，只有自己孤零零的一个人，也是十分自由的事。

偶尔看到在天边的尽头有一个小黑点在缓缓地移动着，总也不自觉地把飞驶的车子慢了下来，苍穹下的背影显得那么地渺小而单薄，总也忍不下心来，把头扬得高高的，将车子扬起满天的尘埃，从一个在艰难举步的人身边刷一下开过。

为了不惊吓走路的人，我总是先开过他，才停下车来，再摇下车窗向他招手。

"上来吧！我载你一程。"

往往是迟疑羞涩地望着我，也总是很老的撒哈拉威人，身上扛了半袋面粉或杂粮。

"不要怕，太热了，上来啊。"

顺便带上车的人，在下车时，总好似拜着我似的道谢着，直到我的车开走了老远，还看见那个谦卑的人远远地在广阔的天空下向我挥手，我常常被他们下车时的神色感动着，多么淳朴的人啊！

有一次，我开出镇外三十多公里了，看见前面一个老人，用布条拉着一只大山羊，挣扎地在路边移动着，他的长袍被大风吹得好似一片鼓满了风的帆一样使他进退不得。

我停了车，向他喊着："沙黑毕（朋友），上来吧！"

"我的羊？"他紧紧地捉住他的羊，很难堪地低低地说了一句。

"羊也上来吧！"

山羊推塞进后座，老先生坐在我旁边，羊头正好搁在我的颈子边，这一路，我的脖子被羊紧张的喘气吹得痒得要命，我加足马力，快快地把这一对送到他们筑在路旁贫苦的帐篷边去，下车时，老人用力地握住我的手，没有牙齿的口里，咿咿呀呀地说着感激我的话，总也不肯放下。

我笑了起来，对他说："不要再谢啦，快把羊拖下去吧！它一直把我的头发当干草在啃哪！"

"现在羊粪也弄进车里来了，上次还骂我开儿童乐园，你扫，我不管。"回到家里，荷西先跑进去了，我捂着嘴笑着跟在他身后，拿了小扫把，把羊粪收拾了倒进花盆里做肥料，谁说停车载人是没有好处的。

有时候荷西上工的时间改了,轮到中午两点上班,晚上十点下班,那种情形下,如果我硬要跟着跑这来回一百公里,只有在十二点半左右跟着他出门,到了公司,他下车,我再独自开回来。

狂风沙的季候下,火热的正午,满天的黄尘,呛得肺里好似填满了沙土似的痛,能见度低到零,车子像在狂风暴雨的海里乱冲着,四周震耳欲聋的飞沙走石像雨似的凶暴地打在车身上。

在这样的一个正午,我送荷西上班回家时,却在濛濛的黄沙里,看见了一个骑脚踏车的身影,我吃惊地刹住了车,那个骑车的人马上丢了车子往我跑来。

"什么事?"我打开了窗子,捂着眼睛问他。

"太太,请问有没有水?"

我张开了蒙着眼睛的手指,居然看见一个十多岁的男孩子,迫切的眼睛渴望地盯着我。

"水?没有。"

我说这话时,那个孩子失望得几乎要哭出来,把头扭了开去。

"快上来吧!"我把车窗很快地摇上。

"我的脚踏车——"他不肯放弃他的车子。

"这种气候,你永远也骑不到镇上的。"我顺手戴上了防风镜,开了门跑出去拉他的车子。

那是一辆旧式的脚踏车,无论如何不能把它装进我的小车里去。

"这是不可能的,你怎么不带水,骑了多久了?"我在风里大声地对他喊着,口腔里马上吹进了沙粒。

"从今天早上骑到现在。"小孩几乎是呜咽着说的。

"你上车来,先把脚踏车丢在这里,回去时,再搭镇上别人的车,到这里来捡回你的车,怎么样?"

"不能,过一会儿沙会把它盖起来,找不到了,我不能丢车子。"他固执地保护着他心爱的破车。

"好吧!我先走了,这个给你。"我把防风眼镜顺手脱下来交给他,无可奈何地上了车。

回到了家里,我试着做些家事,可是那个小男孩的身影,却像鬼也似的迷住了我的心。听着窗外凄厉的风声,坐了几分钟,我发觉没有心思做任何事情。

我气愤地打开冰箱,拿了一瓶水、一个面包,又顺手拿了一顶荷西的鸭舌帽,开门跳进车里,再回头到那条路上去找那个令人念念不忘的小家伙。

检查站的哨兵看见我,跑了过来,弯着身子对我说:"三毛,在这种气候里,你又去散步吗?"

"散步的不是我,是那个莫名其妙找麻烦的小鬼。"我一加油门,车子弹进风沙迷雾里去。

"荷西,车子你去开吧!我不用了。"我同一天第三次在这条路上跑时,已是寒冷的夜晚了。

"受不了热吧!嘿嘿!"他得意地笑了。

"受不了路上的人,那么讨厌,事情好多。"

"人,在哪里?"荷西好笑地问。

"每几天就会碰到,你看不见?"

"你不理不就得了?"

"我不理谁理？眼看那个小鬼渴死吗？"

"所以你就不去了？"

"唉，算了！"我半靠在车座上望着窗外。

我说话算话，有好几个星期，静静地坐在家里缝缝补补。

等到我拼完了那快近一百块小碎花布的彩色百衲被之后，又不知怎的浮躁起来。

"荷西，今天天气那么好，没有风沙，我送你去上班吧！"我穿着睡袍在清晨的沙地里看着车子。

"今天是公共假日，你不如去镇上玩。"荷西说。

"啊！真的，那你为什么上班？"

"矿砂是不能停的，当然要去。"

"假日的镇上，怕不挤了好几百个人，看了眼花，我不去。"

"那么上车吧！"

"我去换衣服。"我飞快地进屋去穿上了衬衫和牛仔裤，顺手抓了一个塑胶袋。

"拿口袋做什么？"

"天气那么好，你上班，我去捡子弹壳跟羊骨头，过一阵再回来。"

"那些东西有什么用？"荷西发动了车子。

"弹壳放在天台上冻一夜，清早摸黑去拿下来，贴在眼睛上可以治针眼，你上次不是给我治好的吗？"

"那是巧合，是你自己乱想出来的法子。"

我耸耸肩不置可否，其实捡东西是假，在空气清新的原野里游荡才是真正有趣的事，可惜的是好天气总不多。

看见荷西下车了,走上长长的浮台去,我这才叹了口气把车子开出工地。

早晨的沙漠,像被水洗过了似的干净,天空是碧蓝的,没有一丝云彩,温柔的沙丘不断地铺展到视线所能及的极限。在这种时候的沙地,总使我联想起一个巨大的沉睡女人的胴体,好似还带着轻微的呼吸在起伏着,那么安详沉静而深厚的美丽真是令人近乎疼痛地感动着。

我先把车子开出公路,沿着前人车轮的印子开到靶场去,拾了一些弹壳,再躺一会儿,看看半圆形把我们像碗一样反扣着的天空,再走长长的沙路,去找枯骨头。

骨头没有捡到什么完整的,却意外地得了一个好大贝壳的化石,像一把美丽的小折扇一样打开着。

我吐了一点口水,用裤子边把它擦擦干净,这才上车开回家,太阳不知什么时候已经在头顶上了。

开着车窗,吹着和风,天气好得连收音机的新闻都舍不得听,免得破坏了这一天一地的寂静。路,像一条发光的小河,笔直地流在苍穹下。

天的尽头,有一个小黑点子,清楚地贴在那儿,动也不动。

车子滑过这人,他突然举起了手要搭车。

"早!"我慢慢地停车。

一个全副打扮得好似要去参加誓旗典礼那么整齐的西班牙小兵,孤零零地站在路旁。

"您早!太太!"他站得笔直的,看见车内的我,显然有点吃惊。

草绿的军服，宽皮带，马靴，船形帽，穿在再土的男孩子身上，都带三分英气，有趣的是，无论如何，这身打扮却掩不住这人满脸的稚气。

"去哪里？"我仰着脸问他。

"嗯！镇上。"

"上来吧！"这是我第一次停车载年轻人，但是看见他的一瞬间，我就没有犹豫过。

他上车，小心地坐在我旁边，两手规规矩矩地放在膝上，这时，我才吃惊地看见，他居然戴了大典礼时才用的雪白手套。

"这么早去镇上？"我搭讪地说。

"是，想去看一场电影。"老老实实地回答。

"电影是下午五点才开场啊！"我尽力使说话的声音像平常一样，但是心里在想，这孩子八成是不正常。

"所以我早晨就出发了。"他很害羞地挪了一下身子。

"你，预备走一天的路，就为着去看一场电影？"这真是不可思议的事。

"我们今天放假。"

"军车不送你？"

"报名晚了，车子坐不下。"

"所以你走路去？"我望着没有尽头的长路，心里不知如何地掠过一丝波澜。

静默了好一会儿，两人没有什么话说。

"来服兵役的？"

"是！"

"还愉快吗?"

"很好,游骑兵种,常年住帐篷,总在换营地,就是水少了些。"

我特意再看了他保持得那么整洁的外出服,不是太重要的事情,对他,一定舍不得把这套衣服拿出来穿的吧!

到了镇上,他满脸溢不住的欢乐显然地流露出来,到底是年轻的孩子。

下了车,严肃而稚气地对我啪一下行了一个军礼,我点点头,快快地把车开走了。

总也忘不掉他那双白手套,这个大孩子,终年在不见人烟的萧条的大漠里过着日子,对于他,到这个破落得一无所有的小镇上来看场电影,竟是他目前一段生命里无法再盛大的事件了。

开车回去时,我的心无由地抽痛了一下,这个人,他触到了我心里一块不常去触碰的地方,他的年纪,跟我远方的弟弟大概差不多吧!弟弟也在服兵役。我几乎沉湎在一个真空的时光里,呆了一霎,这才甩了一下头发,用力踩油门,让车子冲回家去。

荷西虽然常常说我多管闲事,其实他只是嘴硬,他独自开车上下班时,一样也会把路上的人捡上车去。

我想,在偏僻的地区行车,看见路旁跋涉艰难的人如蜗牛似的在烈日下步行着,不予理会是办不到的事。

"今天好倒楣,这些老头子真是凶猛。"荷西一路嚷着进屋来。

"路上捡了三个老撒哈拉威,一路忍着他们的体臭几乎快闷昏了,到了他们要下车的地方,他们讲了一句阿拉伯话,我根本不知道是在对我讲,还是一直开,你知道他们把我怎么了?坐在我后面的那个老头子，急得脱下了硬邦邦的沙漠鞋，拼命敲我的头，快没被他打死。"

"哈，载了人还给人打，哈！"我笑得不得了。

"你摸摸看，起了个大包。"荷西咬牙切齿地摸着头。

最高兴的事，还是在沙漠里碰到外来的人，我们虽然生活在一片广阔的土地上，可是精神上仍是十分封闭的，如果来了外方的人，跟我们谈谈远离我们的花花世界，在我，仍是兴奋而感触的。

"今天载了一个外国人去公司。"

"哪里来的？"我精神一振。

"美国来的。"

"他说了些什么？"

"他没说什么。"

"你们那么长的路都不讲话？"

"一来讲不通，二来，这个神经病上了车，就用手里的一根小棍子，不断地有节奏地敲打着前座那块板，我给他弄得烦死了，只想拼命快开，早点让这个人下车，没想到他跟去了工地。"

"哪里上车的？"

"这个人背了一个大背包，上面缝了一面美国旗子，就在镇上公路出口的地方上来的。"

"你们那个凶巴巴的警卫放他进工地去？他又没有通行证。"

"本来是不肯的啊！那个人说一定要去看出矿砂。"

"这不是随便可以看的。"我霸气地说。

"挡了他一会儿,后来这个人把他的背包一举,说——我是美国人——"

"他就进去啦?"我张大了眼睛望着荷西。

"就进去了。"

"啧!啧!"我赫然地看着荷西。

荷西接着就去洗澡了,在冲水的声音下,突然听见荷西怪声怪气地唱起英文歌来——"我要——做一个——美——国——人,我要——做一个——美国人——"

我冲进去拉开他的帘子,就用锅铲啪啪地乱打他,他唱得更起劲,歌词改了——我要——嫁一个——美——国——人啊——我要——嫁——

以后我开进工地那道关口时,看见那个警卫,就把贴在车窗上的通行证用手一挡,不给他看,一面伸出头去用怪腔怪调的英文对他大喊着——"我是美国人。"然后加足油门一冲而入。我不怪这个人讨厌我,因为是我先讨厌他的。

只要在月初,磷矿公司出纳处的窗口,总是排了长长的队伍,每一个轮到的人,挤出人群来时,总是手里抓了一大把钞票,脸上的笑容像草莓冰淇淋一样在阳光下融化着。

我们起初也是去领现钱,因为摸着真真实实的钞票,跟摸着银行的通知单,那份快慰是绝对不相同的,后来我们排队排厌了,才请公司把薪水付进银行里去。

但是,所有的工人们,一定是要现钱,不会跟银行去打交道。

邻近加纳利群岛来的班机,只要在月头上,一定会载来许多花枝招展的女人，大张旗鼓，做起生意来，这时候的小镇，正是铜钱响得叮叮当当如《酒店》影片里那首——"钱，钱，钱，钱……"的歌一样地好听的季节啊！

那天晚上我去接荷西下夜班，车子到时，正看见荷西从公司的餐厅出来。

"三毛，临时加班，明天清早才能回家，你回去吧！"

"怎么早上不先讲，我已经来了。"我包紧了身上的厚毛衣，顺手把给荷西带去的外套交给他。

"一条船卡住了，非弄它出来不可，要连夜工作，明天又有三条来装矿砂。"

"好，那我走了！"我倒转车，把长距灯一开，就往回路走。沙漠那么大，每天跑个一百公里，真像散个小步一样简单。

那是一个清朗的夜，月光照着像大海似的一座一座沙丘，它总使我联想起"超现实画派"那一幅幅如梦魅似神秘的画面。这种景象，在沙漠的夜晚里，真真是存在的啊！

车灯照着寂静的路，偶尔对方会有一两辆来车，也有别人的车超过我的，我把油门加足了，放下车窗，往夜色里飞驰进去。

到了距离镇上二十多里的地方，车灯突然照到一个在挥手的人，我本能地刹了车，跟这人还有一点距离就停住了，用车灯对着他照。

突然在这个夜里，这么不相称的地方，看见路边站的竟是一个衣着鲜明艳丽的红发女人，真比看见了鬼还要震惊，我动也不动地坐着，细细地望着她，静默地钉在位子上。

这个女人用手挡着强烈的车灯,穿着高跟鞋嚓嚓啪啪地往车子跑来,到了车边,一看见我,突然犹豫了,居然不要上车的样子。

"什么事?"我偏着头问她。

"没什么,嗯!您走吧!"

"不是招手要搭车吗?"我再问。

"不是,不是,我弄错了,谢谢!您走吧!谢谢啊!"

我吓得马上丢下她走了,这个女鬼在挑人做替身哪,趁她后悔以前,我快跑吧!

这一路逃下去,我才看见,沙地边,每隔一会儿,就有一个类似的卷发绿眼红嘴的女人要搭车,我哪里敢停,拼命在夜色里奔逃着。

冲了一阵,居然又出现一个紫衣黄鞋的女人,笑眯眯地就挡在窄路中间,就算她不是人,我也不能把她压过去,只有老远慢慢地停了,用车灯照着她,按着喇叭请她让路。

神秘的一群女人啊!

她一样嚓嚓啪啪拖着鞋子,笑着朝车子跑过来。

"啊!"看见我,她轻呼了一声。

"不是你要的,我是女人。"我笑望着她已经中年了的粉脸,这时,我自然明白了,这夜的公路上在搞什么,我们是在月初呢!

"啊!对不起!"她很有礼地也笑起来了。

我做了一个请她让开的手势,就把车缓缓地开动了。

她向四周看了一下,突然又追着拍了一下我的车,我伸头去看她。

"好吧！今天也差不多了，收工吧！你载我回镇上去好吗？"

"上来吧！"我无可奈何地说。

"其实我是认识你的，你那天穿了撒哈拉威男人式样的白袍子在邮局寄信。"她爽朗地说。

"对了，是我。"

"我们每个月都坐飞机来这里，你知道吗？"

"知道，只是以前不晓得你们在郊外做生意。"

"没办法啦！镇上谁肯租房间给我们，'娣娣酒店'那几间是不够用的啦！"

"生意那么好？"我摇摇头笑了起来。

"也只有月初，一过十号，钱不来了，我们也走啦！"倒是个坦白明朗的声音，里面没有遗憾。

"你收多少钱一个人？"

"四千，如果租'娣娣'的房间过夜，八千。"

八千块该是一百二十美元了，真是想不到那些辛苦的工人怎么舍得这样把血汗钱丢出去，我没料到她们那么贵。

"男人都是傻瓜！"她靠在座位上大声嘲笑着，好似个志得意满的大大成功的女人。

我不接嘴，加紧往镇上已经看得见的灯火驶去。

"我的相好，也在磷矿公司做事！"

"哦！"我漫应着。

"你一定认识，他是电器部值夜班的工人。"

"我不认识。"

"就是他叫我来的，他说这里生意好，我以前只在加纳利群岛，那时候收入差多啦！"

"你的相好叫你来这里，因为生意好？"我不相信自己的耳朵，重复了一遍。

"我已经赚了三幢房子了！"她得意地张着手，欣赏着漆着紫色荧光的指甲。

我被这个人无知的谈话，弄得一直想大笑，她说男人都是傻瓜，她自己赚进了三幢房子，还可怜巴巴地在沙地上接客，居然自以为好聪明。

娼妓，在我眼前的这个女人身上，大概不是生计，也不是道德的问题，而是习惯麻木了吧！

"其实，这里打扫宿舍的女工，也有两万块一个月可赚。"我不以为然地说了一句。

"两万块？扫地、铺床、洗衣服，辛苦得半死，才两万块，谁要干！"她轻视地说。

"我觉得你才真辛苦。"我慢慢地说。

"哈！哈！"她开心地笑了起来。

遇到这样的宝贝，总比看见一个流泪的妓女舒服些。

在镇上，她诚恳地向我道谢，扭着身躯下车去，没走几步，就看见一个工人顺手在她屁股上用力拍了一巴掌，口里怪叫着，她嘴里不清不楚地笑骂着追上去回打那人。沉静的夜，居然突然像泼了浓浓的色彩一般俗艳地活泼起来。

我一直到家了，看着书，还在想那个兴高采烈的妓女。

这条荒野里唯一的柏油路，照样被我日复一日地来回驶着，它乍看上去，好似死寂一片，没有生命，没有哀乐。其实它跟这世界上任何地方的一条街,一条窄弄,一弯溪流一样,载着它的过客和故事,来来往往地度着缓慢流动的年年月月。

我在这条路上遇到的人和事,就跟每一个在街上走着的人举目所见的一样普通,说起来没有什么特别的意义,也不值得记载下来,但是,佛说——"修百世才能同舟,修千世才能共枕"——那一只只与我握过的手,那一朵朵与我交换过的粲然微笑,那一句句平淡的对话,我如何能够像风吹拂过衣裙似的,把这些人淡淡地吹散,漠然地忘记?

每一粒沙地里的石子,我尚且知道珍爱它,每一次日出和日落,我都舍不得忘怀,更何况,这一张张活生生的脸孔,我又如何能在回忆里抹去他们。

其实,这样的解释都是多余的了。

哑 奴

我第一次被请到镇上一个极有钱的撒哈拉威财主家去吃饭时,并不认识那家的主人。

据这个财主堂兄太太的弟弟阿里告诉我们,这个富翁是不轻易请人去他家里的,我们以及另外三对西籍夫妇,因为是阿里的朋友,所以才能吃到驼峰和驼肝做的烤肉串。

进了财主像迷宫也似宽大的白房子之后,我并没有像其他客人一样,静坐在美丽的阿拉伯地毯上,等着吃也许会令人呕吐的好东西。

财主只出来应酬了一会儿,就回到他自己的房间去。

他是一个年老而看上去十分精明的撒哈拉威人,吸着水烟,说着优雅流畅的法语和西班牙话,态度自在而又带着几分说不出的骄傲。

应酬我们这批食客的事情,他留下来给阿里来做。

等我看完了这家人美丽的书籍封面之后,我很有礼地问阿里,我可不可以去内房看看财主美丽的太太们。

"可以,请你进去,她们也想看你,就是不好意思出来。"

我一个人在后房里转来转去，看见了一间间华丽的卧室，落地的大镜子，美丽的女人，席梦思大床，还看见了无数平日在沙漠里少见的夹着金丝银线的包身布。

我很希望荷西能见见这财主四个艳丽而年轻的太太，可惜她们太害羞了，不肯出来会客。

等我穿好一个女子水红色的衣服，将脸蒙起来，慢慢走回客厅去时，里面坐着的男人都跳了起来，以为我变成了第五个太太。

我觉得我的打扮十分合适这房间的情调，所以决定不脱掉衣服，只将蒙脸的布拉下来，就这么等着吃沙漠的大菜。

过了不一会儿，烧红的炭炉子被一个还不到板凳高的小孩子拎进来，这孩子面上带着十分谦卑的笑容，看上去不会超过八九岁。

他小心地将炉子放在墙角，又出去了，再一会儿，他又捧着一个极大的银托盘摇摇摆摆地走到我们面前，放在大红色编织着五彩图案的地毯上。盘里有银的茶壶，银的糖盒子，碧绿的新鲜薄荷叶，香水，还有一个极小巧的炭炉，上面热着茶。

我赞叹着，对那清洁华丽的茶具，着迷得神魂颠倒。

这个孩子，对我们先轻轻地跪了一下，才站起来，拿着银白色的香水瓶，替每一个人的头发上轻轻地洒香水，这是沙漠里很隆重的礼节。

我低着头让这孩子洒着香水，直到我的头发透湿了，他才罢手。一时里，香气充满了这个阿拉伯似的宫殿，气氛真是感人而庄重。

这一来，撒哈拉威人强烈的体臭味，完全没有了。

再过了一会儿，放着生骆驼肉的大碗，也被这孩子静静地捧了进来,炭炉子上架上铁丝网。我们这一群人都在高声地说着话,另外两个西班牙太太正在谈她们生孩子时的情形,只有我,默默地观察着这个孩子的一举一动。

他很有次序地在做事,先串肉,再放在火上烤,同时还照管着另一个炭炉上的茶水,茶滚了,他放进薄荷叶,加进硬块的糖。倒茶时,他将茶壶举得比自己的头还高,茶水斜斜准准地落在小杯子里,姿势美妙极了。

茶倒好了,他再跪在我们面前,将茶杯双手举起来给我们,那真是美味香浓的好茶。

肉串烤熟了,第一批,这孩子托在一个大盘子里送过来。

驼峰原来全是脂肪,驼肝和驼肉倒也勉强可以入口。男客们和我一人拿了一串吃将起来,那个小孩子注视着我,我对他笑笑,眨眨眼睛,表示好吃。

我吃第二串时,那两个土里土气的西班牙太太开始没有分寸地乱叫起来。

"天啊!不能吃啊!我要吐了呀!快拿汽水来啊!"

我看见她们那样没有教养的样子,真替她们害羞。

预备了一大批材料,女的只有我一个人在吃,我想,叫一个小孩子来侍候我们,而我们像废物一样地坐食,实在没有意思,所以我干脆移到这孩子旁边去,跟他坐在一起,帮他串肉,自烤自吃。骆驼的味道,多撒一点盐也就不大觉得了。

这个孩子,一直低着头默默地做事,嘴角总是浮着一丝微笑,样子伶俐极了。

我问他:"这样一块肉,一块驼峰,再一块肝,穿在一起,再放盐,对不对?"

他低声说:"哈克!"(对的、是的等意思。)

我很尊重他,扇火、翻肉,都先问他,因为他的确是一个能干的孩子。我看他高兴得脸都红起来了,想来很少有人使他觉得自己那么重要过。

火那边坐着的一群人,却很不起劲。阿里请我们吃道地的沙漠菜,这两个讨厌的女客还不断地轻视地在怪叫。茶不要喝,要汽水;地下不会坐,要讨椅子。

这些事情,阿里都大声叱喝着这个小孩子去做。

他又得管火,又不得不飞奔出去买汽水,买了汽水,又去扛椅子,放下椅子,又赶快再来烤肉,忙得满脸惶惑的样子。

"阿里,你自己不做事,那些女人不做事,叫这个最小的忙成这副样子,不太公平吧!"我对阿里大叫过去。

阿里吃下一块肉,用烤肉叉指指那个孩子,说:"他要做的还不止这些呢,今天算他运气。"

"他是谁?他为什么要做那么多事?"

荷西马上将话题扯开去。

等荷西他们说完了,我又隔着火坚持我的问话。

"他是谁?阿里,说嘛!"

"他不是这家里的人。"阿里有点窘。

"他不是家里的人,为什么在这里?他是邻居的小孩?"

"不是。"

室内静了下来,大家都不响,我因为那时方去沙漠不久,自然不明白他们为什么都好似很窘,连荷西都不响。

"到底是谁吗？"我也不耐烦了，怎么那么拖泥带水的呢。

"三毛，你过来。"荷西招招手叫我，我放下肉串走过去。

"他，是奴隶。"荷西轻轻地说，生怕那个孩子听见。

我捂住嘴，盯着阿里看，再静静地看看那低着头的孩子，就不再说话了。

"奴隶怎么来的？"我冷着脸问阿里。

"他们世世代代传下来的，生来就是奴隶。"

"难道第一个生下来的黑人脸上写着——我是奴隶？"

我望着阿里淡棕色的脸，不放过对他的追问。

"当然不是，是捉来的。沙漠里看见有黑人住着，就去捉，打昏了，用绳子绑一个月，就不逃了；全家捉来，更不会逃，这样一代一代传下来就成了财产，现在也可以买卖。"

见我面有不平不忍的表情，阿里马上说："我们对待奴隶也没有不好，像他，这小孩子，晚上就回去跟父母住帐篷，他住在镇外，很幸福的，每天回家。"

"这家主人有几个奴隶？"

"有两百多个，都放出去替西班牙政府筑路，到月初，主人去收工钱，就这么暴富了。"

"奴隶吃什么？"

"西班牙承包工程的机关会给饭吃。"

"所以，你们用奴隶替你们赚钱，而不养他们。"我斜着眼瞄着阿里。

"喂！我们也弄几个来养。"一个女客对她先生轻轻地说。

"你他妈的闭嘴！"我听见她被先生臭骂了一句。

告别这家财主时,我脱下了本地衣服还给他美丽的妻子。大财主送出门来,我谢谢了他,但不要再跟他握手,这种人我不要跟他再见面。

我们这一群人走了一条街,我才看见,小黑奴追出来,躲在墙角看我。伶俐的大眼睛,像小鹿一样温柔。

我丢下了众人,轻轻地向他跑去,皮包里找出两百块钱,将他的手拉过来,塞在他掌心里,对他说:"谢谢你!"才又转身走开了。

我很为自己羞耻。金钱能代表什么,我向这孩子表达的,就是用钱这一种方式吗?我想不出其他的方法,但这实在是很低级的亲善形式。

第二天我去邮局取信,想到奴隶的事,顺便就上楼去法院看看秘书老先生。

"哈,三毛,久不来了,总算还记得我。"

"秘书先生,在西班牙的殖民地上,你们公然允许蓄奴,真是令人感佩。"

秘书听了,唉地叹了一口长气,他说:"别谈了,每次撒哈拉威人跟西班牙人打架,我们都把西班牙人关起来。对付这批暴民,我们安抚还来不及,哪里敢去过问他们自己的事,怕都怕死了。"

"你们是帮凶,何止是不管,用奴隶筑路,发主人工钱,这是笑话。"

"唉!干你什么事?那些主人都是部落里的首长,马德里国会,都是那些有势力的撒哈拉威人去代表,我们能说什么。"

"堂堂天主教大国，不许离婚，偏偏可以养奴隶，天下奇闻，真是可喜可贺。嗯！我的第二祖国，天哦……"

"三毛，不要烦啦！天那么热……"

"好啦！我走啦！再见！"我大步走出法院的楼。

那天的傍晚，有人敲我的门，很有礼貌，轻轻地叩了三下就不再敲了，我很纳闷，哪有这么文明的人来看我呢！

开门一看，一个不认识的中年黑人站在我门口。

他穿得很破很烂，几乎是破布片挂在身上，裹头巾也没有，满头花白了的头发在风里飘拂着。

他看见我，马上很谦卑地弯下了腰，双手交握在胸前，好似在拜我似的。他的举止，跟撒哈拉威人的无礼，成了很大的对比。

"您是？"我等着他说话。

他不会说话，口内发出沙哑的声音，比着一个小孩身形的手势，又指指他自己。

我不能领悟他的意思，只有很和气地对他问："什么？我不懂，什么？"

他看我不懂，马上掏出了两百块钱来，又指指财主住的房子的方向，又比小孩的样子。啊！我懂了，原来是那小孩子的爸爸来了。

他硬要把钱塞还给我，我一定不肯，我也打手势，说是我送给小孩子的，因为他烤肉给我吃。

他很聪明，马上懂了，这个奴隶显然不是先天性的哑巴，因为他口里会发声，只是聋了，所以不会说话。

他看看钱，好似那是天大的数目，他想了一会儿，又要交还我，我们推了好久，他才又好似拜了我一下地弯下了身，合上手，才对我笑了起来，又谢又谢，才离开了。

那是我第一次碰见哑奴的情景。

过了不到一星期，我照例清早起床，开门目送荷西在满天的星空下去上早班，总是五点一刻左右。

那天开门，我们发现门外居然放了一棵青翠碧绿的生菜，上面还洒了水。我将这生菜小心地捡起来，等荷西走远了，才关上门，找出一个大口水瓶来，将这棵菜像花一样竖起来插着，放在客厅里，舍不得吃它。

我知道这是谁给的礼物。

我们在这一带每天借送无数东西给撒哈拉威邻居，但是来回报我的，却是一个穷得连身体都不属于自己的奴隶。

这比圣经故事上那个奉献两个小钱的寡妇还要感动着我的心。

我很想再有哑奴的消息，但是他没有再出现过。

过了两个月左右，我的后邻要在天台上加盖一间房子，他们的空心砖都运来堆在我的门口，再吊到天台上去。

我的家门口被弄得一塌糊涂，我们粉白的墙也被砖块擦得不成样子。荷西回家来了，我都不敢提，免得他大发脾气，伤了邻居的感情。我只等着他们快快动工，好让我们再有安宁的日子过。

等了好一阵，没有动工的迹象，我去晒衣服时，也会到邻居四方的洞口往下望，问他们怎么还不动工。

"快了,我们在租一个奴隶,过几天价钱讲好了,就会来。他主人对这个奴隶,要价好贵,他是全沙漠最好的泥水匠。"

过了几天,一流的泥水匠来了,我上天台去看,居然是那个哑奴正蹲着调水泥。

我惊喜地向他走去,他看见我的影子,抬起头来,看见是我,真诚的笑容,像一朵绽开的花一样在脸上露出来。

这一次,他才弯下腰来,我马上伸手过去,跟他握了一握,又打手势,谢谢他送的生菜。他知道我猜出是他送的,脸都涨红了,又打手势问我:"好吃吗?"

我用力点点头,说荷西与我吃掉了。他再度欢喜地笑了,又说:"你们这种人,不吃生菜,牙龈会流血。"

我呆了一下,这种常识,一个沙漠的奴隶怎么可能知道。

哑奴说的是简单明了的手势,这种万国语,实在是方便。他又会表达,一看就知道他的意思。

哑奴工作了几天之后,半人高的墙已经砌起来了。

那一阵是火热的八月,到了正午,毒热的太阳像火山的岩浆一样地流泻下来。我在房子里,将门窗紧闭,再将窗缝用纸条糊起来,不让热浪冲进房间里,再在室内用水擦席子,再将冰块用毛巾包着放在头上,但是那近五十五度的气温,还是令人发狂。

每到这么疯狂的酷热在煎熬我时,我总是躺在草席上,一分一秒地等候着黄昏的来临,那时候,只有黄昏凉爽的风来了,使我能在门外坐一会儿,就是我所盼望着的最大的幸福了。

那好几日过去了,我才想到在天台上工作的哑奴,我居然忘记了他,在这样酷热的正午,哑奴在做什么?

我马上顶着热跑上了天台,打开天台的门,一阵热浪冲过来,我的头马上剧烈地痛起来。我快步冲出去找哑奴,空旷的天台上没有一片可以藏身的阴影。

哑奴,半靠在墙边,身上盖了一块羊栏上捡来的破草席,像一个不会挣扎了的老狗一样,趴在自己的膝盖上。

我快步过去叫他,推他,阳光像熔化了的铁一样烫着我的皮肤,才几秒钟,我就旋转着支持不住了。

我拉掉哑奴的草席,用手推他,他可怜的脸,好似哭泣似的慢慢地抬起来,望着我。

我指指我的家,对他说:"下去,快点,我们下去。"

他软弱地站了起来,苍白的脸犹豫着,不知如何是好。

我受不了那个热,又用力推他,他才很不好意思地弯下腰,穿过荷西盖上的天棚,慢慢走下石阶来,我关上了天台的门,也快步下来了。

哑奴,站在我厨房外面的天棚下,手里拿着一个硬得好似石头似的干面包。我认出来,那是撒哈拉威人,去军营里要来的旧面包,平日磨碎了给山羊吃的。现在这个租哑奴来做工的邻居,就给他吃这个东西维持生命。

哑奴很紧张,站在那儿动也不敢动。天棚下仍是很热,我叫他进客厅去,他死也不肯,指指自己,又指指自己的肤色,一定不肯跨进去。

我再打手势:"你,我,都是一样的,请进去。"

从来没有人当他是人看待,他怎么不吓坏了。

最后我看他拘谨成那个可怜的样子,就不再勉强他了,将他安排在走廊上的阴凉处，替他铺了一块草席。

冰箱里我拿出一瓶冰冻的橘子水，一个新鲜的软面包，一块干乳酪，还有早晨荷西来不及吃的白水煮蛋，放在他身旁，请他吃。然后我就走掉了，去客厅关上门，免得哑奴不能坦然地吃饭。

到了下午三点半，岩浆仍是从天上倒下来，室内都是滚烫的，室外更不知如何热了。

我，担心哑奴的主人会骂他，才又出来叫他上去工作。

他，在走廊上坐得好似一尊石像，橘子水喝了一点点，自己的干面包吃下了，其他的东西动都不动。我看他不吃，叉着手静静地望着他。

哑奴真懂，他马上站起来，对我打手势："不要生气，我不吃，我想带回去给我的女人和孩子吃。"他比了三个小孩子，两男一女。

我这才明白了，马上找了一个口袋，把东西都替他装进去，又切了一大块乳酪和半只西瓜，还再放了两瓶可乐，我自己存的也不多了，不然可以多给他一点。

他看见我在袋子里放东西，垂着头，脸上又羞愧又高兴的复杂表情，使我看了真是不忍。

我将袋子再全塞在半空的冰箱里，对他指指太阳，说："太阳下山了，你再来拿，现在先存在我这里。"

他拼命点头，又向我弯下了腰，脸上喜得都快哭了似的，就快步上去工作了。

我想，哑奴一定很爱他的孩子，他一定有一个快乐的家，不然他不会为了这一点点食物高兴。我犹豫了一下，把荷西最爱吃的太妃糖盒子打开,抓了一大把放在给哑奴的食物口袋里。

其实我们也没有什么食物,我能给他的实在太贫乏了。

星期天,哑奴也在工作,荷西上天台去看他。哑奴第一次看见我的丈夫,他丢下了工作,快步跨过砖块,口里呀呀地叫着,还差几步,他就伸长了手,要跟荷西握手。我看他先伸出手来给荷西,而没有弯下腰去,真是替他高兴。在我们面前,他的自卑感一点一点自然地在减少,相对的人与人的情感在他心里一点一点地建立起来。我笑着下天台去,荷西跟他打手语的影子,斜斜地映在天棚上。

到了中午,荷西下来了,哑奴高高兴兴地跟在后面。荷西一头的粉,想来他一定在跟哑奴一起做起泥工来了。

"三毛,我请哑巴吃饭。"

"荷西,不要叫他哑巴!"

"他听不见。"

"他眼睛听得见。"

我拿着锅铲,对哑奴用阿拉伯哈萨尼亚语,慢慢地夸大着口形说:"沙——黑——毕(朋友)。"

又指指荷西,再说:"沙——黑——毕。"

又指我自己:"沙——黑——布——蒂(女朋友)。"

再将三个人做一个圈圈,他完全懂了,他不设防的笑容,又一度感动了我。他很兴奋,又有点紧张,荷西推推他,他一步跨进了客厅,又对我指指他很脏的光脚,我对他摇摇手,说不要紧的,就不去睬他了,让两个男人去说话。

过了一会儿，荷西来厨房告诉我："哑奴懂星象。"

"你怎么知道？"

"他画的，他看见我们那本书上的星，他一画就画出了差不多的位置。"

过一会儿，我进客厅去放刀叉，看见荷西跟哑奴趴在世界地图上。

哑奴找也不找，一手就指在撒哈拉上，我呆了一下，他又一指指在西班牙，又指指荷西，我问他："我呢？"

他看看我，我恶作剧地也指指西班牙，他做出大笑的样子，摇手，开始去亚洲地图那一带找，这一下找不到了，交了白卷。

我指指他的太阳穴，做出一个表情——笨！

他笑得要翻倒了似的开心。

哑奴实在是一个聪明的人。

青椒炒牛肉拌饭，哑奴实在吃不下去，我想，他这一生，也许连骆驼、山羊肉都吃不到几次，牛肉的味道一定受不了。

我叫他吃白饭撒盐，他又不肯动手，拘谨的样子又回来了，我叫他用手吃，他低着头将饭吃掉了。我决定下次不再叫他一同吃饭，免得他受罪。

消息传得很快，邻居小孩看见哑奴在我们家吃饭，马上去告诉大人，大人再告诉大人，一下四周都知道了。

这些人对哑奴及我们产生的敌意，我们很快地觉察到了。

"三毛，你不要理他，他是'哈鲁佛'！脏人！"（哈鲁佛是猪的意思。）

邻居中我最讨厌的一个小女孩第一个又妒又恨地来对我警告。

"你少管闲事,你再叫他'哈鲁佛',荷西把你捉来倒吊在天台上。"

"他就是猪,他太太是疯子,他是替我们做工的猪!"

说完她故意过去吐口水在哑奴身上,然后挑战地望着我。

荷西冲过去捉这个小女鬼,她尖叫着逃下天台,躲进自己的家里去。

我很难过,哑奴一声也不响地拾起工具,抬起头来,我发觉我的邻居正阴沉地盯着荷西和我,我们什么都不说,就下了天台去。

有一个黄昏,我上去收晾着的衣服,又跟哑奴挥挥手,他已在砌屋顶了,他也对我挥挥手。恰巧荷西也下班了,他进了门也上天台来。

哑奴放下了工具,走过来。

那天没有风沙,我们的电线上停了一串小鸟,我指着鸟叫哑奴看,又做出飞翔的样子,再指指他,做了一个手势:"你——不自由,做工做得半死,一毛钱也没有。"

"三毛,你好啦!何苦去激他。"荷西在骂我。

"我就是要激他,他有本事在身,如果自由了,可以养活一家人不成问题。"

哑奴呆呆地望了一会儿天空,比比自己肤色,叹了口气。过一会儿,他又笑了,他对我们指指他的心,再指指小鸟,又做了飞翔的动作。

我知道,他要说的是:"我的身体虽是不自由的,但是我的心是自由的。"

他说出如此有智慧的话来,令我们大吃一惊。

那天黄昏,他坚持要请我们去他家。我赶快下去找了些吃的东西,又装了一瓶奶粉和白糖跟着他一同回去。

他的家,在镇外沙谷的边缘,孤零零的一个很破的帐篷在夕阳下显得如此地寂寞而悲凉。

我们方才走近,帐篷里扑出来两个光身子的小孩,大叫欢笑着冲到哑奴身边,哑奴马上笑呵呵地把他们抱起来。帐篷里又出来了一个女人,她可怜得缠身的包布都没有,只穿了一条两只脚都露在外面的破裙子。

哑奴一再地请我们进去坐,我们弯下了身子进去,才发觉,这个帐篷里只有几个麻布口袋铺在地上,铺不满,有一半都是沙地。帐篷外,有一个汽油桶,里面有半桶水。

哑奴的太太羞得背对着帐篷布,不敢看我们。哑奴马上去打水、生火,用一个很旧的茶壶煮了水,又没有杯子给我们喝,他窘得不得了,急得满头大汗。荷西笑笑,叫他不要急,我们等水凉了一点,就从茶壶里传着喝,他才放心了似的笑了,这已是他最好的招待,我们十分感动。

大孩子显然还在财主家做工,没有回来,小的两个,依在父亲的怀里,吃着手指看我们。我赶快把东西拿出来分给他们,哑奴也马上把面包递给背坐着的太太。

坐了一会儿,我们要走了,哑奴抱着孩子站在帐篷外向我们挥手。荷西紧紧地握住我的手,再回头去看那苦得没有立锥之地的一家人,我们不知怎的觉得更亲密起来。

"起码，哑奴有一个幸福的家，他不是太贫穷的人啊！"我对荷西说。

家，对每一个人，都是欢乐的泉源啊！再苦也是温暖的，连奴隶有了家，都不觉得他过分可怜了。

以后，我们替他的孩子和太太买了一些廉价的布，等哑奴下工了，悄悄地塞给他，叫他快走，免得又要给主人骂。

回教人过节时，我们送给他一麻袋的炭，又买了几斤肉给他。我总很羞愧这样施舍他，总是白天去，他不在家，我放在他帐篷外，就跑掉。哑奴的太太，是个和气的白痴，她总是对我笑，身上包着我替她买的蓝布。

哑奴不是没有教养的撒哈拉威人，他没有东西回报我们，可是，他会悄悄地替我们补山羊踩坏了的天棚；夜间偷了水，来替我们洗车；刮大风了，他马上替我收衣服，再放在一个洗干净的袋子里，才拉起天棚的板，替我丢下来。

荷西跟我一直想替哑奴找获得自由的方法，可是完全不得要领，都说是不可能的事情。

我们不知道，如果替他争取到了自由，又要怎么负担他，万一我们走了，他又怎么办。

其实，我们并没有认真地想到，哑奴的命运会比现况更悲惨，所以也没有积极地设法使他自由了。

有一天，沙漠里开始下起大雨来，雨滴重重地敲打在天棚上，我醒了，推着荷西，他也起来了。

"听！在下雨，在下大雨。"我怕得要命。

荷西跳起来，打开门冲到雨里去，邻居都醒了，大家都跑出来看雨，口里叫着："神水！神水！"

我因为这种沙漠里的异象，吓得心里冰冷，那么久没有看见雨，我怕得缩在门内，不敢出去。

大家都拿了水桶来接雨，他们说这是神赐的水，喝了可以治病。

豪雨不停地下着，沙漠成了一片泥泞，我们的家漏得不成样子。沙漠的雨，是那么地恐怖。

雨下了一天一夜，西班牙的报纸，都刊登了沙漠大雨的消息。

哑奴的工程，在雨后的第二星期，也落成了。

那一天，我在看书，黄昏又来了，而荷西当天加班，要到第二日清晨才能回来。

突然我听见门外有小孩异常吵闹的声音，又有大人在说话的声音。

邻居姑卡用力敲我的门，我一开门，她就很激动地告诉我："快来看，哑巴被卖掉了，正要走了。"

我耳朵里轰地一响，捉住姑卡问："为什么卖了？怎么突然卖了？是去哪里？"

姑卡说："下过雨后，'毛里塔尼亚'长出了很多草，哑巴会管羊，会管接生小骆驼，人家来买他，叫他去。"

"他现在在哪里？"

"在建房子的人家门口，他主人也来了，在里面算钱。"

我匆匆忙忙地跑去，急得气得脸都变了，我拼命地跑到邻居的门外，看见一辆吉普车，驾驶座旁坐了哑奴。

我冲到车子旁去，看见他呆望着前方，好似一尊泥塑的人一样，面上没有表情。我再看他的手，被绳子绑了起来，脚踝上也绑了松松的一段麻绳。

我捂住嘴，望着他，他不看我。我四顾一看，都是小孩子围着。我冲进邻居的家，看见有地位的财主悠然地在跟一群穿着很好的人在喝茶，我知道这生意是成交了，没有希望救他了。

我再冲出去，看着哑奴，他的嘴唇在发抖，眼眶干干的。我冲回家去，拿了仅有的现钱，又四周看了一看，我看见自己那块铺在床上的大沙漠彩色毯子，我没有考虑地把它拉下来，抱着这床毯子再往哑奴的吉普车跑去。

"沙黑毕，给你钱，给你毯子。"我把这些东西堆在他怀里，大声叫着。

哑奴，这才看见了我，也看见了毯子。他突然抱住了毯子，口里哭也似的叫起来，跳下车子，抱着这床美丽的毯子，没命地往他家的方向奔去，因为他脚上的绳子是松松地挂着，他可以小步地跑，我看着他以不可能的速度往家奔去。

小孩们看见他跑了，马上叫起来。"逃啦！逃啦！"

里面的大人追出来，年轻的顺手抓了一条大木板，也开始追去。

"不要打！不要打！"

我紧张得要昏了过去，一面叫着一面也跑起来，大家都去追哑奴，我舍命地跑着，忘了自己有车停在门口。

快跑到了哑奴的帐篷，我们大家都看见，哑奴远远地就迎风打开了那条彩色缤纷的毯子，跌跌撞撞地扑向他的太太和孩子，手上绑的绳子被他扭断了，他一面呵呵不成声地叫着，一面把毛毯用力围在他太太孩子们的身上，又拼命拉着他白痴太太的手，叫她摸摸毯子有多软多好，又把我塞给他的钱给太太。风里面，只有哑巴的声音和那条红色的毛毯在拍打着我的心。

几个年轻人上去捉住哑奴，远远吉普车也开来了，他茫茫然上了车，手紧紧地握在车窗上，脸上的表情似悲似喜，白发在风里翻飞着，他看得老远的，眼眶里干干的没有半滴泪水，只有嘴唇，仍然不能控制地抖着。

车开了，人群让开来。哑奴的身影渐渐地消失在夕阳里，他的家人，没有哭叫，拥抱成一团，缩在大红的毯子下像三个风沙凝成的石块。

我的泪，像小河一样地流满了面颊。我慢慢地走回去，关上门，躺在床上，不知何时鸡已叫了。

哭泣的骆驼

这不知是一天里的第几次了,我从昏昏沉沉的睡梦中醒来,张开眼睛,屋内已经一片漆黑,街道上没有人声也没有车声,只听见桌上的闹钟,像每一次醒来时一样,清晰而漠然地走动着。

那么,我是醒了,昨天发生的事情,终究不只是一场噩梦。每一次的清醒,记忆就逼着我,像在奔流错乱的镜头面前一般,再一次又一次地去重新经历那场令我当时狂叫出来的惨剧。

我闭上了眼睛,巴西里、奥菲鲁阿、沙伊达他们的脸孔,荡漾着似笑非笑的表情,一波又一波地在我面前飘过。我跳了起来,开了灯,看看镜子里的自己,才一天的工夫,已经舌燥唇干,双眼发肿,憔悴不堪了。

打开临街的木板窗,窗外的沙漠,竟像冰天雪地里无人世界般的寒冷孤寂,突然看见这没有预期的凄凉景致,我吃了一惊,痴痴地凝望着这渺渺茫茫的无情天地,忘了身在何处。

是的,总是死了,真是死了,无论是短短的几日,长长的一生,哭、笑、爱、憎,梦里梦外,颠颠倒倒,竟都有它消失的一日。洁白如雪的沙地上,看不见死去的人影,就连夜晚的风,都没有送来他们的叹息。

回身向着这空寂如死的房间，黯淡的灯火下，好似又见巴西里盘膝坐着，慢慢将他蒙头蒙脸的黑布一层一层地解开，在我惊讶得不知所措的注视下，晒成棕黑色的脸孔，衬着两颗寒星般的眼睛，突然闪出一丝近乎诱人的笑容。

我眨了一下眼睛，又突然看见沙伊达侧着脸静坐在书架下面，长长的睫毛像一片云，投影在她优美而削瘦的面颊上，我呆望着她，她一般的不知不觉，就好似不在这个世界上似的漠然。

门外什么时候停了车子，什么人在剥剥地敲着门，我都没有感觉，直到有人轻轻地喊我："三毛！"我才被惊吓得几乎跳了起来。

"我在这里。"我抓着窗棂对门边的人说着。

"三毛，机票没有，可是明天早晨我还是来带你去机场，候补的位子我讲好了两个，也许能挤上去，你先预备好，荷西知道了，叫你走的时候锁上门，另外一个位子给谁？"

荷西公司的总务主任站在窗外低低地对我说。

"我走，另外一个位子不要了，谢谢你！"

"怎么了？千托万托的，现在又不要了？"

"死了，不走了。"我干涩地回答着。

总务主任愣了一下，看了我一眼，又紧张地看了一下四周。

"听说本地人出了事，你要不要去镇上我家里住一晚？这里没有西班牙人，不安全。"

我沉默了一下，摇摇头："还要理东西，不会有事的，谢谢你!"

这人又呆站了一会儿,然后丢掉了手上的烟蒂,对我点点头,说:"那么门窗都关好,明天早晨九点钟我来接你去机场。"

我关上木窗,将双重铰链扣住,吉普车声慢慢地远去,终于听不见了。重沉沉的寂静,把小小的一间屋子弄得空空洞洞,怎么也不像从前的气氛了。

好似昨日才过去的时光,我一样站在这窗前,身上只穿了一件长长的睡袍,窗外大群的撒哈拉威女孩们嘻嘻哈哈地在同我说着话:"三毛,快开门吧!我们等了半天了,怎么还睡着呢?"

"今天不上课,放假。"我撑着懒腰深呼吸了几口,将目光悠然地投入远方明净清丽的沙丘上去。

"又不上课。"女孩子们惋惜地喧嚷起来。

"半夜三更,那几个炸弹震得我们快从床上跌了下来,开门跑出来看,又看不到什么。这么一来,弄到天亮才睡了一会儿,所以,嘿,不上课,你们不用来吵了。"

"不上也让我们进来嘛!反正是玩的。"女孩子们又啪啪地乱打着门,我只好开了。

"你们睡死了,难道那么响的声音都没听见?"

我喝着茶笑问着她们。

"怎么没有,一共三次爆炸,一个炸在军营门口,一个炸在磷矿公司的小学校,一个在阿吉比爸爸的店门口——"她们七嘴八舌兴奋地告诉我。

"消息倒快,你们不出这条街,什么都打听来了。"

"又是游击队,越闹越凶了。"说着的人像在看好戏,完全没有惧怕,叽叽喳喳比手划脚活泼非凡,小屋里一时笑语喧哗。

"其实,西班牙政府一再保证要让民族自决了,闹什么呢!"我叹了口气,拿起一把梳子开始梳头。

"我来替你编辫子。"一个女孩蹲在我身后把口水涂在自己手上,细心地替我绞起麻花粗辫子来。

"这次全是那个沙伊达弄出来的,男人、女人爱来爱去,结果炸了阿吉比的店。"我背后的女孩大声说着,说到爱字,一地的人都推来推去地笑。

"医院做事的沙伊达?"我问着。

"还有谁?不要脸的女人,阿吉比爱她,她不爱他,还跟他讲话,阿吉比拼命去找她,她又变心了,跟奥菲鲁阿突然好起来,阿吉比找了一群人去整她,她居然告诉奥菲鲁阿,前几天打了一场,昨天晚上,阿吉比爸爸的店门口就吃了炸弹。"

"又乱讲了,奥菲鲁阿不是那样的人。"我最不喜欢这群女孩子的,就是她们动不动就要用自己的想象力去判断一些完全不是她们智力所能判断的事情。

"咦!奥菲鲁阿不是,沙伊达可是的啊!那个婊子,认识游击队……"

我刷一下把编好的辫子抽回来,正色向这些女孩子说:"婊子这个字,只可以用在无情无义、没有廉耻的女人身上,沙伊达是你们撒哈拉威女子里,数一数二的助产士,怎么可以叫她婊子呢!这个字太难听了,以后再也不要这么说她了。"

"她跟每一个男人说话。"坐在我前面姑卡的大妹妹法蒂玛啃着乌黑的指甲,披着一头涂满了红泥巴的硬头发,无知邋遢得像个鬼似的说着。

"跟男人说话有什么不对？我不是天天在跟男人说话，我也是婊子？"我凶着她们，恨不得有一天把她们这么封闭的死脑筋敲敲开来。

"不止这个，沙伊达，她……她……"一个较老实的女孩羞红了脸，说不下去。

"她还跟不同的男人睡觉。"法蒂玛翻着大白眼，慢吞吞地说着，同时冷笑了两声。

"她跟人睡觉，你们亲眼看见的吗？"我叹了口气，不知是好气还是好笑地望着这群女孩子们。

"啧！当然有的嘛！大家都那么说，镇上谁肯跟她来往，除了男人们，男人也不肯娶她的啊，不过是整她罢了……"

"好啦！不要再讲了，小小年纪，怎么像长舌妇一样。"我反身去厨房把茶倒掉，心里无端地厌烦起来，大清早，说的就是这些无聊的事。

女孩子们横七竖八地坐了一地，有乌黑的赤着腿的，有浑身臭味的，有披头散发的，每一张嘴都在忙着说话。哈萨尼亚语我听不懂，但是沙伊达的名字，常常从她们的句子里跳出来，每一个人的表情都满是愤恨和不屑，那副脸难看极了，说不出的妒和恨。

我靠在门边望着她们，沙伊达那洁白高雅、丽如春花似的影子忽而在我眼前晃过，那个受过高度文明教养的可爱沙漠女子，却在她自己风俗下被人如此地鄙视着，实是令人难以解释。

在这个镇上，我们有很多撒哈拉威人的朋友，邮局卖邮票的，法院看门的，公司的司机，商店的店员，装瞎子讨钱的，拉驴子送水的，有势的部族首长，没钱的奴隶，邻居男女老幼，警察，小偷，三教九流都是我们的"沙黑毕"（朋友）。

奥菲鲁阿是我们的爱友，做警察的年轻人，他一直受到高中教育，做了警察，不再念书，孩儿气的脸，一口白牙齿，对人敦敦厚厚的，和气开朗得叫人见了面就喜欢。

镇上爆了炸弹是常事，市面一样繁荣，每个人都有意无意地说着时局，却没有人认真感到这些纷扰的危机，好似它还远着似的淡然。

那日我步行去买了菜回来，恰好看见奥菲鲁阿坐在警察车里开过，我向他招招手，他刷一下地跳下车来。

"鲁阿，怎么好久不上家里来了？"我问他。

他嘻嘻地笑着，也不说话，伴着我走路。

"这星期荷西上早班，下午三点以后都在家，你来，我们谈谈。"

"好，这几天一定来。"他仍然笑着，帮我把菜篮放在叫到的计程车上就走了。

没过了几日，奥菲鲁阿果然在一个晚上来了，不巧我们家里坐满了荷西的同事，正在烤肉串吃。

他在窗外张望了一下，马上说："啊！有客人，下次再来吧！"

我马上迎了出去，硬拉他进来："烤的是牛肉，你也来吃，都是熟人，不妨事的。"

奥菲鲁阿笑着指指身后，我这才看见他的车上，正慢慢地下来了一个穿着淡蓝色沙漠衣服的女子，蒙着脸，一双秋水似的眼睛向我微笑着。

"沙伊达？"我轻笑着问他。

"你怎么知道？"他惊奇地望着我。不及回答他，我快步地出去迎接这个求也求不到的稀客。

如果不是沙伊达，屋里都是男人，我亦不会强拉她了。沙伊达是个开通大方的女子，她略一迟疑，也就跨进来了。

荷西的同事们，从来没有这么近地面对一个撒哈拉威女子，他们全都礼貌地站了起来。

"请坐，不要客气。"沙伊达大方地点点头，我拉了她坐在席子上，马上转身去倒汽水给奥菲鲁阿和她，再看她时，她的头纱已经自然地拿了下来。

灯光下，沙伊达的脸孔不知怎的散发着那么吓人的吸引力，她近乎象牙色的双颊上，衬着两个漆黑得深不见底的大眼睛，挺直的鼻子下面，是淡水色的一抹嘴唇，削瘦的线条，像一件无懈可击的塑像那么地优美，目光无意识地转了一个角度，沉静的微笑，像一轮初升的明月，突然笼罩了一室的光华，众人不知不觉地失了神态，连我，也在那一瞬间，被她的光芒震得呆住了。

穿着本地服装的沙伊达，跟医院里明丽的她，又是一番不同的风韵，坐在那儿的她，也不说话，却一下子将我们带入了一个古老的梦境里去。

大家勉强地恢复了谈话，为着沙伊达在，竟都有些心不在焉，奥菲鲁阿坐了一会儿，就带着沙伊达告辞了。

沙伊达走了很久，室内还是一片沉寂，一种永恒的美，留给人的感动，大概是这样的吧！

"这么美，这么美的女人，世上真会有的，不是神话。"我感嗫着说。

"是奥菲鲁阿的女友？"有人轻轻地问。

"不知道。"我摇摇头。

"哪里来的？"

"听说是孤女，父母都死了，她跟着医院的嬷嬷们几年，学了助产士。"

"挑了奥菲鲁阿总算有眼光，这个人正派。"

"奥菲鲁阿还是配不上她，总差了那么一点，说不出是什么东西，差了一点。"我摇着头。

"三毛，你这是以貌取人吗？"荷西说。

"不是外貌，我有自觉的，她不会是他的。"

"奥菲鲁阿亦是个世家子，他父亲在南部有成千上万的山羊和骆驼——"

"我虽然认识沙伊达不深，可是她不会是计较财富的人，这片沙漠，竟似没有认真配得上她的人呢！"

"阿吉比不是也找她，前一阵子还为了她跟奥菲鲁阿打了一架！"荷西又说。

"那个商人的孩子，整天无所事事，在镇上仗着父亲，作威作福，这种恶人怎么跟沙伊达扯在一起。"我鄙夷地说。

沙伊达第一次来家里的那个晚上，惊鸿一瞥，留给大家地震似的感动，话题竟舍不得从她的身上转开去，连我也从来没有那么地为一个绝色的女子如痴如醉过。

"那个婊子，你怎么让她进来，这样下去邻居都要不理你了。"

姑卡第二日忐忑不安地来劝我，我只笑着不理。

"她跟男人下车的时候，我们都在门口看，她居然笑着跟我妈妈打招呼，我妈妈把我们都拉进去，把门砰一关，奥菲鲁阿脸都红了。"

"你们也太过分了。"我怔住了，想不到昨天进我们家之前还有这一幕。

"听说她不信回教，信天主教，这种人，死了要下地狱的。"

我默默地看着姑卡，不知如何开导她才好，跟了她走出门，罕地刚巧下了班回来，西班牙军官制服衬着他灰白头发的棕色脸，竟也有几分神气。

"三毛，不是我讲你，我的女孩子们天天在你们家，总也希望你教教她们学好，现在你们夫妇交上了镇上一些不三不四的撒哈拉威人，我怎么放心让她们跟你做朋友。"

他这么重的话，像一个耳光似的刮过来，我涨紫了脸，说不出话来。

"罕地，你跟了西班牙政府二十多年了，总也要开通些，时代在变……"

"时代变，撒哈拉威人的传统风俗不能改，你们是你们，我们是我们。"

"沙伊达不是坏女人，罕地，你是中年人了，总比他们看得清楚……"我气得话结，说不出话来。

"一个人，背叛自己族人的宗教，还有比这更可耻的事吗？唉……"罕地跺了一下脚，带了低着头的姑卡，往自己家门走去。

"死脑筋！"我骂了一句，也进来把门用力带上了。

"这个民族，要开化他们，还要很多的耐性和时间。"吃饭的时候跟荷西不免谈起这事来。

"游击队自己天天在广播里跟他们讲要解放奴隶，要给女孩们念书，他们只听得进独立，别的都不理会。"

"游击队在哪里广播？我们怎么听不见？"

"哈萨尼亚语，每天晚上都从阿尔及利亚那边播过来，这里当地人都听的。"

"荷西，你看这局势还要拖多久？"我心事重重地说着。

"不知道，西班牙总督也说答应他们民族自决了。"

"摩洛哥方面不答应，又怎样？"我歪着头把玩着筷子。

"唉！吃饭吧！"

"我是不想走的。"我叹着气坚持着说。

荷西看了我一眼，不再说话。

夏日的撒哈拉就似它漫天飞扬、永不止息的尘埃，好似再也没有过去的一天，岁月在令人欲死的炎热下粘了起来，缓慢而无奈的日子，除了使人懒散和疲倦之外，竟对什么都迷迷糊糊的不起劲，心里空空洞洞地熬着汗渍渍的日子。

镇上大半的西班牙人都离开了沙漠，回到故乡去避热，小镇上竟如死城似的荒凉。

报上天天有撒哈拉的消息，镇上偶尔还是有间歇的不伤人的爆炸。摩洛哥方面，哈珊国王的叫嚣一天狂似一天，西属撒哈拉眼看是要不保了，而真正生活在它里面的居民，却似摸触不着边际的漠然。

沙是一样的沙,天是一样的天,龙卷风是一样的龙卷风,在与世隔绝的世界的尽头,在这原始得一如天地洪荒的地方,联合国、海牙国际法庭、民族自决这些陌生的名词,在许多真正生活在此地的人的身上,都只如青烟似的淡薄而不真实罢了。

我们,也照样地生活着,心存观望的态度,总不相信,那些旁人说的谣言会有一天跟我们的命运和前途有什么特殊的关联。

炎热的下午,如果有车在家,我总会包了一些零食,开车到医院去找沙伊达,两个人躲在最阴凉的地下室里,闻着消毒药水的味道,盘膝坐着,一起缝衣服,吃东西,上下古今,天文地理,胡说八道,竟然亲如姊妹似的无拘无束。沙伊达常常说她小时候住帐篷的好日子给我听,她的故事,讲到父母双亡,就幽然打住了,以后好似一片空白似的,她从不说,我亦不问。

"沙伊达,如果西班牙人退走了,你怎么办?"有一日我忽然问她。

"怎么个退法?给我们独立?让摩洛哥瓜分?"

"都有可能。"我耸耸肩,无可无不可地说。

"独立,我留下来,瓜分,不干。"

"我以为,你的心,是西班牙的。"我慢慢地说。

"这儿是我的土地,我父母埋葬的地方。"沙伊达的眼光突然朦胧了起来,好似内心有什么难言的秘密和隐痛,她竟痴了似的静坐着忘了再说话。

"你呢?三毛?"过了好一会儿,她才问我。

"我是不想走的,我喜欢这里。"

"这儿有什么吸引你？"她奇怪地问我。

"这儿有什么吸引我？天高地阔、烈日、风暴，孤寂的生活有欢喜，有悲伤，连这些无知的人，我对他们一样有爱有恨，混淆不清，唉！我自己也搞不清楚。"

"如果这片土地是你的，你会怎么样？"

"大概跟你一样，学了护理医疗，其实——不是我的和是我的又怎么分别？"我叹息着。

"你没有想过独立？"沙伊达静静地说。

"殖民主义迟早是要过去的，问题是，独立了之后，这群无知的暴民，要多少年才能建立他们？一点也不乐观。"

"会有一天的。"

"沙伊达，你这话只能跟我讲，千万不要跟人去乱说。"

"不要紧张，嬷嬷也知道。"她笑了起来，突然又开朗起来，笑望着我，一点也不在乎。

"你知道镇上抓游击队？"我紧张地问。

她心事重重地点点头，站起来拍了拍衣服，眼眶突然湿了。

一天下午，荷西回家来，进门就说："三毛，看见了没有？"

"什么事？今天没出去。"我擦着脖子上淌着的汗闷闷地问着他。

"来，上车，我们去看。"荷西神色凝重地拉了我就走。

他闷声不响地开着车，绕着镇上外围的建筑走，一片洪流似的血字，像决堤的河水一般在所有看得见的墙上泛滥着。

"怎么？"我呆掉了。

"你仔细看看。"

——西班牙狗滚出我们的土地——

——撒哈拉万岁，游击队万岁，巴西里万岁——

——不要摩洛哥，不要西班牙，民族自决万岁——

——西班牙强盗！强盗！凶手！——

——我们爱巴西里！西班牙滚出去——

这一道一道白墙，流着血，向我们扑过来，一句一句阴森森的控诉，在烈日下使人冷汗如浆，这好似一个正在安稳睡大觉的人，醒来突然发觉被人用刺刀比着似的惊慌失措。

"游击队回来了？"我轻轻地问荷西。

"不必回来，镇上的撒哈拉威，哪一个不是向着他们的。"

"镇里面也涂满了？"

"连军营的墙上，一夜之间，都涂上了，这个哨也不知是怎么放的。"

恐惧突然抓住了我们，车子开过的街道，看见每一个撒哈拉威人，都使我心惊肉跳，草木皆兵。

我们没有回家，荷西将车开到公司的咖啡馆去。

公司的同事们聚了黑压压的一屋，彼此招呼的笑容，竟是那么地僵硬。沉睡的夏日，在这时突然消失得无影无踪，每一个人的表情，除了惊慌和紧张之外，又带了或多或少受了侮辱的羞愧和难堪。

"联合国观察团要来了，他们当然要干一场，拼了命也要表达他们对撒哈拉的意见。"

"巴西里听说受的是西班牙教育，一直念到法学院毕业，在西班牙好多年，怎么回来打游击，反对起我们来了？"

"公司到底怎么办？我们是守是散？"

"我的太太明天就送走了，不等乱了起来。"

"听说不止是他们自己游击队，摩洛哥那边早也混进来了好多。"

四周一片模糊的说话声忽高忽低地传来，说的却似瞎子摸象似的不着边际。

"妈的，这批家伙，饭不会吃，屎不会拉，也妄想要独立，我们西班牙太宽大了。照我说，他们敢骂我们，我们就可以把他们打死，呸！才七万多人，机关枪扫死也不麻烦，当年希特勒怎么对待犹太人……"

突然有一个不认识的西班牙老粗，搥着台子站了起来，涨红着脸，激动地演说着，他说得口沫横飞，气得双眼要炸了似的弹出着，两手又挥又举，恨不能表达他的愤怒。

"宰个撒哈拉威，跟杀了一条狗没有两样。狗也比他们强，还知道向给饭吃的人摇尾巴……"

"哦——哦——"我听他说得不像人话，本来向着西班牙人的心，被他偏激的言论撞得偏了方向，荷西呆住了，仰头望着那人。

四周竟有大半的人听了这人的疯话，居然拍手鼓掌叫好起来。

那个人咽了一下口水，拿起杯子来喝了一大口酒，突然看见我，他马上又说：

"殖民主义又不是只有我们西班牙，人家香港的华人，巴不得讨好英国，这么多年来，唯命是从，这种榜样，撒哈拉威人是看不见，我们是看得见……"

我还没有跳起来，荷西一拍桌子，砰的一声巨响，站起来就要上去揪那个人打架。

大家突然都看着我们。

我死命地拉了荷西往外走。"他不过是个老粗，没有见识，你何苦跟他计较。"

"这个疯子乱说什么，你还叫我走？不受异族统治的人，照他说，就该像苍蝇一样一批一批死掉，你们台湾当年怎么抗日的？他知道吗？"荷西叫嚷起来，我跺了脚推他出门。

"荷西，我也不赞成殖民主义，可是我们在西班牙这面，有什么好说的，你跟自己人冲突起来，总也落个不爱国的名声，又有什么好处呢？"

"这种害群之马……唉，怎能怪撒哈拉威不喜欢我们。"荷西竟然感伤起来。

"我们是两边不讨好，那边给游击队叫狗，这边听了自己人的话又要暴跳，唉！天哪！"

"本来可以和平解决的事，如果不是摩洛哥要瓜分他们，也不会急成这个样子要独立了。"

"观察团马上要来，三毛，你要不要离开一阵，躲过了动乱再回来？"

"我？"我哈哈地冷笑了起来。

"我不走，西班牙占领一天，我留一天，西班牙走了，我还可能不走呢。"

当天晚上，市镇全面戒严了，骚乱的气氛像水似的淹过了街头巷尾，白天的街上，西班牙警察拿着枪比着行路的撒哈拉威人，一个一个趴在墙上，宽大的袍子，被叫着脱下来搜身。年轻人早不见了，只有些可怜巴巴的老人，眼睛一眨一眨地举着手，给人摸上摸下,这种搜法除了令人反感之外,不可能有什么别的收获,游击队那么笨,带了手枪给人搜吗?

去医院找沙伊达,门房告诉我她在二楼接生呢!

上了二楼,还没走几步,沙伊达气急败坏地走过来,几乎跟我撞了个满怀。

"什么事?"

"没事,走!"她拉了我就下楼。

"不是要接生吗?"

"那个女人的家属不要我。"她下唇颤抖地说。

"是难产,送来快死了,我一进去,他们开口就骂,我……"

"他们跟你有什么过不去?"

"不知道,我……"

"沙伊达,结婚算啰!这么跟着奥菲鲁阿出出进进,风俗不答应你的。"

"鲁阿不是的。"她抬起头来急急地分辩着。

"咦……"我奇怪地反问她。

"是阿吉比他们那伙混蛋老是要整我,我不得已……"

"我的苦,跟谁说……"她突然流下泪来,箭也似的跑掉了。

我慢慢地穿过走廊,穿过嬷嬷们住的院落,一群小孩子,正乖乖地在喝牛奶,其中的一个撒哈拉威小人,上唇都是牛奶泡泡,像长了白胡子似的有趣,我将他抱起来往太阳下走,一面逗着他。

"喂,抱到哪里去?"一个年轻的修女急急地追了出来。

"是我!"我笑着跟她打招呼。

"啊!吓我一跳。"

"这小人真好看，那么壮。"我深深地注视着孩子乌黑的大眼睛，用手摸摸他卷曲的头发。

"交给我吧！来！"修女伸手接了去。

"几岁了？"

"四岁。"修女亲亲他。

"沙伊达来的时候已经大了吧？"

"她是大了才收来的，十六七岁啰！"

我笑笑跟修女道别，又亲了一下小人，他羞涩地尽低着头，那神情竟然似曾相识地在我记忆里一掠而过，像谁呢？这小人？

一路上只见军队开到镇上来，一圈圈的铁丝网把政府机构绕得密不透风，航空公司小小的办事处耐心地站满了排队的人潮，突然涌出来的陌生脸孔的记者，像一群无业游民似的晃来晃去，热闹而紧张的骚乱使一向安宁的小镇蒙上了风雨欲来的不祥。

我快步走回家去，姑卡正坐在石阶上等着呢。

"三毛，葛柏说，今天给不给哈力法洗澡？"

哈力法是姑卡最小的弟弟，长了皮肤病，每隔几天，总是抱过来叫我用药皂清洗。

"嗯！洗，抱过来吧！"我心不在焉地开着门锁，漫应着她。

在澡缸里，大眼睛的哈力法不听话地扭来扭去。

"现在站起来，乖，不要再泼水了！"我趴下去替他洗脚，他拿个湿湿的刷子，啪啪地敲着我低下去的头。

"先杀荷西，再杀你，先杀荷西，杀荷西……"

一面敲一面像儿歌似的唱着，口齿清楚极了，乍一明白他在唱什么，耳朵里轰的一声巨响，尽力稳住自己，把哈力法洗完了，用大毛巾包起来抱到卧室床上去。

这短短的几步路，竟是踩着棉花似的不实在，一脚高一脚低，怎么进了卧室都不很知道，轻轻地擦着哈力法，人竟痴了呆了。

"哈力法，你说什么？乖，再说一遍。"

哈力法伸手去抓我枕边的书，笑嘻嘻地望着我，说着："游击队来，嗯，嗯，杀荷西，杀三毛，嘻嘻！"他又去抓床头小桌上的闹钟，根本不知道在说什么。

怔怔地替哈力法包了一件荷西的旧衬衫，慢慢地走进罕地开着门的家，将小孩交给他母亲葛柏。

"啊！谢谢！哈力法，说，谢——谢！"葛柏慈爱地马上接过了孩子，笑着对孩子说。

"游击队杀荷西，杀三毛。"小孩在母亲的怀里活泼地跳着，用手指着我又叫起来。

"要死啰！"葛柏听了这话，翻过孩子就要打，忠厚的脸刷地一下涨红了。

"打他做什么，小孩子懂什么？"我叹了口气无可奈何地说。

"对不起！对不起！"葛柏几乎流下泪来，看了我一眼马上又低下头去。

"不要分什么地方人吧！都是'穆拉那'眼下的孩子啊！"（穆拉那是阿拉伯哈萨尼亚语——神——的意思。）

"我们没有分，姑卡，小孩子，都跟你好，我们不是那种人，请原谅，对不起，对不起。"说着说着，葛柏羞愧得流下泪来，不断地拉了衣角抹眼睛。

"葛柏，你胡说什么，别闹笑话了。"姑卡的哥哥巴新突然进来喝叱着他母亲，冷笑一声，斜斜地望了我一眼，一摔帘子，走了。

"葛柏，不要难过，年轻人有他们的想法。你也不必抱歉。"我拍拍葛柏站了起来，心里竟似小时候被人欺负了又不知怎么才好地委屈着，腾云驾雾似的晃了出来。

在家里无精打采地坐着，脑子里一片空茫，荷西什么时候跟奥菲鲁阿一同进来的，都没有听见。

"三毛，请你们帮忙，带我星期天出镇去。"

"什么？"我仍在另一个世界里游荡着，一时听不真切。

"帮帮忙，我要出镇回家。"鲁阿开门见山地说。

"不去，外面有游击队。"

"保证你们安全，拜托拜托！"

"你自己有车不是！"那日我竟不知怎的失了魂，也失了礼貌，完全没有心情与人说话。

"三毛，我是撒哈拉威，车子通行证现在不发给本地人了，你平日最明白的人，今天怎么了，像在生气似的。"奥菲鲁阿耐性地望着我说。

"你自己不是警察吗？倒来问我。"

"是警察，可是也是撒哈拉威。"他苦笑了一下。

"你要出镇去，不要来连累我们，好歹总是要杀我们的，对你们的心，喂了狗吃了。"我也不知哪来的脾气，控制不住地叫了出来。这一说，眼泪迸了出来，干脆任着性子坐在地上唏哩哗啦地哭了起来。

荷西正在换衣服,听见我叫嚷,匆匆忙忙地跑过来,跟奥菲鲁阿两人面面相觑。

"这人怎么了?"荷西皱着眉头张着嘴。

"不知道,我才说得好好的,她突然这个样子了。"奥菲鲁阿莫名其妙地说。

"好了,我发神经病,不干你的事。"我抓了一张卫生纸擤鼻涕,擦了脸,喘了口气便在长沙发上发呆。

想到过去奥菲鲁阿的父母和弟妹对我的好处,心里又后悔自己的孟浪,不免又问起话来:"怎么这时候偏要出镇去,乱得很的。"

"星期天全家人再聚一天,以后再乱,更不能常去大漠里了。"

"骆驼还在?"荷西问。

"都卖了,哥哥们要钱用,卖光了,只有些山羊跟着。"

"花那么多钱做什么,卖家产了?"我哭了一阵,觉得舒服多了,气也平下来了。

"鲁阿,星期天我们带你出镇,傍晚了你保证我们回来,不要辜负了我们朋友一场。"荷西沉着气慢慢地说。

"不会,真的是家人相聚,你们放心。"鲁阿在荷西肩上拍了一把,极感激诚恳地说着。这件事是讲定了。

"鲁阿,你不是游击队,怎么保证我们的安全?"我心事重重地问他。

"三毛,我们是真朋友,请相信我,不得已才来求你们,如果没有把握,怎么敢累了你们,大家都是有父母的人。"

我见他说得真诚,也不再逼问他了。

检查站收去了三个人的身份证，我们蓝色的两张，奥菲鲁阿黄色的一张。

"晚上回镇再来领，路上当心巴西里。"卫兵挥挥手，放行了，我被他最后一句话，弄得心扑扑地乱跳着。

"快开吧！这一去三个多钟头，早去早回。"我坐在后座，荷西跟鲁阿在前座，为了旅途方便，都穿了沙漠衣服。

"怎么会想起来要回家？"我又忐忑不安地说了一遍。

"三毛，不要担心，这几天你翻来覆去就是这句话。"奥菲鲁阿笑了起来，出了镇，他活泼多了。

"沙伊达为什么不一起来？"

"她上班。"

"不如说，你怕她有危险。"

"你们不要尽说话了，鲁阿，你指路我好开得快点。"

四周尽是灰茫茫的天空，初升的太阳在厚厚的云层里只露出淡橘色的幽暗的光线，早晨的沙漠仍有很重的凉意，几只孤鸟在我们车顶上呱呱地叫着绕着，更觉天地苍茫凄凉。

"我睡一下，起太早了。"我蜷在车后面闭上了眼睛，心里像有块铅压着似的不能开朗，这时候不看沙漠还好，看了只是觉得地平线上有什么不愿见的人突然冒出来。

好似睡了才一会儿，觉得颠跳不止的车慢慢地停了下来，我觉着热，推开身上的毯子，突然后座的门开了，我惊得叫了起来。

"什么人！"

"是弟弟，三毛，他老远来接了。"

我模模糊糊地坐了起来，揉着眼睛，正看见一张笑脸，露着少年人纯真的清新，向我招呼着呢！

"真是穆罕麦？啊……"我笑着向他伸出手去。

"快到了吗？"我坐了起来，开了窗。

"就在前面。"

"你们又搬了，去年不在这边住。"

"骆驼都卖光了，哪里住都差不多。"

远远看见奥菲鲁阿家褐色的大帐篷，我这一路上吊着的心，才突然放下了。

鲁阿美丽的母亲带着两个妹妹，在高高的天空下，像三个小黑点似的向我们飞过来。

"沙拉马力古！"妹妹叫喊着扑向她们的哥哥，又马上扑到我身边来，双手勾着我的颈子。美丽纯真的脸，干净的长裙子，洁白的牙齿，梳得光滑滑的粗辫子，浑身散发着大地的清新。

我小步往鲁阿母亲的身边急急跑去，她也正从儿子的拥抱里脱出来。

"沙拉马力古！哈丝明！"

她缓缓地张着手臂，缠着一件深蓝色的衣服，梳着低低的盘花髻，慈爱地迎着我，目光真情流露，她身后的天空，不知什么时候，已没有了早晨的灰云，蓝得如水洗过似的清朗。

"妹妹，去车上拿布料，还有替你们带来的玻璃五彩珠子。"我赶开着跳跳蹦蹦的羊群，向女孩子们叫着。

"这个送给鲁阿父亲的。"荷西拿了两大罐鼻烟草出来。

"还有一小箱饼干，去搬来，可可粉做的。"

一切都像太平盛世，像回家，像走亲戚，像以前每一次到奥菲鲁阿家的气氛，一点也没有改变，我丢下了众人往帐篷跑去。

"我来啦！族长！"一步跨进去，鲁阿父亲满头白发，也没站起来，只坐着举着手。

"沙拉马力古！"我趴着，用膝盖爬过去，远远地伸着右手，在他头顶上轻轻地触了一下，只有对这个老人，我用最尊敬的礼节问候他。

荷西也进来了，他走近老人，也蹲下来触了他的头一下，才盘膝对面下方坐着。

"这次来，住几天？"老人说着法语。

"时局不好，晚上就回去。"荷西用西班牙语回答。

"你们也快要离开撒哈拉了？"老人叹了口气问着。

"不得已的时候，只有走。"荷西说。

"打仗啊！不像从前太平的日子啰！"

老人摸摸索索地在衣服口袋里掏了一会儿，拿出了一对重沉沉的银脚镯，向我做了一个手势，我爬过去靠着他坐着。

"戴上吧，留着给你的。"我听不懂法语，可是他的眼光我懂，马上双手接了过来，脱下凉鞋，套上镯子，站起来笨拙地走了几步。

"水埃呢！水埃呢！"老人改用哈萨尼亚语说着，"好看！好看！"我懂了，轻轻地回答他："哈克！（是！）"一面不住地看着自己美丽装饰着的脚踝。

"每一个女儿都有一副，妹妹们还小，先给你了。"奥菲鲁阿友爱地说着。

"我可以出去了？"我问鲁阿的父亲，他点了一下头，我马上跑出去给哈丝明看我的双脚。

两个妹妹正在捉一只羊要杀,枯干的荆棘已经燃起来了,冒着袅袅的青烟。

哈丝明与我站着瞭望着空旷的原野,过去他们的帐篷在更南方,也围住着其他的邻人,现在不知为什么,反而搬到了更荒凉的地方。

"撒哈拉,是这么地美丽。"哈丝明将一双手近乎优雅地举起来一摊,总也不变地赞美着她的土地,就跟以前我来居住时一式一样。

四周的世界,经过她魔术似的一举手,好似突然涨满了诗意的叹息,一丝丝地钻进了我全部的心怀意念里去。

世界上没有第二个撒哈拉了,也只有对爱它的人,它才向你呈现它的美丽和温柔,将你的爱情,用它亘古不变的大地和天空,默默地回报着你,静静地承诺着对你的保证,但愿你的子子孙孙,都诞生在它的怀抱里。

"要杀羊了,我去叫鲁阿。"我跑回帐篷去。

鲁阿出去了,我静静地躺在地上,轻轻地吸着这块毯子惯有的淡淡的烟草味,这家人,竟没有令我不惯的任何体臭,他们是不太相同的。

过了半晌,鲁阿碰碰我:"杀好了,可以出去看了。"

对于杀生,我总是不能克制让自己去面对它。

"这么大的两只羔羊,吃得了吗?"我问着哈丝明,蹲在她旁边。

"还不够呢!等一下兄弟都要回家,你们走的时候再带一块回去,还得做一锅'古斯古'才好吃得畅快。"(古斯古是一种用面粉做出的沙漠食物，用手压着吃。）

"从来没有见过鲁阿的哥哥们，一次都没有。"我说。

"都走了，好多年了，难得回来一趟，你们都来过三四次了，他们才来过一次，唉……"

"这时候了，还不来。"

"来了！"哈丝明静静地说，又蹲下去工作。

"哪里？没有人！"我奇怪地问着。

"你听好嘛！"

"听见他们在帐篷讲话啊？"

"你不行啦！没有耳朵。"哈丝明笑着。

过了一会儿，天的尽头才被我发现了一抹扬起的黄尘，像烟似的到了高空就散了，看不见是怎么向着我们来的。是走，是跑，是骑骆驼，还是坐着车？

哈丝明慢慢地站了起来，沙地上渐渐清楚的形象，竟是横着排成一排，浩浩荡荡向我们笔直地开过来的土黄色吉普车，车越开越近，就在我快辨得清人形的视线下，他们又慢慢地散了开去，远远地将帐篷围了起来，一个一个散开去，看不清了。

"哈丝明，你确定是家人来了吗？"看那情形，那气势，竟觉得四周一片杀气，我不知不觉地拉住了哈丝明的衣角。

这时，只有一辆车，坐着一群蒙着脸的人，向我们静静地逼过来。

我打了一个寒噤，脚却像钉住了似的一步也跨不开去，我感觉到，来的人正在头巾下像兀鹰似的盯着我。

两个妹妹和弟弟马上尖叫着奔向车子去，妹妹好似在哭着似的欢呼着。

"哥哥！哥哥！呜……"她们扑在这群下车的人身上竟至哭了起来。

哈丝明张开了手臂，嘴里讷讷不清地叫着一个一个儿子的名字，削瘦优美的脸竟不知何时布满了泪水。

五个孩子轮流把娇小的母亲像情人似的默默地抱在手臂里，竟一点声音都听不见地静止了好一会儿。

奥菲鲁阿早也出来了，他也静静地上去抱着兄弟，四周一片死寂，我仍像先前一般如同被人点穴了似的动也动不了。

一个一个兄弟，匍匐着进了帐篷，跪着轻触着老父亲的头顶，久别重逢，老人亦是泪水满颊，欢喜感伤得不能自已。

这时候他们才与荷西重重地上前握住了手，又与我重重地握着手，叫我："三毛！"

"都是我哥哥们，不是外人。"鲁阿兴奋地说着，各人除去了头巾，竟跟鲁阿长得那么相像，都是极英俊的容貌和身材，衬着一口整齐的白牙。

他们要宽外袍时，询问似的看了一眼鲁阿，鲁阿轻轻一点头，被我看在眼底。

宽袍轻轻地脱下来，五件游击队土黄色的制服，突然像火似的，烫痛了我的眼睛。

荷西与我连互看一眼的时间都没有，两人已化成了石像。

我突然有了受骗的感觉，全身的血液刷一下冲到脸上来，荷西仍是动也不动，沉默得像一道墙，他的脸上，没有表情。

"荷西，请不要误会，今天真的单纯是家族相聚，没有任何其他的意思，请你们千万原谅，千万明白我。"鲁阿涨红了脸急切地解说起来。

"都是'娃也达'，不要介意，荷西，哈丝明的'娃也达'。"这种时候，也只有女人才能像水似的溶开了这一霎间的僵局。（"娃也达"是男孩子的意思。）

我一起身，随着哈丝明出外去割羊肉了，想想气不过，还是跑回帐篷门口去说了一句："鲁阿，你开了我们一个大玩笑，这种事，是可以乱来的吗？"

"其实鲁阿要出镇还不简单，也用不着特意哄你们出来，事实上，是我们兄弟想认识你们，鲁阿又常常谈起，恰好我们难得团聚一次，就要他请了你们来，请不要介意，在这个帐篷的下面，请做一次朋友吧！"鲁阿的一个哥哥再一次握着荷西的手，诚恳地解释着，荷西终于释然了。

"不谈政治！"老人突然用法语重重地喝了一声。

"今天喝茶，吃肉，陪家人，享受一天天伦亲子的情爱，明日，再各奔东西吧！"还是那个哥哥说着话，他站了起来，大步出了帐篷，向提着茶壶的妹妹迎上去。

那个下午，几乎都在同做着家务的情况下度过，枯柴拾了小山般的高，羊群围进了栏栅，几个兄弟跟荷西替这个几乎只剩老弱的家又支了一个帐篷给弟妹们睡，水桶接出了皮带管，上风的地方，用石块砌成一道挡风墙，炉灶架高了，羊皮硝成坐垫，父亲居然欣然地叫大儿子理了个发。

在这些人里面，虽然鲁阿的二哥一色一样地在拼命帮忙着家事，可是他的步伐、举止、气度和大方，竟似一个王子似的出众抢眼，谈话有礼温和，反应极快，破旧的制服，罩不住他自然发散着的光芒，眼神专注尖锐，几乎令人不敢正视，成熟的脸孔竟是撒哈拉威人里从来没见过的英俊脱俗。

"我猜你们这一阵要进镇闹一场了。"荷西扎着木桩在风里向鲁阿的哥哥们说。

"要的，观察团来那天，要回去，我们寄望联合国，要表现给他们看，撒哈拉威人自己对这片土地的决定。"

"当心被抓。"我插着嘴说。

"居民接应，难抓，只要运气不太坏，不太可能。"

"你们一个一个都是理想主义者，对建立自己的国家充满了浪漫的情怀，万一真的独立了，对待镇上那半数无知的暴民，恐怕还真手足无措呢！"我坐在地上抱着一只小羊对工作的人喊着。

"开发资源，教育国民那是第一步。"

"什么人去开发？就算这七万人全去堵边界，站都站不满，不又沦为阿尔及利亚的保护国了，那只有比现在更糟更坏。"

"三毛，你太悲观了。"

"你们太浪漫，打游击可以，立国还不是时机。"

"尽了力，成败都在所不计了。"他们安然地回答我。

家事告了段落，哈丝明远远地招呼着大家去新帐篷喝热茶，地毯已经铺满了一地。

"鲁阿，太阳下去了。"荷西看了一下天，悄悄地对鲁阿说，他依依不舍之情，一下子布满了疲倦的脸。

"走吧！总得在天全黑以前赶路。"我马上站了起来，哈丝明看我们突然要走了，拿茶壶的手停在半空好一会儿，这才匆匆地包了一条羊腿出来。

"不能再留一会儿?"她轻轻地、近乎哀求地说着。

"哈丝明,下次再来。"我说。

"不会有下次了,我知道。这是最后一次,荷西,你,要永远离开撒哈拉了。"她静静地说。

"万一独立了,我们还是会回来。"

"不会独立,摩洛哥人马上要来了,我的孩子们,在做梦,做梦——"老人怅然地摇着白发苍苍的头,自言自语地说着。

"快走吧,太阳落得好快的啊!"我催着他们上路,老人慢慢地送了出来,一只手搭着荷西,一只手搭着奥菲鲁阿。

我转过身去接下了羊腿,放进车里,再反身默默地拥抱了哈丝明和妹妹们。我抬起头来,深深地注视着鲁阿的几个哥哥,千言万语,都尽在无奈的一眼里过去。我们毕竟是两个世界里的人啊!

我正要上车,鲁阿的二哥突然走近了我,重重地握住了我的手,悄悄地说:"三毛,谢谢你照顾沙伊达。"

"沙伊达?"我意外得不得了,他怎么认识沙伊达?

"她,是我的妻,再重托你了。"这时,他的目光里突然浸满了柔情蜜意和深深的伤感,我们对望着,分享着一个秘密,暮色里这人怅然一笑,我兀自呆站着,他却一反身,大步走了开去,黄昏的第一阵凉风,将我吹拂得抖了一下。

"鲁阿,沙伊达竟是你二哥的太太。"在回程的车上,我如梦初醒。暗自点着头,心里感叹着——是了,只有这样的男人,才配得上那个沙伊达,天底下竟也有配得上她的撒哈拉威人。

"是巴西里唯一的妻子，七年了，唉！"他伤感地点着头，他的内心，可能也默默地在爱着沙伊达吧！

"巴西里？"荷西一踩刹车。

"巴西里！你二哥是巴西里？"我尖叫了起来，全身的血液哗哗地乱流着，这几年来，神出鬼没，声东击西，凶猛无比的游击队领袖，撒哈拉威人的灵魂——竟是刚刚那个叫着沙伊达名字握着我手的人。

我们陷在极度的震惊里，竟至再说不出话来。

"你父母，好像不知道沙伊达。"

"不能知道，沙伊达是天主教，我父亲知道了会叫巴西里死。再说，巴西里一直怕摩洛哥人劫了沙伊达做要挟他的条件，也不肯向外人说。"

"游击队三面受敌，又得打摩洛哥，又得防西班牙，再得当心南边毛里塔尼亚，这种疲于奔命的日子，到头来，恐怕是一场空吧！"荷西几乎对游击队的梦想，已经下了断言。

我呆望着向后飞逝的大漠，听见荷西那么说着，忽而不知怎的想到《红楼梦》里的句子："看破的，遁入空门，痴迷的，枉送了性命，好一似，食尽鸟投林，落了片白茫茫大地真干净！"我心里竟这么地闷闷不乐起来。

不知为什么，突然觉得巴西里快要死了，这种直觉，在我的半生，常常出现，从来没有错过，一时里，竟被这不祥的预感弄得呆住了，人竟钉在窗前不知动弹。

"三毛，怎么了？"荷西叫醒了我。

"我要躺一下，这一天，真够了！"我盖上毯子，将自己埋藏起来,抑郁的心情,不能释然。

联合国观察团飞来撒哈拉的那日,西班牙总督一再地保证撒哈拉威人,他们可以自由表达他们的立场,只要守秩序,西班牙决不为难他们,又一再地重申已经讲了两年多的撒哈拉民族自决。

"不要是骗人的,我如果是政府,不会那么慷慨。"我又忧心起来。

"殖民主义是没落了,不是西班牙慷慨,西班牙,也没落了。"荷西这一阵总是伤感着。

联合国调停西属撒哈拉的三人小组是这三个国家的代表组成的——伊朗,非洲象牙海岸,古巴。

机场到镇上的公路,在清晨就站满了密密麻麻的撒哈拉威人,他们跟西班牙站岗的警察对峙着,不吵不闹,静静地等候着车队。

等到总督陪着代表团坐着敞篷轿车开始入镇时,这边撒哈拉威人一声令下,全部如雷鸣似的狂喊起来:"民族自决,民族自决,请,请,民族自决,民族自决——"

成千上万的碎布缝拼出来大大小小的游击队旗像一阵狂风似的飞扬起来,男女老幼狂舞着他们的希望。嘶叫着,哭喊着,像天崩像地裂,随着缓慢开过的车辆,撒哈拉在怒吼,在做最后的挣扎——

"痴人说梦!"我站在镇上朋友家的天台上感叹得疼痛起来,没有希望的事情,竟像飞蛾扑火似的拿命去拼,竟没有看明白想明白的一天吗?

西班牙政府竟比撒哈拉威人自己清楚万分,任着他们尽情地抓住联合国,亦不阻挡也不反对,西班牙毕竟是要退出了,再来的是谁?不会是巴西里,永远不会是这个只有七万弱小民族的领袖。

联合国观察小组很快地离开了西属撒哈拉,转赴摩洛哥。镇上的撒哈拉威人和西班牙人竟又一度奇怪地亲密地相处在一起,甚而比上一阵更和气,西班牙在摩洛哥的叫嚣之下,坚持不变它对撒哈拉的承诺,民族自决眼看要实现了,两方宾主,在摩洛哥密集战鼓的威胁下,又似兄弟似的合作无间起来。

"关键在摩洛哥,不在西班牙。"沙伊达相反地一日阴沉一日,她不是个天真的人,比谁都看得清楚。

"摩洛哥,如果联合国说西属撒哈拉应该给我们民族自决,摩洛哥就不用怕它了,它算老几,再不然,西班牙还在海牙法庭跟它打官司哪!"一般的撒哈拉威是盲目的乐观者。

十月十七日,海牙国际法庭缠讼了不知多久的西属撒哈拉问题,在千呼万唤的等待里终于有了了结。

"啊!我们胜啦!我们胜啦!太平啦!有希望啦!"

镇上的撒哈拉威听了广播,拿出所有可以敲打的东西,像疯了似的狂跳狂叫,彼此见了面不管认不认识,西班牙人、撒哈拉威人都抱在一起大笑大跳,如同满街的疯子一般庆祝着。

"听见了吗?如果将来西班牙和平地跟他们解决,我们还是留下去。"荷西满面笑容地拥抱着我,我却一样忧心忡忡,不知为何觉得大祸马上就要临头了。

"不会那么简单,又不是小孩子扮家家酒。"我仍是不相信。

当天晚上撒哈拉电台的播音员突然沉痛地报告着:"摩洛哥国

王哈珊，招募志愿军，明日开始，向西属撒哈拉和平进军。"

荷西一拍桌子，跳了起来。

"打！"他大喊了一声，我将脸埋在膝盖上。

可怖的是，哈珊那个魔王只招募三十万人，第二天，已经有两百万人签了名。

西班牙的晚间电视新闻，竟开始转播摩洛哥那边和平进军的纪录片，"十月二十三日，拿下阿雍！"他们如黄蜂似的倾巢而出，男女老幼跟着哈珊迈开第一步，载歌载舞，恐怖万分地向边界慢慢地逼来，一步一步踏踏实实地走在我们这边看着电视的人群的心上。

"跳，跳，跳死你们这些王八蛋！"我对着电视那边跳着舞拍着掌的男女，恨得叫骂起来。

"打！"沙漠军团的每一个好汉都疯了似的往边界开去，边界与阿雍镇，只有四十公里的距离。

十月十九日，摩洛哥人有增无减。

十月二十日，报上的箭头又指进了地图一步。

十月二十一日，西班牙政府突然用扩音器在街头巷尾，呼叫着西班牙妇女儿童紧急疏散，民心，突然如决堤的河水般崩溃了。

"快走！三毛，快，要来不及了。"镇上的朋友，丢了家具，匆匆忙忙地来跟我道别，往机场奔去。

"三毛，快走，快走。"每一个人见了我，都这样地催着，敲打着我的门，跳上车走了。

街上的西班牙警察突然不见了，这个城，除了航空公司门外挤成一团之外，竟成了空的。

荷西在这个紧要关头,却日日夜夜地在磷矿公司的浮堤上帮忙着撤退军火、军团,不能回家顾我。

十月二十二日,罕地的屋顶平台上,突然升起一面摩洛哥国旗,接着镇上的摩洛哥旗三三两两地飘了出来。

"罕地,你也未免太快了。"我见了他,灰心得几乎流下泪来。

"我有妻,有儿女,你要我怎么样?你要我死?"罕地跺着脚低头匆匆而去。

姑卡哭得肿如核桃似的眼睛把我倒吓了一跳:"姑卡,你——"

"我先生阿布弟走了,他去投游击队。"

"有种,真正难得。"不偷生苟活,就去流亡吧!

"门关好,问清楚了才开。摩洛哥人明天不会来,还差得远呢!你的机票,我重托了夏依米,他不会漏了你的,我一有时间就回来,情况万一不好,你提了小箱子往机场跑,我再想办法会你,要勇敢。"我点点头。荷西张着满布红丝的眼睛,又回一百多里外去撤军团,全磷矿公司总动员,配合着军队,把最贵重的东西尽快地装船,没有一个员工离职抱怨,所有在加纳利群岛的西班牙民船都开了来等在浮台外待命。

就在那个晚上,我一个人在家,门上被人轻轻地敲了一下。

"谁?"我高声问着,马上熄了灯火。

"沙伊达,快开门!"

我赶快过去开了门,沙伊达一闪进了来,身后又一闪跟进来一个蒙面的男人,我马上把门关上锁好。

进了屋,沙伊达无限惊恐地发着抖,环抱着自己的手臂,瞪着我喘了一口大气,跌坐在席子上的陌生人,他慢慢地解开了头巾，对我点头一笑——巴西里！

"你们来找死，罕地是摩洛哥的人了。"我跳起来熄了灯，将他们往没有窗的卧室推。

"平台是公用的，屋顶有洞口，看得见。"我将卧室的门牢牢地关上，这才开了床头的小灯。

"快给我东西吃！"巴西里长叹了一声，沙伊达马上要去厨房。

"我去，你留在这里。"我悄声将她按住。

巴西里饿狠了，却只吃了几口，又吃不下去，长叹了一声，憔悴的脸累得不成人形。

"回来做什么？这时候？"

"看她！"巴西里望着沙伊达又长叹了一声。

"知道和平进军的那一天开始，就从阿尔及利亚日日夜夜地赶回来，走了那么多天……"

"一个人？"

他点点头。

"其他的游击队呢？"

"赶去边界堵摩洛哥人了。"

"一共有多少？"

"才两千多人。"

"镇上有多少是你们的人？"

"现在恐怕吓得一个也没有了，唉，人心啊！"

"戒严之前我得走。"巴西里坐了起来。

"鲁阿呢？"

"这就去会他。"

"在哪里？"

"朋友家。"

"靠得住吗？朋友信得过吗？"

巴西里点点头。

我沉吟了一下，伸手开了抽屉，拿出一把钥匙来："巴西里，这是幢朋友交给我的空房子，在酒店旁边，屋顶是半圆形的，漆鲜黄色，错不了，要是没有地方收容你，你去那里躲，西班牙人的房子，不会有人怀疑。"

"不能累你，不能去。"

他不肯拿钥匙，沙伊达苦苦地求他："你拿了钥匙，好歹多一个去处，这一会儿镇上都是摩洛哥间谍，你听三毛说的不会错。"

"我有去处。"

"三毛，沙伊达还有点钱，她也会护理，你带她走，孩子跟嬷嬷走，分开两边，不会引人注视，摩洛哥人知道我有妻子在镇上。"

"孩子？"我望着沙伊达，呆住了。

"再跟你解释。"沙伊达拉着要走的巴西里，抖得说不出话来。

巴西里捧住沙伊达的脸，静静地注视了几秒钟，长叹了一声，温柔地将她的头发拢一拢，突然一转身，大步走了出去。

沙伊达与我静静地躺着，过了一个无眠的夜晚，天亮了，她坚持去上班。

"孩子今天跟嬷嬷去西班牙，我要去见见他。"

"下午我去找你，一有机票消息，我们就走。"

她失神地点点头，慢慢地走出去。

"等一下,我开车送你。"竟然忘了自己还有车。

昏昏沉沉地过了一天,下午五点多钟,我开车去医院,上了车,发觉汽油已快用光了,只得先去加油站,一个夜晚没睡,我只觉头晕耳鸣,一直流着虚汗,竟似要病倒了下来似的虚弱,车子开得迷迷糊糊,突然快撞到了镇外的拒马,才吓出一身冷汗来,紧紧刹了车。

"怎么,这边又挡了?"我向一个放哨的西班牙兵问着。

"出了事,在埋人。"

"埋人何必管制交通呢!"我疲倦欲死地问着。

"死的是巴西里,那个游击队领袖!"

"你——你说谎!"我叫了出来。

"真的,我骗你做什么来?"

"弄错了,一定弄错了。"我又叫了起来。

"怎么弄得错,团部验的尸,他弟弟认的,认完也扣起来了,不知放不放呢!"

"怎么可能?怎么会?"我近乎哀求着这个年轻的小兵,要他否认刚刚说的事实。

"他们自己人打了起来,杀掉了,唉,血肉模糊哦,脸都不像了。"

我发着抖,要倒车,排挡卡不进去,人不停地抖着。

"我不舒服,你来替我倒倒车。"我软软地下了车,叫那个小兵替我弄,他奇怪地看了我一眼,顺从地把车弄好。

"当心开!快回去吧!"

我仍在抖着,一直抖到医院,拖着步子下了车,见到老门房,语不成声。

"沙伊达呢?"

"走了!"他静静地看着我。

"去了哪里,是不是去找我了?"我结结巴巴地问他。

"不知道。"

"嬷嬷呢?"

"带了几个小孩,一早也走了。"

"沙伊达是不是在宿舍?"

"不在,跟你说不在,下午三点多,她白着脸走了,跟谁都不说话。"

"奥菲鲁阿呢?"

"我怎么知道。"门房不耐烦地回答着,我只好走了,开了车子在镇上乱转,经过一个加油站,又梦游似的去加了油。

"太太,快走吧!摩洛哥人不出这几天了。"

我不理加油站的人,又开了车不停地在警察部队附近问人。

"看见奥菲鲁阿没有?请问看见鲁阿没有?"

每一个人都阴沉地摇摇头。

"撒哈拉威警察已经散了好几天了。"

我又开到撒哈拉威人聚集的广场去,一家半开的商店内坐着个老头,我以前常向他买土产的。

"请问,看见沙伊达没有?看见奥菲鲁阿没有?"

老人怕事地将我轻轻推出去,欲说还休地叹了口气。

"请告诉我——"

"快离开吧!不是你的事。"

"你说了我马上走,我答应你。"我哀求着他。

"今天晚上，大家会审沙伊达。"他四周张望了一下说。

"为什么？为什么？"我再度惊吓得不知所措。

"她出卖了巴西里，她告诉了摩洛哥人，巴西里回来了，他们在巷子里，把巴西里干了。"

"不可能的，是谁关了她，我去说，沙伊达昨天住在我家里，她不可能的，而且，而且，她是巴西里的太太——"

老人又轻轻地推我出店，我回了车，将自己趴在驾驶盘上再也累不动了。

回到家门口，姑卡马上从一群谈论的人里面向我跑来。

"进去说。"她推着我。

"巴西里死了，你要说这个。"我倒在地上问她。

"不止这个，他们晚上要杀沙伊达。"

"我知道了，在哪里？"

"在杀骆驼的地方。"姑卡惊慌地说。

"是些谁？"

"阿吉比他们那群人。"

"他们故意的，冤枉她，沙伊达昨天晚上在我家里。"我又叫了起来。

姑卡静坐着，惊慌的脸竟似白痴一般。

"姑卡，替我按摩一下吧！我全身酸痛。"

"天啊！天啊！"我趴在地上长长地叹息着。

姑卡伏在我身边替我按摩起来。

"他们叫大家都去看。"姑卡说。

"晚上几点钟？"

"八点半，叫大家都去，说不去叫人好看！"

"阿吉比才是摩洛哥的人啊！你弄不清楚吗？"

"他什么都不是，他是流氓！"姑卡说。

我闭上眼睛，脑子里走马灯似的在转，谁可以救沙伊达？嬷嬷走了，西班牙军队不会管这闲事，鲁阿不见了，我没有能力，荷西不回来，连个商量的人都没有，我竟是完全孤单了。

"几点了？姑卡，去拿钟来。"

姑卡把钟递给我，我看了一下，已经七点十分了。

"摩洛哥人今天到了哪里？有消息吗？"我问。

"不知道，听说边界的沙漠军团已经撤了地雷，要放他们过来了。"

"沙漠军团有一部分人不肯退，跟游击队混合着往沙漠走了。"姑卡又说。

"你怎么知道？"

"罕地说的。"

"姑卡，想想办法，怎么救沙伊达。"

"不知道。"

"我晚上去，你去不去？我去作证她昨天晚上住在我们家——"

"不好，不好，三毛，不要讲，讲了连你也不得了的。"姑卡急着阻止我，几乎哭了起来。

我闭上眼睛，筋疲力尽地撑着，等着八点半快快来临，好歹要见着沙伊达，如果是会审，应该可以给人说话的余地，只怕是残酷的私刑，哪会有什么会审呢！不过是一口咬定是沙伊达，故意要整死这个阿吉比平日追求不到的女子罢了。乱世，才会有这种没有天理的事情啊。

八点多钟我听见屋外一片的人潮声，大家沉着脸，脸上看不出什么表情，有走路的，有坐车的，都往镇外远远的沙谷边的屠宰房走去。

我上了车，慢慢地在撒哈拉威人里开着，路尽了，沙地接着来了，我丢了车子下来跟着人走。

屠宰房是平时我最不愿来的一个地带，那儿经年回响着待宰骆驼的哀鸣，死骆驼的腐肉白骨，丢满了一个浅浅的沙谷。风，在这一带一向是厉冽的，即使是白天来，亦使人觉得阴森不乐，现在近黄昏的尾声了，夕阳只拉着一条淡色的尾巴在地平线上弱弱地照着。

屠宰场长长方方的水泥房，在薄暗里，竟像是天空中一只巨手从云层里轻轻放在沙地上的一座大棺材，斜斜地投影在沙地上，恐怖得令人不敢正视。

人，已经聚得很多了，看热闹的样子，不像惊惶失措得像一群绵羊似的挤着推着，那么多的人，却一点声息都没有。

八点半还不到，一辆中型吉普车匆匆地向人群霸气地开来，大家急着往后退，让出一条路来。高高的前座，驾驶座的旁边，竟坐着动也不动好似已经苍白得死去了一般的沙伊达。

我推着人，伸出手去，要叫沙伊达，可是我靠不近她，人群将我如海浪似的挤来挤去，多少人踩在我的脚上，推着我一会儿向前，一会儿向后。

我四顾茫茫，看不见一个认识的人，跳起脚来看，沙伊达正被阿吉比从车上倒拖着头发跌下来，人群里又一阵骚乱，大家拼命往前挤。

沙伊达闭着眼睛，动也不动，我想，在她听见巴西里的死讯时，已经心碎了，这会儿，不过是求死得死罢了。

嬷嬷安全地带走了他们的孩子，她对这个世界唯一的留恋应该是不多了。

这哪里来的会审，哪里有人说话，哪里有人提巴西里，哪里有人在主持正义，沙伊达一被拉下来，就开始被几个人撕下了前襟，她赤裸的胸部可怜地暴露在这么多人的面前。

她仰着头，闭着眼睛，咬着牙，一动也不动，这时阿吉比用哈萨尼亚语高叫起来，人群里又一阵骚乱，我听不懂，抓住了一个旁边的男人死命地问他，他摇摇头，不肯翻译，我又挤过去问一个女孩子，她语不成声地说："要强暴她再死，阿吉比问，谁要强暴她，她是天主教，干了她不犯罪的。"

"嗳！天啊！天啊！让我过去，让路，我要过去。"我死命地推着前面的人，那几步路竟似一世纪的长，好似永远也挤不到了。

我跳起来看沙伊达，仍是阿吉比他们七八个人在撕她的裙子，沙伊达要跑，几个人扑了上去，用力一拉，她的裙子也掉了，她近乎全裸的身体在沙地上打着滚。几个人跳上去捉住了她的手和脚硬按下去，拉开来，这时沙伊达惨叫的哭声像野兽似的传来……啊……不……不……啊……啊……

我要叫，叫不出来，要哭哽不成声，要看，不忍心，要不看，眼睛又直直地对着沙伊达动都不能动……不要……啊……不要……我听见自己的声音哑不成声地在嚷着……

这时我觉得身后有人像一只豹子似的扑进来，扑过人群，拉开一个一个人，像一道闪电似的扑进了场子里，他拉开了压在沙伊达身上的人，拖了沙伊达的头发向身后没有人的屠宰场高地退，鲁阿，拿着一枝手枪，人似疯了似的，吐着白沫，他拿枪比着要扑上去抢的人群，那七八个浪荡子亮出了刀。人群又同时惊呼起来，开始向外逃，我拼命往里面挤，却被人推着向后跟跄地退着，我睁大着眼睛，望见鲁阿四周都是围着要上的人，他一手拉着地上的沙伊达，一面机警地像豹似的眼露凶光用手跟着逼向他的人晃动着手枪，适时绕到他身后的一个跳起来扑向他，他放了一枪，其他的人乘机会扑上去——"杀我，杀我，鲁阿……杀啊……"沙伊达狂叫起来，不停地叫着。我惊恐得噎着气哭了出来，又听见响了好几枪，人们惊叫推挤奔逃，我跌了下去，被人踩着，四周一会儿突然空旷了，安静了，我翻身坐起来，看见阿吉比他们匆匆扶了一个人在上车，地上两具尸体，鲁阿张着眼睛死在那里，沙伊达趴着，鲁阿死的姿势，好似正在向沙伊达爬过去，要用他的身体去覆盖她。

我蹲在远远的沙地上，不停地发着抖，发着抖，四周暗得快看不清他们了。风，突然没有了声音，我渐渐地什么也看不见，只听见屠宰房里骆驼嘶叫的悲鸣越来越响，越来越高，整个的天空，渐渐充满了骆驼们哭泣着的巨大的回声，像雷鸣似的向我罩下来。

附录　回乡小笺

各位朋友：

回到台北来已经二十多天了，在这短短的时间里，我收到无数过去与我通信的读者、我教过的学生，以及许许多多新朋友的来信与电话，我也在台北街头看见自己的新书挤在一大堆花花绿绿的书刊里向我扮着顽皮的鬼脸。

每当我收到由各方面转来的你们的来信时，我在这一封封诚意的信里，才看出了我自己的形象，才知道三毛有这么多不相识的朋友在鼓励着她。

我多么希望每一封信都细细地回答你们，因为我知道，每一个写信给我的人，在提笔时，也费了番心思和时间来表示对我的关怀。

我怎么能够看见你们诚意的来信，知道你们一定在等着我的回音，而那一封封的信都如石沉大海，没有回声。

请无数写信给我的朋友了解我，三毛不是一个没有感情也没有礼貌的人。

离开家国那么久了，台北的亲情友情，整整地占据了我，我尽力愿意把我自己的时间,分给每一个关怀我的朋友,可惜的是,我一天也只能捉住二十四小时。

生活突然的忙碌热闹,使我精神上兴奋而紧张,体力上透支再透支,而内心的宁静却已因为这些感人的真情流露起了很大的波澜。

虽然我努力在告诉自己,我要完完全全享受我在祖国的假期,游山玩水,与父母亲闲话家常。事实上,我每日的生活,已成了时间的奴隶,我日日夜夜地追赶着它,而仿佛永远不能在这件事上得到释放。

过去长久的沙漠生活,已使我成了一个极度享受孤独的悠闲乡下人,而今赶场似的吃饭和约会,对我来说,就如同刘姥姥进了大观园,昏头转向,意乱情迷。

每日对着山珍海味,食不下咽,一个吃惯了白薯饼的三毛,对着亲友感情的无数大菜,感动之余,恨不能拿一个大盒子装回北非去,也好在下半年不再开伙。我多么遗憾这些美味的东西要我在短短的时间里全部吃下去啊!

在这种走马灯的日子里,我一方面极感动朋友对我的爱护;另一方面,我却不能一一答应来信及电话中要求与我单独见面的朋友的盛意。

我恨不能将我的时间,分成每一个如稿纸似的小格子,像写稿一样,在每一格里填上一个朋友的名字、时间和见面的地点。在我,写两三千字是易,而要分别见到那么多朋友,却是力不从心的憾事啊!

我真愿意爱护我的朋友,了解我现在的情况,请不要认为我们不能见面就是一件可惜的事,因为文学的本身,对每一个读者,在看的时候,已成了每一个人再创造出来的东西,实体的三毛,不过是一个如她一再所强调的小人物,看了她你们不但要失望,连她自己看了她的故事,再去照照镜子,一样也感到不真实。

因此我很愿意对我的朋友们说,当我的文章刊出来时,我们就是在默默地交谈了。

在台北亲友的聚会里,常常会遇到许多我过去不认识的人,他们对我刚出的书——《撒哈拉的故事》里的每一篇,每一个细节,每一件小事,甚而每一句对话,都好似背诵过了似的熟悉。

这种情形,令一个远方归来的游子惊讶、木讷,再而更觉得惭愧而不知所措。

我所能说的,也许只是一句普通的谢谢,但是这份关怀,却成了我日后努力写作下去的力量。

我一向没有耐性,尤其讨厌把自己钉在书桌前爬格子,但是当我回国第一天,我听到居然有许多学校的同学,整班整班地在预约我的新书时,我的心一样受到了感动。

许多人对我谈起《撒哈拉的故事》,更令我惊讶的是,我过去只期待着大人看我的书,没想到,竟也有小学生,托了我的侄儿和外甥们,要请他们带着,来拜望这个沙漠里的姑姑。

我多么为这一个发现而骄傲欢喜,我真愿意我也做一个小朋友的三毛,因为圣经上一再地说——"你们要像小孩子,才能进天国,因为天堂是他们的。"

亲爱的小读者,我是多么地看重你们,但愿三毛的书,能够在沉重的课业之外,带给你们片刻轻松的时光。

如果朋友们还没有厌倦了这个如我一样的小人物三毛,我愿意不断地做一个说故事的人。我不会讲什么大道理，因为我没有学问，但是，我愿意在将来的日子里，仍做不断的努力，以我的手，写我的口，以我的口，表达我的心声。

也许有时候我会沉寂一阵，不再出稿，请不要以为我是懒散了，更不要以为三毛已经鸿飞无痕，不计东西。

如果我突然停顿了，那只表示我在培养自己、沉淀自己；在告诉自己：写，是重要，而有时搁笔不写，却是更重要。

目前我仍有写作的兴趣和材料，我因此仍要继续我过去已开始了的长跑，但愿在不久的将来，当三毛一本一本的新书出版时，使爱护我的读者看见我默默的努力。

我的书在短短的一个半月之内，已经出了第四版了，我要感谢读者对我的支持和鼓励。在我，写作的本身，并不是为了第三者，更不是为了成名。但是，因为读者热烈的反应，使我一个平凡而简单的家庭主妇，认知了今后要再努力去奔跑的路，这是我一生里要感谢你们的啊！

下个月，我为了对家庭及对丈夫的责任，不得不再度告别我的家，我的国，回到千山万水外的北非去。我是多么地不舍，也多么地不安，不能给每一个爱护我的朋友充足的时间，来聚一聚，谈一谈。

我的朋友，我们原来并不相识，而今也不曾相逢，但是人生相识何必相逢，而相逢又何必相识。

在台北，我不觉得离你们近，在非洲我也不觉得离你们远，只要彼此相知欣赏，天涯真是如比邻啊！

我再谢谢你们的关爱，请不要忘记，三毛虽然是个小人物，却有一颗宽阔的心，在她的心里，安得下世界上每一个她所爱的人。

给我生命，养我长大，不变地爱护着我的双亲，他们给了我一个永远欢迎我的家，在这个避风港里，我完全地释放自己，尽情地享受我在外得不着的温暖和情爱。

感谢上帝，给了我永恒的信仰，他迎我平安地归来，又要带着我一路飞到北非我丈夫的身边去。我何其有幸，在亲情、友情和爱情上，一样都不缺乏。

我虽然常握着我生命小船的舵，但是在黑暗里，替我挂上了那颗在静静闪烁的指路星，却是我的神。他叫我去哪里，我就去哪里，在我心的深处，没有惧怕，没有悲哀，有的只是一丝别离的怅然。

因为上帝恒久不变的大爱，我就能学习着去爱每一个人，每一个世上的一草一木一沙。

谢谢你们，没有见过面的朋友。但愿人长久，千里共婵娟。祝平安喜乐

三毛上

（本篇原为台湾皇冠出版社三毛全集《撒哈拉的故事》四版代序。）

图书在版编目（CIP）数据

撒哈拉的故事 / 三毛著. —— 海口：南海出版公司，2022.4
ISBN 978-7-5442-6922-3

Ⅰ. ①撒… Ⅱ. ①三… Ⅲ. ①散文集-中国-当代 Ⅳ. ① I267

中国版本图书馆 CIP 数据核字（2021）第 199389 号

著作权合同登记号 30-2021-104
本书由皇冠文化集团授权，仅限于中国大陆地区销售，不得售至台、港、澳地区，及东南亚、美、加等任何海外地区。

撒哈拉的故事
三毛 著

出　　版	南海出版公司　（0898）66568511
	海口市海秀中路51号星华大厦五楼　邮编 570206
发　　行	新经典发行有限公司
	电话（010）68423599　邮箱 editor@readinglife.com
经　　销	新华书店
责任编辑	黄宁群
特邀编辑	陈梓莹　王心谨
营销编辑	李清君　李　畅
装帧设计	韩　笑
内文制作	张　典
印　　刷	河北鹏润印刷有限公司
开　　本	880毫米×1168毫米　1/32
印　　张	10
字　　数	216千
版　　次	2022年4月第1版
印　　次	2025年1月第12次印刷
书　　号	ISBN 978-7-5442-6922-3
定　　价	49.00元

版权所有，侵权必究
如有印装质量问题，请发邮件至 zhiliang@readinglife.com